Mehl

Marliese Arold, 1958 in Erlenbach am Main geboren, war schon als Kind ein Bücherfan, und früh stand für sie fest, dass es nichts Schöneres gibt, als Geschichten zu schreiben. Nach dem Abitur studierte sie Bibliothekswesen und spezialisierte sich auf den Bereich Kinderbibliothek. 1983 erschien ihr erstes eigenes Buch, dem viele weitere folgen sollten. Inzwischen hat sie sich als fantasievolle, ideenreiche Autorin national und international einen Namen gemacht. Ihre Bücher wurden bisher in circa 20 Sprachen übersetzt.

Marliese Arold

Die Delfine
von Atlantis

Verlag Friedrich Oetinger · Hamburg

Von Marliese Arold sind bei Oetinger auch die Bücher
über die kleine Hexe Winnie in der Erstlesereihe
»Sonne, Mond und Sterne« und die spannende
Kinderbuch-Reihe »Gespensterpark« erschienen.

© Verlag Friedrich Oetinger GmbH, Hamburg 2007
Alle Rechte vorbehalten
Einband von Almud Kunert
Satz: Dörlemann Satz GmbH, Lemförde
Druck und Bindung: GGP Media GmbH, Pößneck
Printed in Germany 2007/II
ISBN 978-3-7891-3037-3

www.oetinger.de

News International, 23. April

Das Rätsel von Atlantis – endlich gelöst?
Forscher entdeckt Ruinen auf dem Meeresgrund

Bei einem Tauchgang machte der französische Archäologe Jean de la Fortune einen sensationellen Fund. Er und sein Team stießen im Meer westlich von Gibraltar auf die Reste einer untergegangenen Kultur. De la Fortune ist überzeugt, dass er die Ruinen von Atlantis gefunden hat.

Seit Jahren ist das Forschungsschiff „Dauphin" unter der Leitung von Jean de la Fortune unterwegs. Die „Dauphin" ist mit modernster Technik ausgerüstet und sorgt durch ihre Funde immer wieder für Aufsehen. Im letzten Jahr wurden vor der ägyptischen Küste Trümmer entdeckt, die vom Leuchtturm von Alexandria stammen sollen.

Jean de la Fortunes Erfolgsrezept besteht darin, die alten Sagen und Mythen ernst zu nehmen. „In den Überlieferungen steckt meistens ein wahrer Kern", sagt er.

Seine neueste Entdeckung soll endlich die Frage klären, wie es in Atlantis wirklich war.

News International, 13. September

Tod im Meer
Gibt es den Fluch der Atlanter?

Seit Dienstagabend wird der Archäologe Jean de la Fortune vermisst. Er kehrte von einem Tauchgang nicht zurück. Die Suche nach ihm verlief bisher erfolglos.

Der Forscher sorgte vor einigen Monaten für Schlagzeilen, weil er behauptete, die Ruinen von Atlantis entdeckt zu haben. Zwar wird in Fachkreisen bezweifelt, dass es sich tatsächlich um die Überreste des legendären Atlantis handelt, doch seit der Entdeckung wird die Mannschaft der „Dauphin" immer wieder von Schicksalsschlägen heimgesucht. Ein Mitglied der Crew ist vor vier Wochen an der Taucherkrankheit gestorben. Zwei weitere Männer haben sich nach einem Streit mit de la Fortune von der Forschungsgruppe getrennt. Und jetzt ist der Archäologe selbst verschwunden. Inzwischen redet man davon, dass die Ruinen auf dem Meeresgrund etwas mit den Unglücksfällen zu tun hätten.

Gibt es einen Fluch der Atlanter? „Solche Gerüchte sind reine Erfindung", sagt de la Fortunes Frau. Es stimme auch nicht, dass sich ihr Mann in der letzten Zeit sonderbar benommen habe. Ein Selbstmord sei völlig ausgeschlossen.

Es wird daher von einem Unfall ausgegangen. Auch ein Verbrechen wird für möglich gehalten.

„Jean de la Fortune ist ein großartiger Forscher", meint sein Stellvertreter Ludo van Veen. „Er hat immer für seine Träume gekämpft. Der Verlust für die Wissenschaft wäre groß."

Bis übermorgen soll weiter nach Jean de la Fortune gesucht werden, obwohl die Chancen sehr gering sind, den Vermissten noch lebend zu bergen.

Erster Teil

Zwei sollen es sein,
eins von jedem Geschlecht,
neun ist zu klein,
aber dreizehn ist recht.

1. Kapitel
Das Geheimnis

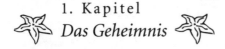

Verärgert kickte Mario den Fußball über die Terrasse. Die Eidechse, die sich auf den Steinplatten gesonnt hatte, flüchtete hinter den großen Blumenkübel. Vom Meer her wehte eine frische Brise. Es roch nach Thymian. Doch Mario nahm nichts davon wahr. Der Ball traf den Oleander, und einige Blüten rieselten herab – rot wie das Blut auf Marios Knie und der Kratzer an seinem Arm.

Mario hatte eine Riesenwut. Wut auf Fabien, weil dieser zu viele Fragen gestellt und dann »Lügner!« zu ihm gesagt hatte. Als sie sich auf dem Boden gerollt hatten, wurde Fabien von den anderen Jungs angefeuert. Von *seinen* Freunden!

»Verräter!«, zischte Mario und versetzte dem Ball einen letzten Stoß. Es war jedes Mal dasselbe. Er blieb immer ein Fremder, selbst wenn er sich bemühte, ihre Sprache zu sprechen und ihre Spiele zu spielen. Sein Geheimnis stand wie eine Wand zwischen ihm und den anderen.

Im Haus herrschte angenehme Dämmerung. Die Jalousien waren halb heruntergelassen, um die Wärme auszusperren. Mario lief durch das Wohnzimmer in die Küche und nahm eine Wasserflasche aus dem Kühlschrank. Während er trank, dachte er an die Jungen, die er für seine Freunde gehalten hatte.

Was wussten die anderen schon von ihm? Er durfte ihnen nichts sagen, konnte niemandem vertrauen. Er war anders als sie. Und keiner von den Jungs durfte die Wahrheit wissen, denn jeder konnte zu *ihnen* gehören.

Sie hatten Spione.

Sie tarnten sich.

Sie belauschten Gespräche. Ein unbedachtes Wort genügte, und man war für immer verloren!

Mario fiel auf, dass es im Haus ungewöhnlich still war. Hatte seine Mutter sich hingelegt? Er öffnete noch einmal den Kühlschrank. Die zwei Tafeln Schokolade von heute früh waren weg – Nervennahrung für seine Mutter. Ein schlechtes Zeichen.

Langsam stieg Mario die Holztreppe hoch in den ersten Stock. Die Tür zum Schlafzimmer war angelehnt. Er stieß sie auf und blieb wie angewurzelt stehen.

»Was tust du da, Mama?«

Der Schrank war geöffnet, eine Kommodenschublade herausgezogen. Im ganzen Zimmer lagen Kleidungsstücke verstreut. Ein Knäuel Socken kullerte über den Boden und blieb vor Marios Füßen liegen.

»Ich packe«, antwortete Alissa, ohne den Kopf von ihrem Koffer zu wenden.

Also war es wieder einmal so weit. Mario hatte es geahnt. Zu viele Anrufe in der letzten Zeit, bei denen einfach aufgelegt worden war, wenn Mario abgehoben hatte. Mamas Eile, den Postboten abzufangen. Ihre Nervosität in den vergangenen Tagen.

»Ich habe nichts gesagt«, beteuerte Mario. »Kein Wort, ehrlich!«

Alissa drehte sich um. Sie war noch immer eine schöne Frau, obwohl sie in letzter Zeit zugenommen hatte. Ihr Gesicht war schmal und jung geblieben. Die dunklen Augen funkelten.

»Ich weiß«, sagte Alissa. »Du kannst nichts dafür. Sie kriegen es einfach raus, keine Ahnung, wie.«

Marios Bauch zog sich zusammen. Da war sie wieder, die Angst.

Nirgendwo waren sie sicher. Alle paar Monate mussten sie umziehen. Ein richtiges Zuhause gab es nicht. Vermutlich würde es auch nie eines geben. Mit seinen dreizehn Jahren hatte Mario gelernt, sein Herz an nichts zu hängen und keine festen Freundschaften zu schließen. Denn nichts war von Dauer. Er und seine Mutter konnten noch so vorsichtig sein, trotzdem mussten sie immer wieder alles zurücklassen und woanders neu anfangen.

Zum Glück gab es Leute, die ihnen halfen. Die ihnen Schlupfwinkel boten. Die Verständnis für ihre Probleme hatten. Das Hilfsnetz spannte sich über die ganze Welt. Alissa hatte es im Internet entdeckt. Seither war es für sie und Mario ein bisschen leichter, unterzutauchen.

Außerdem tat es gut, zu wissen, dass sie nicht die einzigen Betroffenen waren. Es gab noch mehr.

Menschen auf der Flucht. Gejagte.

2. Kapitel
Die Verwandlung

Sheila lauschte in die Dunkelheit. Vom Bett gegenüber kamen gleichmäßige Atemgeräusche. Zoe schlief fest. Wahrscheinlich träumte sie gerade davon, wie sie wieder allen Jungs am Strand den Kopf verdrehte.

Sheila ballte unwillkürlich die Fäuste. Sie hasste es, dass sie in diesem Urlaub das Zimmer mit Zoe teilen musste.

Zoes Vater Michael war eigentlich ganz in Ordnung. Sheila hatte kaum etwas am neuen Freund ihrer Mutter auszusetzen. Aber seine sechzehnjährige Tochter war eine Hexe. Zoe interessierte sich für nichts anderes als für Jungs, Klamotten und nochmals Klamotten. Am liebsten trug sie Rot, damit sie auch ja niemand übersah.

Sheila war für Zoe ein Baby: schüchtern, naiv und ständig mit den Rätseln des Meeres beschäftigt. Warum schimmerte das Wasser blau? Wie lebten Wale? Welches Geheimnis steckte hinter Ebbe und Flut? Das war die Welt, die Sheila faszinierte und mit der Zoe überhaupt nichts anfangen konnte.

Sheila war ziemlich schnell klar gewesen, dass Zoe und sie niemals miteinander auskommen würden. Sie waren zu verschieden – wie Feuer und Wasser. Darum hoffte Sheila insgeheim, dass die Beziehung zwischen Michael und ihrer Mutter auseinandergehen würde. Doch leider sah es im Moment nicht danach aus, im Gegenteil. Jetzt waren sie sogar alle zusammen in Urlaub gefahren, an die Ostküste von Sardinien!

Anfangs hatte Sheila gar nicht mitkommen wollen. Doch dann

hatte ihre Mutter erwähnt, dass es in dieser Gegend Delfine gab, und Sheila sofort umgestimmt.

Sheila liebte Delfine über alles. Schon als kleines Kind hatte sie sich zu ihnen hingezogen gefühlt. Andere Mädchen waren verrückt nach Pferden, aber Sheila sammelte alles, was mit Delfinen zu tun hatte. Sie hatte deshalb ein Delfin-Tagebuch gebastelt, in dem sie alle Informationen, Fotos und persönlichen Andenken zusammenstellte, die sie zu diesem Thema finden konnte.

Einmal hatte sie mit ihrer Klasse sogar ein Delfinarium besucht. Der Ausflug war zwar interessant gewesen, aber die gefangenen Tiere hatten Sheila auch leidgetan. Es war bestimmt viel schöner, Delfine in Freiheit zu erleben.

Bei diesem Gedanken begann Sheilas Herz schneller zu schlagen. Während des Abendessens im Hotelrestaurant hatte sie gehört, dass am späten Nachmittag tatsächlich Delfine vor der Küste aufgetaucht waren. Am liebsten wäre sie nach dem Essen sofort zum Strand gelaufen, um die Delfine mit eigenen Augen zu sehen. Aber Michael hatte sich mit einem anderen Ehepaar verplaudert, und danach war es zu spät gewesen. Ob die Delfine auch morgen da sein würden?

Morgen werde ich dreizehn, dachte Sheila. Sie starrte zu Zoes Bett hinüber.

Zoe schlief immer noch tief und fest. Jetzt drehte sie sich mit einem Seufzer auf den Rücken. Kurz darauf begann sie zu schnarchen. Sheila rollte mit den Augen. Dann wanderte ihr Blick zu dem kleinen Wecker, der auf ihrem Nachttisch stand. Nur noch wenige Minuten bis Mitternacht.

Gleich begann ihr Geburtstag …

Plötzlich hatte Sheila eine Idee, so verrückt und abenteuerlich, dass sie vor Aufregung eine Gänsehaut bekam.

War es möglich, dass die Delfine noch immer da waren? Mitten in der Nacht?

Die Menschen schliefen, und der Strand war leer. Niemand würde die Delfine stören. Vielleicht kamen sie sogar ganz dicht ans Ufer. Es musste schön sein, ihnen im Mondlicht zuzuschauen …

Sheila beschloss, zum Strand zu gehen. Gleich jetzt, heimlich und allein. Dort sollte ihr Geburtstag anfangen!

Sie schlug die Decke zurück und schwang die Beine aus dem Bett. Leise schlüpfte sie in ihren Bikini, stopfte ein Handtuch in ihre Badetasche und öffnete lautlos die Terrassentür. Und schon war sie draußen, stieg über die halbhohe Terrassenmauer und schlug den Weg zum Strand ein.

Die Lampen links und rechts vom Weg verbreiteten einen sanften Lichtschein. Vom Hotel klangen Musik und Stimmen herüber, im Gartenrestaurant war noch reger Betrieb. Sheila warf einen vorsichtigen Blick über die Schulter.

Die Fenster des Bungalows, den sie eben verlassen hatte, blieben dunkel. Niemand hatte bemerkt, dass sich Sheila davongeschlichen hatte.

Die Nacht war sternenklar. Der Strand lag nicht so verlassen da, wie Sheila es erwartet hatte. Ab und zu flackerte ein Windlicht im Sand, die Liegen warfen lange Schatten. Links von ihr knutschte ein Pärchen.

Sheila bemühte sich, nicht hinzusehen, und ging weiter, geradeaus zum Meer.

Die Wellen kamen sacht, leckten am Ufer. Sheila grub ihre Zehen in den Sand und spürte, wie die Wellen die feinen Körner unter ihren Füßen wegzogen. Das Wasser war angenehm warm.

Von irgendwoher schlug eine Uhr. Zwölf!

Ein Glücksgefühl durchströmte Sheila. Sie hatte Geburtstag!

Ihr war feierlich zumute. Es war richtig, dass sie den Bungalow verlassen hatte und hierher an den Strand gegangen war. Sie fühlte sich eins mit dem Meer, der Nacht und den Sternen. Selbst Zoe hatte sie vergessen.

Plötzlich entdeckte Sheila, dass sich draußen auf dem Wasser etwas bewegte. Sie strengte ihre Augen an. Vier oder fünf dunkle Punkte. Waren es Schwimmer? Oder gar Delfine? Vor Anspannung hielt sie die Luft an.

Einer der Punkte entfernte sich von den anderen. Sheila starrte auf die Wellen. Konnte ein Mensch so schnell schwimmen?

Dann sah sie einen Schatten aus dem Wasser springen.

Tatsächlich! Es waren Delfine!

Jetzt hielt sie nichts mehr am Ufer. Ihre Mutter würde einen Panikanfall bekommen, wenn sie wüsste, dass Sheila um Mitternacht im Meer schwimmen ging. Aber Sheila hatte nicht vor, ihr und den anderen etwas von ihrem Abenteuer zu erzählen.

Schnell watete sie ins Wasser und schwamm mit kräftigen Zügen los. Die Wellen trugen sie. Nach einer Weile rollte sie sich auf den Rücken und schaute zum Ufer zurück, ganz überrascht, wie weit draußen sie schon war. Die Windlichter am Strand schimmerten wie Glühwürmchen. Die bunten Lampen des Hotels und der Ferienanlage waren nur noch kleine Punkte. Doch gerade als es Sheila etwas mulmig wurde und sie überlegte, ob sie umkehren sollte, tauchte plötzlich ein Delfin vor ihr auf.

Es war ein großes Tier, ein dunkler Schatten im Wasser, der sie langsam umkreiste.

Sheilas Herz schlug vor Aufregung schneller.

Ich hab gewusst, dass ich die Delfine heute Nacht ganz aus der Nähe sehen darf, dachte sie glücklich. Das ist mein allerschönstes Geburtstagsgeschenk!

Sie entdeckte vier weitere Tümmler in der Nähe, viel größer als sie. Die Delfine schwammen heran und stießen dabei Klicklaute aus. Sheila wusste, dass Delfine ein hervorragendes Echolotsystem hatten und einen fremden Gegenstand – oder auch einen Menschen – regelrecht durchleuchten konnten. So erfuhren sie eine Menge über den anderen.

»Ich bin nicht wie ihr«, flüsterte Sheila. »Ich bin ein Menschenmädchen. Aber ich mag Delfine sehr.«

Ob die Delfine spürten, dass sie keine Angst vor ihnen hatte? Vorsichtig drehte sich Sheila im Kreis, eingeschlossen von lauter glänzenden Leibern.

Die Delfine unterhielten sich. Es waren leise, fragende Laute. Sheila hatte den Eindruck, ihre Sprache fast verstehen zu können. Die Laute klangen in ihren Ohren so verschwommen wie Stimmen, die man durch eine Wand hört – sie verstand keine einzelnen Wörter, aber eine Art Satzmelodie.

Schließlich wagte sich ein Delfin vor und rieb seine Brustflosse sanft an Sheilas Arm.

Sheila stockte vor Überraschung der Atem. Der Delfin vertraute ihr!

Jetzt kamen auch die anderen Tiere näher und nahmen Kontakt auf. Ein Delfin berührte Sheilas Schenkel mit seinem Unterkiefer, tastete ihn vorsichtig ab. Sheila wusste, wie empfindlich der Un-

15

terkiefer bei Delfinen war. Sie hatte gelesen, dass er der menschlichen Hand entsprach.

Es waren zärtliche Berührungen, neugierig, freundlich. Am liebsten hätte Sheila laut gesungen vor Freude.

Delfin, Delfin, Bruder mein,
so wie du möcht ich gern sein!
Dein Zuhaus' sind Meer und Wind.
Ach, wär ich doch ein Wasserkind!

Diesen Vers kannte Sheila von einer Postkarte, die auf der Vorderseite einen Delfin zeigte. Die Karte war einer der wenigen Hinweise auf Sheilas Vater Gavino. Er hatte Sheilas Mutter vor ihrer Geburt verlassen, sodass Sheila ihn nie kennengelernt hatte. Immer und immer wieder hatte Sheila diesen Vers von Gavino gelesen, als ob darin eine Antwort auf all die Fragen zu ihrem Vater zu finden wäre. Und nun schossen ihr die Zeilen wie von selbst in den Kopf.

»So wie du möcht ich gern sein!«, murmelte Sheila glücklich vor sich hin.

Und da begann ihr Körper plötzlich zu kribbeln. Sheila erschrak. Ein Schmerz durchfuhr sie. Ihr Rücken dehnte sich aus. Ihr Nacken spannte, als wollte er platzen. Entsetzt blickte Sheila an sich herab, und ihr wurde schwindelig. Jetzt spürte sie auf einmal ihre Beine nicht mehr. Es dröhnte in ihren Ohren, und sie verlor das Bewusstsein.

Stille und Nichts.
Schwerelosigkeit.
Sie schwebte irgendwo.

Die Bewusstlosigkeit konnte nur wenige Sekunden gedauert haben, aber als Sheila wieder zu sich kam, waren die Delfine weg. Sie hörte sie noch in der Ferne lärmen. Mit einem Mal meinte Sheila genau zu wissen, wie weit sie entfernt waren.

Über dreihundert Meter. Zu weit, um sie noch einholen zu können.

Und was war das? Sheila glaubte, die Fische unter sich zu hören. Als sprächen die schuppigen Körper zu ihr. Sie hörte den Meeresboden, wo sich gerade ein kleiner Krebs vergrub. Sie hörte die Reste des kaputten Ruderboots auf dem Grund und erkannte seine Umrisse, obwohl das Sternenlicht nicht unters Wasser reichte.

Doch die Umrisse waren in ihrem Kopf, sie sah sie so scharf wie auf einem Foto. Genau wie die Tangbüschel, den großen Felsbrocken, die Muscheln.

Das kann nicht sein, dachte Sheila. Warum kann ich all das hören? Und warum fühlte sich das Schwimmen auf einmal so anders an?

Aber trotzdem schien alles vollkommen richtig zu sein. So als wäre es schon immer so gewesen.

Sheila wusste, dass sie mit dem Schwanz schlagen musste, um vorwärtszukommen. Sie wusste, wie sie ihre Flossen bewegen musste, um zu steuern.

Sie wusste sogar, wie sie aus dem Wasser springen konnte, in einem kühnen Bogen, genauso wie die Delfine.

Unmöglich!

Das Wasser bot einen viel geringeren Widerstand als sonst. Es war fast so, als würde sie schweben ... Und ihr Atem! Ihre Lungen mussten größer geworden sein. Sie konnte viel länger tauchen als im Schwimmbad, mühelos. Und wie scharf sie auf einmal sah, jedenfalls so weit das Sternenlicht ins Meer reichte. So gut hatte sie ohne Taucherbrille noch nie unter Wasser gesehen.

Ich bin ein Delfin geworden, dachte Sheila verwundert und bestürzt zugleich. Das kann doch nicht sein!

Sie spürte ihre Haut, ihre Muskeln. Alles gehörte zu ihr, aber es war nicht ihre normale Gestalt.

Das ist nur ein Traum!

Sheila hatte schon oft sehr realistische Träume gehabt, in denen sie Dinge gespürt, gerochen und sogar geschmeckt hatte. Aber dieser Traum übertraf alles!

Da schoss Sheila ein schrecklicher Gedanke in den Kopf: Und was, wenn sie ertrunken war?

Tot.

Panik erfasste sie.

Das wollte sie nicht!

Mach, dass es nur ein Traum ist! Bitte! Ich will aufwachen! Jetzt! Sofort!

Das Blut rauschte in ihrem Kopf.

Der Vers ihres Vaters! Er musste schuld sein! Waren die Zeilen vielleicht eine Art Zauberspruch?

Sheila versuchte, sich an die zweite Strophe auf der Karte zu erinnern. Sie hatte sich immer gewundert, warum sie die Worte der ersten Zeilen umkehrte. Nun schien die zweite Strophe einen Sinn zu ergeben. Vielleicht war sie ja eine Art Gegenzauberspruch, der sie in die Realität zurückholte.

Mein Zuhaus' sind Land und Wind!
Ach, wär' ich wieder Menschenkind!

Ihr wurde schwarz vor Augen …

… und als sie diesmal zu sich kam, lag sie bäuchlings am Ufer. Wellen umspülten ihre Beine. Sheila fühlte sich unendlich erschöpft. Sie hatte nicht die Kraft aufzustehen. Auf allen vieren kroch sie aus dem Wasser und ließ sich dann in den Sand fallen. Jeder Muskel tat weh, und sie hatte Kopfschmerzen.
Was war passiert? Hatte sie sich wirklich in einen Delfin verwandelt?
Ihre Zähne schlugen aufeinander. Sie zitterte am ganzen Körper, während sie nach einer Erklärung suchte. Doch sie fand keine.
Nach einiger Zeit stand sie auf, torkelte über den Strand und entdeckte schließlich ihre Badetasche. Sie holte das Handtuch heraus und rubbelte ihren Körper damit ab, ihre Menschenarme, ihre Menschenbeine und ihren Menschenbauch, so als müsste sie sich vergewissern, wer sie wirklich war.
Sie war Sheila. Sheila Hermes, dreizehn Jahre alt, die mit ihrer Mutter, Michael und Zoe Urlaub auf Sardinien machte. Und die dummerweise die Idee gehabt hatte, nachts schwimmen zu gehen.
Sheila wickelte sich in das Handtuch und verließ den Strand. Ein einziges Mal drehte sie sich um und schaute zurück.
Einige wenige Windlichter flackerten noch. Die Stelle, wo zuvor das Pärchen geknutscht hatte, war leer.

3. Kapitel
Ein Anruf ändert alles

Das Telefon schrillte.

Mario, der in der Küche gerade ein Melonenstück aß, erstarrte. Sein Magen zog sich zusammen. Er blickte zur Uhr. Es war halb zehn. Wer rief um diese Zeit an?

Seine Hand zitterte, als er sich den Saft vom Kinn wischte.

Das Telefon läutete weiter, laut und durchdringend. Es war noch ein alter Apparat, den man nicht leiser stellen konnte. Er stand drüben im Wohnzimmer, auf dem runden Tisch neben dem Fernseher.

Mario fühlte, wie er zu schwitzen anfing. Er stand auf und schloss die Tür, aber er hörte das Läuten trotzdem.

Rrrrrrring. Rrrrrrring. Rrrrrrring.

Nach dem achtzehnten Läuten – Mario hatte unwillkürlich mitgezählt – verstummte endlich das Telefon.

Stille. Nur die Wanduhr tickte.

Mario öffnete die Tür zum Wohnzimmer. Er starrte den Apparat an, als könnte dieser ihm eine Antwort geben.

Hatten *sie* wieder angerufen?

Knapp drei Wochen waren er und seine Mutter nun hier auf Sardinien. Sie hatten alle Vorsichtsmaßnahmen ergriffen, niemandem etwas erzählt und sehr zurückgezogen gelebt. Bis jetzt war es ruhig gewesen. Allmählich hatten Mario und Alissa geglaubt, dass sie ihre Spuren verwischt und die Verfolger abgehängt hatten. Mario hatte sich sogar getraut, den Nachbarjungen zu einer Runde Kicken einzuladen.

Und jetzt, am Vormittag, dieser Anruf.

Vielleicht hat sich nur jemand verwählt, dachte Mario. Das kommt dauernd vor. Kein Grund zur Beunruhigung.

Doch das Gefühl in seinem Bauch sagte ihm etwas anderes. Die Unruhe blieb.

Mario versuchte, sich abzulenken, indem er die Küche aufräumte, das Geschirr spülte, verdorbene Lebensmittel aus dem Kühlschrank holte und wegwarf.

Alissa war so lethargisch in den letzten Tagen. Sie wurde schnell müde und hatte zu nichts Lust. Die ständige Angst hinterließ Spuren. Heute Morgen hatte sie sich endlich aufgerafft und war einkaufen gegangen.

Vielleicht war sie es, die angerufen hat, überlegte Mario, während er die abgetrockneten Tassen in den Schrank räumte. Alissa hatte ihr Handy meistens dabei. Möglicherweise hatte sie Mario fragen wollen, ob er sich etwas Besonderes zum Mittagessen wünschte.

»Ich bin so ein Idiot«, sagte Mario laut, ärgerlich über seine eigene Angst.

In diesem Augenblick läutete das Telefon wieder.

Diesmal nahm Mario ab. Sein Herz klopfte so laut, dass er meinte, der Anrufer könnte es hören.

»Ja?«

Es rauschte und knackte in der Leitung.

Ein Handy mit sehr schlechter Verbindung, dachte Mario. Im Hintergrund hörte er Stimmengemurmel. Ein Supermarkt?

»Mam, bist du's?«, fragte er.

Es rauschte noch lauter. Dann vernahm Mario vereinzelte Satzfetzen.

»… Geduld ist zu Ende. Zaidon will nicht länger warten. … sehen, dass wir es ernst meinen.«

Mit einem Knacken wurde die Verbindung unterbrochen.

Mario zitterte am ganzen Körper. Er knallte den Hörer auf die Gabel.

»Verfluchte Mistkerle!«

Am liebsten hätte er geweint. Wie er die Leute hasste, die in ihr Leben eingedrungen waren! Seit ungefähr zwei Jahren wurden sie von ihnen tyrannisiert. Was gab ihnen das Recht dazu?

»Verdammt!«

Wenn Mario zumindest wüsste, wer dahintersteckte! Ein Geheimdienst? Eine Organisation, für die Leute wie Mario und Alissa Versuchskaninchen spielen sollten? Ein wahnsinnig gewordener Wissenschaftler, der mit sensationellen Forschungsergebnissen glänzen wollte?

Unzählige Male hatte sich Mario schon diese Frage gestellt. Auch in dem Internet-Forum, in dem sich die Betroffenen austauschten, wurde immer wieder darüber diskutiert. Doch niemand wusste etwas Genaues über die Hintergründe.

Es fing immer gleich an: mit einem Anruf oder einem Schreiben. Man wurde aufgefordert, sein Leben fortan in Zaidons Dienst zu stellen. Wer sich weigerte oder flüchtete, wurde verfolgt und bedroht. Das Ende war erschreckend: Eines Tages verschwand das Opfer und tauchte nie wieder auf.

Das waren die Fakten. Natürlich wurde im Forum heftig spekuliert. Wer war Zaidon? Hatte er Helfer? War es besser, den Dienstauftrag anzunehmen?

Theorien, Vermutungen. Keine einzige klare Antwort.

Sicher ist nur, dass sie dich eines Tages kriegen, dachte Mario. Es lässt sich vielleicht ein bisschen hinauszögern. Wie bei uns. Mit viel Glück können wir auch noch mal entkommen. Aber irgendwann wird es zu Ende sein.

Nichts erschöpfte mehr, als ständig auf der Flucht sein zu müssen. Kein Wunder, dass Alissa so fertig war. Sie planten schon lange nicht mehr die Zukunft, sondern immer nur den nächsten Tag. Und das Schlimmste war die Angst. Sie konnten niemandem trauen, nicht einmal denjenigen, von denen sie unterstützt wurden. Denn die Helfer von heute konnten die Verräter von morgen sein.

Es war die Hölle!

Plötzlich durchfuhr Mario ein schrecklicher Gedanke. Vielleicht hatten sie seine Mutter bereits geschnappt. Gekidnappt. Jetzt, in diesem Moment. Hätte sie nicht längst vom Einkaufen zurück sein müssen?

Die Zeit schien für einen Augenblick stillzustehen.

Dann wäre er ganz allein …

Mario schluckte.

Doch da hörte er den Schlüssel in der Haustür, und ein Stein fiel ihm vom Herzen. Alissa war zurück!

Sie kam durch den Flur, bepackt mit zwei Einkaufstüten. Aus einer ragte ein Bund Lauch hervor.

»Hallo, Mario, ich bin wieder da.«

Als Alissa Marios Gesichtsausdruck sah, setzte sie ihre Einkaufstüten ruckartig ab. »Was ist passiert?«

Er brauchte nicht zu antworten, sie wusste gleich, was los war.

»Oh, mein Gott.« Sie ließ sich auf einen Stuhl fallen. »Nicht schon wieder. Ich dachte, hier findet uns niemand.«

Sie begann zu weinen. Mario strich ihr über die Schulter. Seiner

Mutter gegenüber versuchte er immer, seine eigene Angst zu verstecken. Er hätte Alissa so gerne getröstet und ihr Halt gegeben, aber was sollte er sagen?

»Ich kann nicht mehr«, flüsterte Alissa. »Ich weiß auch nicht mehr, wohin. Wer wird uns noch aufnehmen? Es geschieht doch überall dasselbe, früher oder später.«

»Wir geben nicht auf«, stieß Mario hervor.

Sie blickte ihn an. »Aber was sollen wir tun?«

Mario gab sich einen Ruck. »Vielleicht sollten wir doch die Polizei einschalten.«

Alissa schüttelte den Kopf. »Das ist kein Fall für die Polizei. Die halten uns für verrückt, wenn wir sagen, was los ist und warum wir bedroht werden.«

»Wir können es beweisen«, beharrte Mario.

»Und dann?«, fragte Alissa so laut, dass sich ihre Stimme überschlug. »Hast du schon einmal darüber nachgedacht, was dann passieren würde? In ihren Augen sind wir eine Sensation. Sie werden uns begaffen wie Tiere im Zoo. Und dann werden sie Untersuchungen an uns durchführen, bis sie herausgefunden haben, was uns zu dem macht, was wir sind. Sie werden uns durchchecken und unsere Gene analysieren, sie werden experimentieren, ob und wann sich diese Fähigkeit vererbt ...«

Mario senkte den Kopf. Seine Mutter hatte recht. Das klang nicht nach einem erstrebenswerten Leben.

»Und außerdem würden wir gegen den Grundsatz verstoßen«, murmelte Alissa.

Der Grundsatz. Er galt für alle, die sich im Netz zusammengeschlossen hatten und Informationen untereinander austauschten.

Niemals Außenstehende einweihen, nicht mal den Partner, auch nicht im Angesicht des Todes.

Wenn sie den Grundsatz brachen, würde eine gnadenlose Hetzjagd auf Menschen wie sie beginnen – von Wissenschaftlern, von den Medien …

Alissa schien Marios Gedanken zu lesen. »Wir haben nur die Wahl zwischen Pest und Cholera.« Sie lächelte traurig.

»Ich gebe die Hoffnung nicht auf«, sagte Mario trotzig. »Vielleicht gibt es irgendwo doch noch ein sicheres Versteck für uns.«

Am Nachmittag, als die brütende Hitze draußen alles verstummen ließ und Alissa sich im Schlafzimmer ausruhte, holte Mario Alissas Laptop aus dem Schrank. Er zog das Telefonkabel aus der Steckdose und stöpselte stattdessen das Modemkabel ein.

Er schaltete den Computer ein und wartete, bis der Kontakt zum Internet hergestellt war. Es dauerte ewig, die Verbindung war sehr schlecht.

Endlich!

Mario rief die Seite auf, loggte sich mit seinem Passwort ein und wartete, bis die Bestätigung angezeigt wurde, dass er ein registrierter Benutzer war. Dann musste er noch die drei Losungen eintippen, bis er zu dem Forum kam, das nur Eingeweihten vorbehalten war.

Mario überflog die Neuigkeiten. Darunter war leider nichts, was ihnen in der momentanen Situation hätte helfen können.

Er drückte den Button für die Archivsuche und tippte das Stichwort »Zaidon« ein. Wenig später landete er bei dem Thread »Unsere Herkunft?«. Diese Rubrik war Mario noch nie zuvor aufgefallen, aber so oft war er hier auch noch nicht gewesen.

Zwei Leute mit den Decknamen *Krake* und *Loreley* diskutierten heftig darüber, woher ihre Fähigkeit stammen könnte. Während *Krake* behauptete, sie sei bestimmt das Ergebnis einer Genmanipulation, war *Loreley* überzeugt, dass es schon früher Menschen mit dieser Gabe gegeben hatte.

»Meine Urgroßmutter war eine von uns, ganz sicher. Ich habe ihr Tagebuch gefunden. Ich habe keine Ahnung, wie sie mit der Erkenntnis zurechtgekommen ist, anders zu sein als die Menschen um sie herum. Aber zu ihrer Zeit gab es noch keine Gentechnik!«

Krake war der Meinung, es könnte sich um eine spontane Mutation gehandelt haben. Doch *Loreley* ließ sich nicht beirren.

»Ich war in der Unibibliothek und habe alles gelesen, was ich in die Finger kriegen konnte. Ich bin überzeugt, dass wir von Atlantis stammen und die Nachkommen eines geheimnisvollen Volkes sind.«

»Atlantis ist ein Märchen«, kommentierte *Krake.*

Loreley ging nicht darauf ein.

»Irgendwo bin ich sogar auf den Namen Zaidon gestoßen«, schrieb sie in ihrer nächsten Mitteilung. *»Es heißt, dass er der Fürst von Atlantis war. Angeblich hat er den Untergang von Atlantis überlebt und hält sich seit Jahrtausenden versteckt. Eines Tages wird er wiederkommen und all seine Untertanen zusammenrufen, um Atlantis neu entstehen zu lassen.«*

»Du spinnst total!«, war *Krakes* unverblümte Antwort. *»Du hast entschieden zu viele Fantasyromane gelesen.«*

Krake war mit dieser Meinung nicht allein. Jetzt wurde *Loreley* von allen möglichen Seiten angegriffen, und der Rest der Beiträge bestand nur noch aus gegenseitigen Beleidigungen.

Mario klickte mit der Maus noch eine Weile herum und vergewisserte sich, dass er nichts Wesentliches übersehen hatte.

Loreleys Behauptung erschien ihm ziemlich abenteuerlich. Er wusste nicht viel über Atlantis – nur, dass es sich um ein sagenhaftes Reich handelte und angeblich vor vielen Jahrtausenden im Meer versunken war. Er loggte sich aus und rief eine Suchmaschine auf. Dort gab er den Begriff »Atlantis« in das Suchfeld ein.

Er erhielt eine große Anzahl Treffer und fing an, sich wahllos durchzuklicken. Endlich stieß er auf einige Zeitungsartikel, die seine Aufmerksamkeit erregten.

Ein französischer Forscher namens Jean de la Fortune, der in Fachkreisen sehr bekannt gewesen war, hatte vor fünfzehn Jahren auf dem Meeresgrund Ruinen entdeckt und behauptet, es handele sich um Überreste von Atlantis. Wenige Monate nach der Entdeckung war der Forscher spurlos verschwunden. Seine Frau hatte ihn ein Jahr später für tot erklären lassen.

Mario gab »Jean de la Fortune« als neuen Suchbegriff ein, in der Hoffnung, mehr über die rätselhaften Ruinen von Atlantis herauszufinden. Doch er erfuhr nur, an welchen Hochschulen de la Fortune studiert, welche Auszeichnungen er bekommen und welche Expeditionen er geleitet hatte. Die Sache mit Atlantis wurde lediglich kurz erwähnt. Der Fund war in der Fachwelt bis heute umstritten, und viele Wissenschaftler bezweifelten weiterhin, ob es das sagenhafte Reich je gegeben hatte.

Nachdenklich starrte Mario vor sich hin. Jean de la Fortune war spurlos verschwunden und nie wieder aufgetaucht – genau wie die Opfer des geheimnisvollen Zaidons. Gab es da vielleicht einen Zusammenhang? Oder hatte sich Mario von *Loreleys* lebhafter Fantasie anstecken lassen?

Er kehrte in das geheime Forum zurück und eröffnete einen

neuen Thread: »*Wer kennt Jean de la Fortune? War er einer von uns?*« Er beschrieb kurz, was er herausgefunden hatte. Dann wartete er.

Eine halbe Stunde später schaltete er enttäuscht den Laptop aus. Es war keine Antwort gekommen.

4. Kapitel
Die Falle

»Kannst du mir den Rücken eincremen?«, fragte Zoe. Sie reichte Sheila die Flasche Sonnenmilch und drehte sich auf den Bauch.

Sheila drückte auf die Flasche. Weiße Flüssigkeit ergoss sich auf Zoes Rücken. Sheila verteilte sie gleichmäßig und massierte sie leicht in die Haut ein. Mit ihren Gedanken war sie ganz woanders. Immer wieder musste sie daran denken, was vorletzte Nacht mit ihr geschehen war. Selbst ihren Geburtstag gestern hatte sie gar nicht richtig genießen können. Zu viel war ihr im Kopf herumgegangen. Das Picknick auf einer kleinen Insel, die Geschenke, die sie bekommen hatte – alles war förmlich an ihr vorbeigerauscht. Zum Glück hatte Zoe die meiste Zeit geredet, und so war keinem aufgefallen, wie schweigsam Sheila gewesen war.

Jetzt seufzte Zoe vor Behagen, das Kinn auf die Arme gedrückt.

»Das könntest du stundenlang machen«, murmelte sie. »Die Beine auch noch.«

»Ich bin doch nicht deine Sklavin«, sagte Sheila.

»Ach bitte, mach schon«, bettelte Zoe.

»Nee, ich geh jetzt ins Wasser«, kündigte Sheila an und schraubte den Deckel wieder auf die Flasche. Dann beschirmte sie ihre Augen und schaute nervös aufs Meer hinaus. Sie musste einfach herausfinden, ob sich ihr seltsames Erlebnis wiederholen würde, wenn sie schwimmen ging. Gestern hatte sie sich nicht getraut, es

29

auszuprobieren. Aber sie spürte, dass sie keine Ruhe finden würde, ehe sie es sicher wusste.

Kinder planschten am Ufer. Im seichten Wasser wurde Ball gespielt. Weiter draußen paddelten einige Leute mit Schwimmtieren oder Luftmatratzen herum. Das Wasser war aufgewühlt und trüb. Von Delfinen keine Spur.

Wie auch, dachte Sheila, es ist hier ja viel zu voll. Zu viele Leute, zu viele Beobachter …

Entschlossen griff sie nach ihren Badesachen.

»Ich schwimme woanders – in der kleinen Bucht.«

Zoe reagierte nicht. Auch gut.

Sheila lief barfuß über den Strand, zwischen den Matten und Burgen der Badegäste hindurch. Es war der reinste Slalom.

Sie erreichte die Böschung und lief den gepflasterten Weg entlang, der von der Ferienanlage wegführte. Hinter den Felsen hatte sie eine kleine Bucht entdeckt. Dort hielten sich normalerweise nur wenige Leute auf, weil der Abstieg etwas schwierig war. Außerdem war der Sand nicht ganz so fein, sondern es gab mehr Steine. Ein idealer Ort, wenn man ungestört baden wollte.

Sheila kletterte den Abhang hinunter. Es bereitete ihr kaum Mühe, sie war sehr gelenkig. Der Strand war so gut wie leer. Nur ein Ehepaar mit zwei kleinen Kindern hatte sich dort niedergelassen. Die Kleinen buddelten fröhlich, der Vater las Zeitung und die Mutter machte ein Nickerchen.

Sheila breitete ihr Handtuch aus, legte ihre Badetasche daneben und watete dann ins Meer. Sie war aufgeregt. Würde es wieder passieren? Heute? Jetzt? Ganz wohl war ihr nicht dabei.

Doch das Meer war herrlich. Schon nach wenigen Schritten fiel die Unruhe von Sheila ab. Sie ließ sich bäuchlings ins Wasser fallen. Warm und weich umschlossen sie die Wellen. Sheila machte ein paar kräftige Züge und ließ sich dann treiben. Es war fast so, als würde sie nach Hause kommen.

Als sie ein Stück vom Ufer entfernt war, holte sie tief Luft und tauchte. Sie konzentrierte sich.

Delfin, Delfin, Bruder mein,
so wie du möcht ich gern sein!
Dein Zuhaus' sind Meer und Wind.
Ach, wär ich doch ein Wasserkind!

Ihr wurde schwindelig, und in ihrem Kopf rauschte das Blut. Sie spürte, wie sich ihre Gestalt veränderte. Es klappte! Unglaublich! Diesmal hatte sie weniger Schmerzen. Es zog zwar noch im Rücken, als sich ihr Leib streckte und mit ihren Beinen verschmolz, aber die Verwandlung war längst nicht mehr so unangenehm wie beim ersten Mal. Glücklich schaute sie sich um.

Sie konnte wieder gestochen scharf sehen. Und da war auch dieser andere Sinn – das Gefühl, ihre Umgebung hören zu können. Der Wunsch, etwas zu untersuchen, genügte. Schon erschien ein Abbild des Gegenstands in ihrem Kopf, und sie wusste, ob es sich um eine Muschel, einen Stein oder ein Holzstück handelte. Erst nach einer Weile fiel ihr auf, dass sie dabei ein Geräusch machte, ganz automatisch. Es war eine Art Klicken.

Mein Sonar, dachte Sheila. Ich bin tatsächlich ein Delfin!

Die neuen Eindrücke waren überwältigend. Sie tauchte hinab in die geheimnisvolle, lichtdurchflutete Welt und sah kleine Fische, Muscheln und Krebse. Übermütig steckte sie ihren Schnabel in den Sand und wühlte den Boden auf, bis das Wasser vor ihr trüb wurde. Mit ein paar kräftigen Flossenschlägen schwamm sie weiter, tauchte auf und sprang in hohem Bogen aus dem Wasser. Wieder und wieder. Sie drehte sich dabei und ließ ihren Körper aufs Wasser platschen, dass es spritzte.

Herrlich!

Doch plötzlich vernahm sie Stimmen. Sie hielt den Kopf aus dem Wasser und äugte zum Ufer. Die Familie am Strand war auf sie aufmerksam geworden. Die beiden Kinder deuteten mit dem Finger auf Sheila und riefen aufgeregt: »Ein Delfin! Ein Delfin!«

Der Vater zückte seine Digitalkamera.

Erschrocken tauchte Sheila ab und blieb eine ganze Weile unter Wasser. Sie musste vorsichtiger sein.

Sie schwamm ein Stück aus der Bucht hinaus und kam nur dann hoch, wenn sie Luft holen musste. Es war schon ziemlich merkwürdig, dass ihre Nase jetzt über den Augen saß … ein Gefühl, als würde sie durch die Stirn atmen! Und wie leicht es war, mit dieser Nase zu pfeifen und alle möglichen Laute hervorzubringen! Sheila probierte es aus und versuchte, sinnvolle Worte zu formen.

Hallo, hallo!

Ob sie sich auf diese Weise mit anderen Delfinen verständigen konnte?

Ist da jemand?

Keine Antwort. Sheila versuchte es noch einmal.

Hallo, ich bin Sheila! Ist jemand in der Nähe?

Wieder blieb die Antwort aus.

Ich mach es falsch, dachte Sheila enttäuscht. Falls andere Delfine in der Nähe sind, verstehen sie mich nicht. Wie auch. Sie haben eine eigene Sprache. Und vielleicht verstehen sie statt meines Hallos nur *Trollemur* oder *Randeratsch* …

Trotzdem war es toll, ein Delfin zu sein! Sheila schwamm weiter hinaus und stieß dabei aus purem Übermut Fantasielaute aus, die ihr gerade in den Kopf kamen.

Rollehomata!

Rönderratteroi!

Sheila-Sheila-Sheila!

Gerade als sie überlegte, ob sie es vielleicht einmal mit englischen Begriffen versuchen sollte, hörte sie eine Antwort.

Sheila erstarrte in der Bewegung. Sie ließ sich treiben und konzentrierte sich auf den fremden Laut.

HILFE! SCHNELL! HILFE!

Sheila vergaß alle Wortspielereien und schoss los. Da war ein Delfin in Not! Sie versuchte zu orten, woher die Hilferufe kamen, und schlug die Richtung ein. Blitzschnell durchpflügte sie das Meer.

Bald sah sie vor sich unter Wasser etwas Merkwürdiges treiben, rund wie ein Ballon. Der Durchmesser betrug etwa zwei Meter. Das Ding bestand aus Tang, so als hätte jemand einen großen Korb geflochten und ins Meer gehängt. Im Innern aber war ein Delfin gefangen und konnte nicht heraus. Seine Bewegungen wurden immer schwächer. Sheila spürte seine Panik.

Hilfe!

Er würde ersticken, wenn er nicht bald an die Wasseroberfläche kam, um zu atmen.

Keine Angst, ich bin da!, teilte Sheila dem Delfin mit. *Ich helfe dir!*

Sie umkreiste den Ballon aus Tang. An einer Stelle war eine Öffnung, durch die der Delfin offenbar eingedrungen war. Aber die

Öffnung schien sich zusehends zu verkleinern. Das Ding war eine heimtückische Falle!

Hastig packte Sheila mit dem Schnabel ein Ende von den zähen Grünalgen und zerrte mit aller Kraft daran. Es gelang ihr, ein Stück abzureißen.

Mach schnell!

Die Worte des Delfins klangen matt.

Sheila beeilte sich. Sie riss und zog. Dann musste sie selbst nach oben, um Luft zu holen. Sie atmete tief ein und kehrte zu der Tangfalle zurück.

Die Algen waren zäh und fest wie Gummibänder. Sheila strengte sich gewaltig an. Sie musste es schaffen, sonst würde der Delfin sterben!

Endlich hatte Sheila ein großes Loch in die Seite gerissen.

Doch der Delfin bewegte sich nicht mehr. Er lag auf der Seite, eine Brustflosse in die Luft gestreckt.

Sheila war verzweifelt. Es gelang ihr, die Falle im Wasser zu drehen, sodass der bewusstlose Delfin nach unten durch das Loch hinausglitt. Flugs schwamm sie unter ihn, schob ihren Kopf unter seinen Leib und drückte den Körper nach oben bis zur Wasseroberfläche.

Ich muss ihn retten!, dachte sie. Er muss atmen!

Sie hatte keine Ahnung, ob der Delfin noch von selbst Luft holen konnte. Was tun? Ob es half, wenn sie ihn näher ans Ufer brachte? Dort konnte sie Hilfe holen.

Sie blieb unter dem Delfin und schlug kräftig mit der Schwanzflosse. Zuerst kam sie überhaupt nicht voran. Sie probierte es immer wieder, bis sie die richtige Technik herausgefunden hatte. Schließlich gelang es ihr, den Delfin in Richtung Ufer zu bugsieren, ohne dass er unterging.

Sie waren noch ungefähr zwanzig Meter vom Strand entfernt, als Sheila merkte, wie sich der Delfin über ihr bewegte. Freude durchzuckte sie, weil sie dachte, er hätte das Bewusstsein zurückerlangt.

Doch dann merkte sie, was los war.

Der Delfin veränderte sich. Der Schwanz schrumpfte. Zwei Menschenbeine wuchsen aus den Körperseiten hervor. Die Brustflossen wurden zu langen, dünnen Armen. Kopf und Schnabel verwandelten sich in einen menschlichen Kopf mit blonden Haaren.

Sheila stieß überrascht einen Laut aus.

Sie schob einen bewusstlosen Jungen vor sich her!

Mit großer Mühe manövrierte Sheila den Jungen ans Ufer, wo er im seichten Wasser liegen blieb. Der Strand war inzwischen menschenleer, die Familie war fort.

Dann merkte sie entsetzt, dass sie in der Aufregung zu weit ans Ufer geschwommen war und nun im Sand festhing. Sie war gestrandet! Als sie sich bewegen wollte, scheuerte ihr Bauch schmerzhaft gegen den Untergrund.

Panik überkam sie. Sie war hilflos und unbeweglich. Manche Delfine starben, weil sie sich zu weit an Land gewagt hatten und nicht rechtzeitig von einer großen Welle ins Meer zurückgezogen worden waren …

Ich muss mich zurückverwandeln!, dachte Sheila. Sie versuchte, sich auf den zweiten Spruch zu konzentrieren.

Mein Zuhaus sind Land und Wind!
Ach, wär ich wieder Menschenkind!

Plötzlich stieß es sie nach der Pizza auf, die sie mittags gegessen hatte. Es flimmerte vor ihren Augen, und sie versuchte, tief durchzuatmen.

Als das Flimmern nachließ, erkannte sie, dass sie bäuchlings im Wasser lag, nur wenige Meter von dem bewusstlosen Jungen entfernt. Mühsam rappelte sie sich hoch und wäre fast wieder eingeknickt, weil ihre Beine sich weigerten, sie zu tragen. Die Haut an ihrem Bauch war aufgeschürft, und die Stelle brannte wie Feuer.

Doch der Junge brauchte sie!

Sie schaffte es, seinen Kopf so zu drehen, dass Mund und Nase frei waren.

Und jetzt?

Sheila zitterte vor Anspannung. Sie wusste, was zu tun war, sie war schließlich lange genug Mitglied im Schwimmverein. Sie musste Erste Hilfe leisten, dann hatte er vielleicht eine Chance.

Der Junge lag reglos im flachen Wasser, er war sehr bleich. Sheila zog ihn ganz auf den Sand.

Jeder Augenblick zählte!

Sie tastete seinen Hals ab und versuchte, seinen Puls am Handgelenk zu fühlen. Vielleicht war sie zu aufgeregt, um etwas zu spüren, oder sein Herz schlug tatsächlich nicht mehr. Sheila zögerte nicht länger. Sie brachte den Jungen in Rückenlage und überstreckte leicht seinen Kopf. Dann beugte sie sich nieder und begann mit der Mund-zu-Nase-Beatmung, wie sie es im Kurs an einer Puppe geübt hatte.

Zwei Atemstöße.

Dann Herzdruckmassage. Eins, zwei, drei, vier, fünf … fünfzehn.

Wiederbeatmen.

Herzdruckmassage.

Atmen. Massage.

Bitte, bitte, bitte!, dachte Sheila. Er darf nicht sterben!

Da sah sie, wie seine Lider zuckten.

Ein Stein fiel Sheila vom Herzen.

Der Junge lebte!

5. Kapitel
Mario

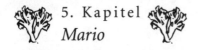

Langsam öffnete der Junge die grünen Augen und richtete seinen Blick auf Sheila.
»Wer bist du?«, fragte er mit schwacher Stimme.
»Ich heiße Sheila«, antwortete sie. »Wie geht's dir?«
»Ich weiß nicht«, erwiderte er, bewegte vorsichtig den Kopf und hustete. Sheila legte ihren Arm um seinen Rücken und half ihm dabei, sich auf die Ellbogen zu stützen.
»Langsam«, sagte sie. »Du bist fast ertrunken.«
»Du warst der Delfin, der mich befreit hat, nicht wahr?«, fragte er und wollte sich ganz aufsetzen. Doch er hatte noch nicht die Kraft und stöhnte.
»Du bleibst besser noch einen Augenblick liegen«, sagte Sheila.
»Du warst der Delfin«, wiederholte der Junge hartnäckig.
Sheila zögerte. Er tat so, als sei es das Normalste auf der Welt, wenn man eine andere Gestalt annehmen konnte!
»Reine Vorsichtsmaßnahme, dass ich frage«, sagte der Junge und hustete wieder. »Ich muss doch wissen, auf welcher Seite du stehst. Du könntest ja auch gefährlich sein.«
»Spinnst du?«, empörte sich Sheila. »Glaubst du, ich zieh dich zum Spaß aus dem Wasser? Du könntest wenigstens Danke sagen, dass ich dir das Leben gerettet habe.«
»Danke.« Der Junge fing an zu grinsen.
Sheila holte tief Luft. »Du warst auch ein Delfin«, sagte sie. »Als ich dich ans Ufer geschleppt habe, bist du wieder ein Junge geworden. Kannst du mir das vielleicht mal erklären?«

Der fremde Junge sah sie prüfend an. »Du bist wohl noch nicht lange ein Meereswandler?«

»*Meereswandler?*« Sheila hatte das Wort noch nie gehört.

»Na ja, so nennt man uns«, erwiderte der Junge. »Du kannst auch Delfinmensch sagen. Flossenträger. Homo delphinus. Such dir raus, was dir am besten gefällt.«

Sheila sah ihn nur stumm an.

»Seit wann kannst du es denn?«, fragte der Junge.

»Erst seit … seit vorgestern«, antwortete Sheila stockend. »Ich bin nachts im Meer geschwommen. Da waren Delfine, ich wollte hin …« Sie schluckte. »Ich verstehe das alles nicht!«

»Ich war acht, als es mir zum ersten Mal passiert ist. Es hat mich aber nicht überrascht. Ich wusste, dass meine Mutter Delfingestalt annehmen kann. Sie ist auch ein Meereswandler. Deswegen hatte ich es schon eine Weile immer wieder versucht, die Fähigkeit kann sich nämlich vererben.«

»Meine Mutter hat noch nie …« Sheila hielt inne und dachte an Gavino, ihren unbekannten Vater.

Es war eine richtige romantische Liebesgeschichte zwischen ihrer Mutter und dem jungen Fischer gewesen, damals, vor knapp vierzehn Jahren. Sabrina Hermes war mit einer Freundin nach Sardinien gefahren, in die gleiche Gegend wie jetzt.

Sabrina hatte Sheila erzählt, dass sie sich dort Hals über Kopf in Gavino verliebt hatte. Doch eines Tages war Gavino nicht vom Schwimmen zurückgekommen. Sabrina hatte bis zum Ende des Urlaubs gehofft, dass er wieder auftauchte, dann war sie sehr, sehr traurig heimgereist. Neun Monate später war Sheila zur Welt gekommen.

Sheila bedauerte es, dass sie ihren Vater nie kennengelernt hatte.

Es gab nur ein einziges Foto von ihm und die Karte mit dem Delfingedicht. Gavino war groß und hatte schwarze Haare – genau wie Sheila. War er etwa ein Meereswandler gewesen und hatte ihr diese geheimnisvolle Fähigkeit vererbt?

Sheila schwirrte der Kopf.

»Wie heißt du?«, fragte sie den fremden Jungen.

»Mario«, sagte er und strich sich sein blondes Haar aus der Stirn. »Meine Mutter und ich sind seit drei Wochen hier.«

»Macht ihr hier auch Urlaub?«

»Wir sind auf der Flucht.«

»Auf der Flucht?« Sheila war alarmiert. »Vor wem?«

»Vor Zaidons Leuten.«

»Wer ist Zaidon?«, fragte Sheila.

»Vielleicht ist es besser, wenn du gar nichts davon erfährst«, überlegte Mario laut und richtete sich zum Sitzen auf. »Ich bringe dich nur in Gefahr.« Er wollte aufstehen. »Ich werde jetzt gehen.«

Sheila hielt ihn am Arm fest. »Kommt gar nicht infrage!«, protestierte sie. »Ich lass dich nicht fort! Ich will wissen, was los ist! Ohne mich wärst du jetzt tot!«

Mario schwieg und sah aufs Meer hinaus.

»Ich will wissen, was los ist«, wiederholte Sheila hartnäckig.

»Zaidon hat versucht, mich mit einem *Wasserschnapper* zu fangen«, sagte Mario leise und blickte Sheila an. »So nennt man diese Unterwasserfalle. Ich habe im Internet schon davon gelesen. Ein *Wasserschnapper* ist ausgesprochen tückisch. Er ist nämlich – na ja, er ist irgendwie verhext.«

»Verhext?«, fragte Sheila verständnislos.

»Ja. Ich bin im Meer geschwommen, habe mich in einen Delfin

verwandelt und bin ein bisschen getaucht. Dann habe ich auf einmal das große grüne Ding unter Wasser entdeckt.« Mario schluckte. »Es hatte ein Gesicht. Augen, die mich ansahen. Einen Mund, der mit mir redete. *Komm*, sagte er. Und ich musste hinschwimmen. Es ging nicht anders. Der Mund wurde immer größer und größer. Ich wurde in den *Wasserschnapper* hineingesaugt und war gefangen. Den Rest kennst du.«

Sheila spürte, wie sie eine Gänsehaut bekam.

»Und warum … warum hat der *Wasserschnapper* es nicht bei mir gemacht?«, fragte sie.

Mario zuckte mit den Schultern. »Vielleicht kann ein *Wasserschnapper* nur immer einen einzigen Meereswandler festhalten, wer weiß? Außerdem glaube ich, dass die Falle für mich bestimmt war.«

»Warum ausgerechnet für dich?«

»Das ist jetzt zu kompliziert, dir alles zu erklären«, sagte Mario ausweichend.

Sie standen auf und sahen sich an. Sheila begann, sich unbehaglich zu fühlen.

»Ich glaube, ich muss jetzt langsam zurück«, sagte sie. »Zoe vermisst mich bestimmt schon. Wenn ich zu lange wegbleibe, alarmiert sie noch die Küstenwache.«

»Wer ist Zoe?«

»Wenn ich Pech habe, wird sie meine Stiefschwester.«

»Oh.« Mario grinste. »Kapiert. Und das willst du nicht?«

»Nicht, wenn es sich irgendwie vermeiden lässt«, antwortete Sheila.

»Treffen wir uns mal wieder?«, fragte Mario unvermittelt. »Wie lange macht ihr hier noch Urlaub?«

41

»Noch vierzehn Tage«, antwortete Sheila, ohne dass sie nachrechnen musste.

Seit Urlaubsbeginn zählte sie die Tage, die sie mit Zoe in einem Zimmer aushalten musste.

»Ich begleite dich ein Stück zurück«, sagte Mario. »Ich will sehen, wo du wohnst.«

»Willst du zur Sicherheit nicht doch noch zum Arzt gehen?«, fragte Sheila besorgt.

»Auf gar keinen Fall.«

»Na ja«, sagte Sheila, »du musst es wissen.«

Sie gingen nebeneinander den Strand entlang. Sheila suchte ihre Sachen zusammen und kletterte dann die Böschung hinauf, gefolgt von Mario.

Auf der Kuppe blieben sie stehen. Die Luft war so heiß, dass sie flimmerte. Sheila deutete zu der Hotelanlage.

»Dort drüben, das ist unser Hotel. Wir wohnen in dem kleinen Bungalow ganz rechts. Siehst du den großen Strauch? Die Terrasse daneben – das ist unsere.«

Mario nickte. Dann fragte er auf einmal: »Hast du schon jemandem etwas davon erzählt?«

Sheila wusste sofort, was er meinte. Sie schüttelte den Kopf.

»Nein. Ich war mir nicht sicher, ob ich mir das Erlebnis neulich in der Nacht nicht nur eingebildet habe.«

»Ich würde an deiner Stelle auch nichts sagen. Niemandem. Du weißt nicht, wie sie reagieren. Zu keinem ein Wort. Das ist sicherer.«

»Aber warum –«, begann Sheila, doch Mario ließ sie nicht ausreden.

»Sie werden dir sowieso nicht glauben. Und wenn du es ihnen

vorführst, halten sie dich vielleicht für ein Monster.« Seine Stimme klang gepresst.

Sheila sah ihn irritiert an. »Ist dir das schon passiert?«

»Glaub mir, ich weiß, wovon ich rede«, sagte er. Sein Gesicht war jetzt verschlossen. Er schien es mit einem Mal eilig zu haben. »Ich muss jetzt auch zurück. Wir sehen uns. Ciao.«

Und ohne ein weiteres Wort verschwand er hinter den Dünen.

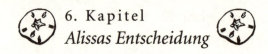

6. Kapitel
Alissas Entscheidung

Diesmal war niemand da, der ihn rettete.
Er kämpfte verzweifelt gegen das Gefängnis aus Tang an. Die Luft wurde knapp.
Er musste an die Wasseroberfläche, um Atem zu holen. Schon tanzten Sterne vor seinen Augen. Mit letzter Kraft suchte er nach der Öffnung. Sie musste doch irgendwo sein!
Jemand lachte.
DU BIST MEIN – FÜR IMMER!
Zaidons Stimme. Sie war in seinem Kopf.

Schweißgebadet fuhr Mario hoch. Er saß aufrecht im Bett. Das Herz schlug ihm bis zum Hals.
Nur ein Traum, Gott sei Dank!
Durch die Jalousie fiel Dämmerlicht. Es war früher Morgen. Die Gardine bewegte sich leicht im Wind. Draußen zwitscherten die ersten Vögel.
Mario schwang seine Beine über die Bettkante. Er musste aufs Klo. Seine Knie zitterten, als er aufstand. Einen so schlimmen Albtraum hatte er lange nicht mehr gehabt.
Als er vom Bad zurückkam und schon die Klinke seiner Zimmertür in der Hand hatte, fiel ihm die seltsame Stimmung im Haus auf. Irgendetwas war anders als sonst.
Unsinn, sagte sich Mario und setzte entschlossen den Fuß über die Türschwelle. Trotzdem fühlte er sich unbehaglich, als er in sein Bett zurückkroch. Er konnte auch nicht mehr schlafen. Zu deutlich war die Erinnerung an den Traum.

Zaidon.

Mario hatte seiner Mutter gestern nichts von dem *Wasser-schnapper* erzählt. Er wollte sie nicht noch mehr beunruhigen. Als er an seine weinende Mutter dachte, fühlte er sich wieder so hilflos. Manchmal bildete er sich schon ein, dass die Wände ihn und seine Mutter beobachteten. Und dass überall im Haus Wanzen angebracht waren. Vielleicht wusste Zaidon längst über jeden ihrer Schritte Bescheid.

Das offene Fenster da – war es nicht eine Gefahr?

Mario sprang aus dem Bett und schlug es in einer Panikattacke zu. Es gab einen lauten Knall. Hoffentlich hatte er Alissa damit nicht geweckt!

Er lauschte.

Nichts. Nur diese unheimliche Stille.

Mario hielt es nicht mehr aus. Mit klopfendem Herzen schlich er aus dem Zimmer und auf den Gang. Dann drückte er leise die Klinke zu Alissas Schlafzimmer nieder.

Ihr Bett war unberührt.

Mario schluckte. Wie gelähmt starrte er auf die glatt gestrichene Decke. Dabei war Alissa gestern Abend extra in sein Zimmer gekommen, um ihm Gute Nacht zu sagen. Sie hatte betont, wie müde sie sei und dass sie sich auch gleich zurückziehen werde. Kein Wort davon, dass sie noch einmal weggehen wollte.

Schlaf gut, mein Liebling, und pass auf dich auf!

Der Satz klang noch in seinem Ohr. *Pass auf dich auf!* Das hatte sie sonst nie gesagt. Er hatte sich gefragt, ob sie vielleicht etwas von dem Vorfall am Nachmittag ahnte. Manchmal entwickelten Mütter ja einen sechsten Sinn.

Doch dann sah Mario den Umschlag auf der Bettdecke.

Mit zwei Sätzen war er dort und riss ihn auf.

Die Buchstaben verschwammen vor seinen Augen.

Lieber Mario,

verzeih mir, dass ich ohne Abschied von dir fortgegangen bin. Aber ich hätte es sonst nicht geschafft. Zaidon hat mir gedroht, dich zu töten, wenn ich seinem Ruf nicht folge. Da blieb mir keine andere Wahl. Ich habe dir ohnehin schon viel zu viel zugemutet. Ich dachte ja, dass ich Zaidon entkommen kann …

Aber vielleicht kehrt jetzt endlich Ruhe in dein Leben ein. Geh bitte zu deinem Vater, Mario. Er wird sich um dich kümmern, denn er liebt dich sehr. Genau wie ich.

Ich umarme dich. Es tut mir leid, dass ich dir keine bessere Mutter gewesen bin, aber ich will alles tun, um das wiedergutzumachen, wenn dieser Albtraum vorüber ist.

In Liebe

Alissa

Mario ließ den Brief sinken. Er konnte nicht glauben, was er da gelesen hatte. Sie war fort! Alissa war Zaidons Ruf gefolgt!

Mario überflog den Brief ein zweites Mal. Nein, er irrte sich nicht. Er hatte richtig gelesen. Alissa wollte, dass er zu seinem Vater ging!

Monster! Monster! Monster!

Mario presste die Hände auf seine Ohren. Wie er seinen Vater für diese Worte hasste. Mario erinnerte sich noch ganz genau. Er war drei Jahre alt gewesen, als sein Vater zum ersten Mal gesehen hatte, wie sich Alissa in einen Delfin verwandelte. Der Vater war entsetzt gewesen und völlig verstört davongerannt. Mario hatte ihn nie wiedergesehen, obwohl Alissa versucht hatte, den Kontakt aufrechtzuerhalten.

Monster! Monster! Monster!
Solche Worte ließen sich nicht zurücknehmen!
Mit so einem wollte Mario nichts zu tun haben.
Er würde bestimmt nicht zu ihm gehen!
Ohne es zu merken, zerknüllte Mario den Brief in seiner Hand.
Sein Entschluss stand fest.
Er würde seine Mutter suchen!

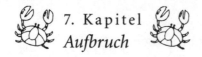

7. Kapitel
Aufbruch

Sheila konnte kaum abwarten, bis das Abendessen vorüber war. Hastig verschlang sie die Spaghetti. Sie musste unbedingt herausfinden, ob Gavino ein Meereswandler gewesen war.
Als Michael und Zoe sich an der Rezeption herumdrückten und die Prospekte mit Ausflugsangeboten begutachteten, zog Sheila ihre Mutter beiseite.
»Ich muss dringend mit dir reden, Mama. Unter vier Augen.«
Sabrina zog erstaunt die Brauen hoch. »Geheimnisse?«
»Es geht um meinen Vater«, erwiderte Sheila knapp.
»Na, dann komm.« Sabrina hakte ihre Tochter unter. »Wir gehen schon mal voraus«, rief sie zur Rezeption.
Michael blickte herüber und nickte lächelnd.
Die laue Nachtluft schlug ihnen entgegen, als sie das Hotel verließen. Es roch nach Meer. Sheila spürte Sehnsucht nach dem Wasser.
»Also, was willst du wissen?«, fragte Sabrina, während sie den Weg zu ihrem Bungalow einschlugen.
Sheila hatte sich den ganzen Nachmittag überlegt, was sie sagen sollte. Sie würde auf keinen Fall erzählen, dass sie sich in einen Delfin verwandeln konnte. Sabrina würde annehmen, Sheila hätte einen Sonnenstich. »Mein Vater … war er ein guter Schwimmer?«
»Aber das weißt du doch«, sagte Sabrina. »Ich habe dir oft genug erzählt, wie ausgezeichnet er schwimmen konnte. Manchmal hatte ich den Eindruck, dass er mehr im Wasser zu Hause war als an Land.«
»Glaubst du, er ist damals ertrunken, Mama?«

»Anders kann ich mir sein Verschwinden nicht erklären«, antwortete Sabrina.

Und er hat sein Geheimnis mitgenommen, dachte Sheila traurig.

»Mein Vater mochte Delfine?«, fragte sie weiter.

»Er war so vernarrt in sie, dass er sie sogar manchmal aus Spaß Brüder nannte«, erwiderte Sabrina.

Brüder. Ein Schauder überlief Sheila.

»Das war besonders ungewöhnlich, weil Fischer normalerweise nicht besonders gut auf Delfine zu sprechen sind«, fuhr Sabrina fort. »Die Fischer sehen Delfine als Konkurrenz an. Sie fressen ihnen die Beute weg.«

»Hat mein Vater …«, Sheila stockte, »vielleicht mal gesagt, dass er gerne ein Delfin wäre?«

»Daran kann ich mich nicht erinnern … Ach so.« Sabrina blieb stehen. »Du hast die Karte in meinem Nachttisch gefunden. Die mit dem Delfin und dem Gedicht.«

Delfin, Delfin, Bruder mein …

Sheila presste die Hände an die Schläfen, um die innere Stimme zum Verstummen zu bringen. Sie durfte das Gedicht nicht zu Ende denken, nicht hier und nicht jetzt, sonst würde sie sich vielleicht wieder verwandeln – direkt vor dem Bungalow!

Sabrina missverstand Sheilas Geste. »Das ist schon okay. Ich bin dir wirklich nicht böse, dass du in meinem Nachttisch herumgesucht hast.«

Sheila seufzte. »Ach, Mama, ich weiß so wenig über meinen Vater. Früher hast du öfter von ihm erzählt.«

»Irgendwann muss man mit der Vergangenheit abschließen. Ich habe lange genug dazu gebraucht. Jetzt habe ich zum Glück Michael gefunden, und ich bin mit ihm sehr glücklich.«

»Mit Zoe auch?« Sheilas Mund war trocken.

»Zoe ist ein nettes Mädchen«, sagte Sabrina. »Ich freue mich schon darauf, wenn wir endlich eine Familie sind.«

Das hatte Sheila überhaupt nicht hören wollen. Es klang so, als sei die Hochzeit bereits eine beschlossene Sache. Zoe als Stiefschwester. Schrecklich!

»Ja, darauf freue ich mich auch schon«, sagte da eine männliche Stimme hinter ihnen. Im nächsten Moment trat Michael zwischen Sheila und ihre Mutter und legte seine Arme um die Schultern der beiden.

Sheila duckte sich und schlüpfte unter seinem Arm nach hinten durch. Sie mochte nicht von ihm angefasst werden.

»Au! Kannst du nicht aufpassen, du blöde Kuh?«

Sheila war Zoe, die hinter ihnen ging, auf den Fuß getreten.

»Hab hinten keine Augen«, fauchte Sheila.

Zoe bückte sich, zog ihre rechte Sandale aus und hüpfte auf einem Bein.

»Der Riemen ist abgerissen!« Anklagend ließ Zoe den roten Schuh vor Sheilas Nase herumbaumeln. »Weißt du, wie viel die Sandalen gekostet haben?«

»Nein, und das interessiert mich auch gar nicht!«

»Du wirst mir die Sandalen bezahlen!«

»Das werde ich bestimmt nicht!«, sagte Sheila.

Feindselig standen sich die Mädchen gegenüber. Dann wandte sich Zoe an ihren Vater. »Das muss sie aber, Papa, oder?«

»Was kann ich dafür, dass Zoe so dicht hinter mir war«, schnaubte Sheila und warf einen Hilfe suchenden Blick zu ihrer Mutter. Warum schaltete sie sich nicht ein?

»Natürlich wird dir Sheila den Schaden ersetzen«, sagte Michael.

»Lass mal sehen, Liebes. Vielleicht kann man die Sandale ja zum Schuster bringen …«

»Wenn *die* erst meine Schwester ist – dann gute Nacht!«, stieß Zoe aus.

Noch immer sagte Sabrina nichts.

Sheila hielt es nicht mehr aus. Sie war maßlos enttäuscht von ihrer Mutter und zugleich so wütend, dass sie fast platzte. Sabrina hätte ein Machtwort sprechen müssen. Durfte Zoe denn alles? Und wie viel zählte sie, Sheila, überhaupt noch?

»Ich hab echt die Nase voll von euch!« Damit ließ Sheila die anderen stehen. Sie rannte zum Bungalow, schloss die Tür auf und verzog sich in ihr Bett. Sie wollte niemanden mehr sehen!

Es war gegen Morgen, als Sheila von einem leisen Prasseln geweckt wurde. Sie fuhr hoch und merkte, dass kleine Steinchen ans Fenster geworfen wurden.

Als sie zur Terrassentür hinausspähte, sah sie Mario vor dem Haus stehen. Er machte ihr ein Zeichen.

Sheila warf einen vorsichtigen Blick zu Zoe. Doch diese schlief fest. Sie hatten den Abend zuvor kein Wort mehr miteinander geredet.

Sheila öffnete lautlos die Terrassentür und schlüpfte hinaus.

»Was ist los?«, fragte sie im Flüsterton.

»Zaidon hat sein Ziel erreicht«, antwortete Mario, und Sheila war erstaunt, wie zornig seine Stimme klang. »Er hat meiner Mutter solche Angst eingejagt, dass sie freiwillig zu ihm gegangen ist.«

Er reichte ihr ein zerknittertes Stück Papier. Es war Alissas Abschiedsbrief.

»Und jetzt?«, fragte Sheila schockiert, nachdem sie den Brief gelesen hatte. »Was willst du tun? Gehst du zu deinem Vater?«

»Auf keinen Fall.« Mario schüttelte den Kopf. »Ich werde meine Mutter finden. Ich lasse nicht zu, dass Zaidon sie mir wegnimmt.« Er sah Sheila an. »Hilfst du mir?«

»Ich?«

»Du bist der einzige Meereswandler, den ich hier kenne. Ich weiß nicht, wen ich sonst um Hilfe bitten soll.«

Sheila überlegte. Sie hatte in der Nacht lange über Gavino nachgedacht. Wenn er tatsächlich ein Meereswandler war, wie hatte er dann ertrinken können? So einfach ertranken Delfine nicht! Vielleicht war Gavino auch in einem von Zaidons *Wasserschnappern* umgekommen. Zaidon. Immer wieder Zaidon. Wer war dieser Unbekannte, der so viel Macht ausübte und Meereswandler verschwinden ließ? Sheila musste mehr darüber erfahren.

»Okay, ich helfe dir«, sagte sie entschlossen.

»Dann komm mit.«

»Jetzt gleich?«

»Jede Stunde zählt.«

Sheila zögerte. Sollte sie mit Mario mitgehen, einfach so, ohne Abschied? Das würde ihr ersparen, irgendwelche Ausreden erfinden zu müssen. Außerdem war sie noch immer sauer auf ihre Mutter.

»Ich hole nur noch schnell mein Badezeug.«

Mario nickte.

Sheila kehrte in ihr Zimmer zurück, tauschte ihr Nachthemd gegen ihren Bikini und griff nach der Badetasche. Sie sah ein letztes Mal zu Zoe, die sich zur Wand gedreht hatte.

Glückwunsch, du hast gewonnen, dachte Sheila. Jetzt hast du Michael und meine Mutter erst einmal für dich.

Mit einem Kloß im Hals verließ sie den Bungalow.

Mario griff nach ihrer Hand, und sie rannten zum Meer.

52

Zweiter Teil

Siebenmeer, ach, Siebenmeer!
Das Tor, das gibt es nimmermehr.
Die Steine sind verstreut im Meer.
Ins Paradies kommt keiner mehr.

1. Kapitel
Der Lord der Tiefe

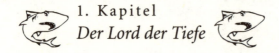

»Meister, fertig?«, fragte der Groll. Seine Stimme klang hohl, so als würde er in eine Flasche sprechen. Nur manchmal, wenn er sich aufregte, wurde ein fischiges Wispern daraus.

»Du kannst sie ansaugen«, befahl Zaidon aus seinem Thronsessel.

Der Groll bewegte sich auf seinen Teleskop-Beinen zur Wand. Er torkelte dabei. Sein gelber, stacheliger Kopf war viel zu groß für die dünnen Beinchen.

Ich hätte ihn besser machen können, dachte Zaidon, als er seinem Diener nachschaute. Aber was zählen schon Äußerlichkeiten. Hauptsache, er gehorcht. Vielleicht werde ich ihn eines Tages ersetzen.

»Schleuse starten!«, rief der Groll und bediente den Hebel. Die Kraft seiner Ärmchen reichte dazu nicht aus, er musste sein kräftiges Maul zu Hilfe nehmen, um ihn herunterzudrücken. Seine Augen quollen vor Anstrengung noch mehr hervor, als sie es ohnehin schon taten.

Zaidon erinnerte sich noch gut daran, wie er den Groll aufgefischt hatte. Ein aufgeblasener und luftgetrockneter Kugelfisch, tot und starr. Solche Kugelfische wurden tausendfach als Souvenirs an Touristen verkauft. Jemand hatte ihn wohl ins Meer zurückgeworfen, und dort hatte ihn die Strömung durch Zufall an Zaidon vorbeigetrieben.

Mit dem Weltenstein hatte Zaidon die Hülle wiederbeleben und weiteraufblasen können. Der Stein steckte voller Magie, und wenn man wusste, wie man damit umging, konnte er wunderbare Dinge bewirken. Als der Fisch unter Zaidons Händen zu zucken begonnen hatte, hatte Zaidon sich einige Spielereien erlaubt.

Zunächst hatte er dem Kugelfisch Sprache verliehen, um sich wenigstens wieder einmal mit jemandem unterhalten zu können. Als Nächstes hatte er ihm Intelligenz eingehaucht, damit der arme Kerl zu vernünftigen Handlungen fähig war. Zuletzt hatte er ihm Arme und Beine wachsen lassen und sie mit Metall verstärkt, damit er sich nützlich machen und Zaidons Befehle ausführen konnte.

Dann hatte Zaidon dem seltsamen Wesen einen Namen gegeben: Groll. Im Bauch des Kugelfischs grollte es jedes Mal wie leiser Donner, wenn er sich wichtigtuerisch aufblies.

Inzwischen lebte der Groll schon viele Jahre mit Zaidon zusammen und diente ihm mit großer Ergebenheit.

»Schleuse läuft«, verkündete der Groll jetzt.

Zaidon blinzelte. Seine trüben Augen konnten nicht bis zum Ende des Raums sehen, doch er wusste, dass durch den Sog unter der Schleuse wieder etwas Wasser hereinlaufen würde. Manchmal kam mit dem Wasser auch Gestank herein, nach Schlick, nach toten Fischen ... Oft aber auch Gerüche, die in Zaidon quälende Sehnsucht auslösten – Sehnsucht nach den goldenen Zeiten in Atlantis, die schon so lange vorbei waren.

»Reinlassen?«, fragte der Groll.

Zaidon nickte. Seine Nasenflügel zitterten leicht. Er roch den Duft von Salzwasser, von Wasserblumen und Freiheit, und vor seinem inneren Auge tauchten Türme mit glänzenden Kuppeln auf. Der Palast, in dem er geherrscht hatte, bis die Mauern auseinandergebrochen waren und alles unterging ...

»Schleuse auf!«, gab der Groll sich selbst den Befehl.

Er zog an einem zweiten Hebel. Am Ende des Raums glitt eine Schiebetür zur Seite. Mit einem Schwall Wasser wurde eine Frau hereingeschwemmt. Reglos blieb sie auf dem Boden liegen.

Der Groll plusterte sich auf. Seine Stacheln standen nun wie spitze Nadeln von seinem Kopf ab.

»Frau tot?«, fragte er aufgeregt.

Zaidon lachte leise. »Der übliche Trick«, sagte er. »Sie verstellt sich, weil sie denkt, damit könnte sie ihre Haut retten.«

Am liebsten wäre Alissa einfach liegen geblieben, halb ohnmächtig vor Angst und Erschöpfung. Sie war viele Stunden ohne Pause im Meer geschwommen und hatte unzählige Kilometer zurückgelegt.

Ihre Hände tasteten auf dem Boden umher, der sich anfühlte wie roher Schinken. Mühsam kam Alissa auf die Knie. Ihr Kleid war nass und klebte am Körper.

»Du hast mich ziemlich lange warten lassen«, sagte eine tiefe Stimme am anderen Ende des Raums.

Alissa hob den Kopf. Rötliches Dämmerlicht umgab sie. Die Wände schienen von innen heraus zu leuchten. Hoch über ihr wölbte sich die Decke, an der mehrere Schläuche und Kabel entlangführten.

»Willst du mich nicht begrüßen?«, forderte die Stimme.

Alissa erschauderte. Jetzt gab es kein Zurück mehr. Sie befand sich in einem Raum mit dem Mann, vor dem sie sich in den letzten Jahren so gefürchtet hatte.

»Ich grü-grüße Sie, Lord der Tiefe.«

Ein leises Lachen war die Antwort.

»Ich habe viele Namen«, sagte die Stimme. »Poseidon. Neptun. Lord der Tiefe. Die meisten nennen mich Zaidon. – Komm näher.«

Alissa trat gehorsam ein paar Schritte vor. Ihre Augen gewöhnten sich allmählich an das dämmrige Licht. Vor ihr bewegte sich ein seltsames Wesen. Es war kaum einen Meter groß und sah aus wie ein kugelrunder Fisch, der auf lächerlich dünnen Beinen stand. Umso größer waren dafür die Augen, denen keine Bewegung entging. Trotz des kugeligen Kopfes wirkte das Wesen gefährlich, in seinem Maul schimmerten spitze Zähne.

»Noch näher«, forderte Zaidon. »Keine Angst, der Groll tut dir nichts! Er beißt nur, wenn ich es ihm befehle.«

»Frau beißen?«, fragte der Groll eifrig. »Jetzt, ja?« Seine Augen starrten Alissa gierig an.

»Noch nicht«, sagte Zaidon.

Alissa machte trotzdem einen Bogen um den Groll. Ihre Schritte waren unsicher. Sie war so lange geschwommen, dass sie sich erst wieder an ihre Beine gewöhnen musste.

»Was wollen Sie von mir?«, fragte sie, während sie den Raum durchquerte.

»Das kommt auf dich selbst an«, kam die Antwort von einem mächtigen Thron aus Gold, Schneckenhäusern und Perlmutt.

Alissa nahm all ihren Mut zusammen und trat vor den Thron. Als sie den Lord der Tiefe erblickte, war sie erstaunt, wie klein er war. In ihren Albträumen war er ihr immer als großer Mann mit schwarzem Umhang erschienen. Jetzt thronte vor ihr ein Männlein von der Größe eines Kindes. Seine Haut war weiß wie die eines Albinos. Alissa hatte schon Abbildungen von ägyptischen Mumien gesehen, daran musste sie nun denken. Doch diese Mumie lebte. Zahlreiche Schläuche hingen quer über dem Thron und verschwanden in Zaidons Gewand. Durch einen Schlauch sickerte eine rötliche Flüssigkeit. Blut?

Alissa fühlte, wie eisige Kälte über ihren Rücken kroch.

Zaidons Augen hatten rote Ränder und waren von einem so intensiven Smaragdgrün, wie Alissa es noch nie bei einem Menschen gesehen hatte.

»Du bist also Alissa Lares«, stellte Zaidon fest.

»Ja«, antwortete Alissa.

»Wie würdest du dich selbst charakterisieren?«, fragte der Lord der Tiefe. »Hältst du dich für mutig oder feige? Für ehrlich oder verschlagen? Fühlst du dich jung oder alt?«

»Warum fragen Sie das?«, gab Alissa zurück. »Sie haben mich doch sicher beobachten lassen. Wahrscheinlich haben Sie sich längst ein Urteil über mich gebildet.«

Zaidons Mund verzog sich zu einem dünnen Lächeln. »Gut, wenn das so ist, dann sage ich dir, wie du mir dienen wirst.«

Alissa wartete mit klopfendem Herzen. Die Smaragdaugen fixierten sie.

»Du kommst als *Sucherin* nicht infrage, denn dazu bist du zu feige«, sagte Zaidon. »Du versteckst dich nämlich gerne. Du bist so nervös, dass du schon zusammenzuckst, wenn das Telefon läutet. Statt dich Konflikten zu stellen, packst du lieber in aller Heimlichkeit deine Sachen und tauchst unter. Du hast dich noch nicht einmal von deinem Sohn verabschiedet, weil es einfacher für dich war.«

Alissa hatte sich vorgenommen, tapfer zu sein und keine Schwäche zu zeigen. Doch der letzte Satz versetzte ihr einen Stich. Es stimmte. Sie hatte Mario nur einen Brief hinterlassen, weil sie den Abschied nicht hätte ertragen können. Aber war das wirklich Feigheit?

»Als *Spionin* kann ich dich auch nicht einsetzen«, fuhr Zaidon fort. »Du hast dich lange Zeit geweigert, mir zu dienen, aber dann hast du dich doch dazu entschlossen, weil du deinen Sohn schützen wolltest. Das ist sehr selbstlos und gut von dir.« Er lachte leise. »Schade, dass du nicht ein bisschen hinterlistig und heimtückisch bist. Denn sonst könntest du meine Kundschafterin werden, andere Meereswandler ausspähen und mir die Informationen beschaffen, die ich brauche.« Er richtete sich in seinem Thron auf. Seine Bewegungen waren langsam, so als würden sie ihm große Mühe bereiten. »Also kannst du mir nur als *Spenderin* nützen. Wie alt bist du?«

»Sechsunddreißig Jahre«, antwortete Alissa.

»Das ist nicht mehr ganz jung.« Zaidon lachte. »Aber es ist wie ein Fingerschnippen, gemessen an meinem Alter. Vor 6423 Jahren ist Atlantis untergegangen, und damals war ich ein erwachsener Mann.«

Alissa konnte es kaum fassen. Zaidon war Tausende von Jahren alt!

»Kannst du dir vorstellen, wie müde ich bin?«, fragte Zaidon im Flüsterton und beugte sich nach vorne, sodass Alissa seinen fischigen Atem roch. »Und mein Hass kostet mich am meisten Kraft. Ich brauche fremde Energie, um meine Suche nach dem fehlenden Stück des Weltensteins fortzusetzen. Deswegen wirst du mir Lebenszeit spenden.«

»Lebenszeit?«, rief Alissa erschrocken. »Was heißt das? Wollen Sie mich töten, damit Sie leben können?« Mit aufgerissenen Augen wich sie zurück, bis sie gegen etwas prallte. Als sie sich umdrehte, stand der Groll hinter ihr.

»Jetzt beißen?«, knarrte er und öffnete hungrig sein Maul. »Darf Groll, ja?«

»Warte noch«, sagte Zaidon. »Alissa hat mich nur falsch verstanden.«

Alissa zitterte am ganzen Leib.

»Niemand wird dich töten, wenn du mir gehorchst«, redete Zaidon weiter. »Was bedeuten schon ein paar Jahre für dich? Du hast noch nicht einmal die Hälfte deines Lebens hinter dir. Du kannst mir getrost ein bisschen von deiner Zeit abgeben.«

Alissas Gedanken wirbelten durcheinander. Konnte Zaidon wirklich ihre Lebensenergie anzapfen? Der Raum sah aus wie ein mittelalterliches Alchemistenlabor. Der Gedanke war ihr unheimlich. Aber hatte sie eine andere Wahl?

»Wenn ich Ihnen fünf Jahre meines Lebens schenke, lassen Sie mich dann frei?«, fragte sie vorsichtig. »Kann ich dann zu meinem Sohn zurückkehren, und Sie lassen uns in Ruhe?«

»Fünf Jahre sind so gut wie nichts …«

»Fünf Jahre sind eine Menge!«, widersprach Alissa. »Das sind 60 Monate! Über 260 Wochen! Mehr als 1800 Tage! Das nennen Sie nichts?«

»Wenn du willst, dass ich dich freilasse, dann musst du mir schon etwas mehr anbieten«, forderte Zaidon.

Zehn Jahre könnte ich hergeben, dachte Alissa. Dieser Preis wäre mir nicht zu hoch, wenn ich dann mit Mario in Frieden leben könnte … Aber wer garantiert mir, dass Zaidon sich an die Abmachung hält?

»Wie funktioniert das überhaupt?« Sie deutete auf die Schläuche. »Wie kommt meine Lebenszeit in Ihren Körper? So etwas ist noch niemandem gelungen!«

Zaidon kicherte. »Vor dir waren schon viele hier, die mir Lebenszeit gespendet haben. Der Groll kann es bezeugen.«

Der Kugelfisch nickte.

Die verschwundenen Meereswandler ...

Alissa dachte alarmiert an das Diskussionsforum im Internet.
Noch nie war einer von den Vermissten zurückgekehrt, es gab
kein einziges Lebenszeichen von ihnen. Zaidon log. Auch zehn
Jahre würden ihm nicht reichen. Sie hatte nicht die geringste
Chance.

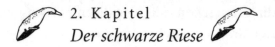

2. Kapitel
Der schwarze Riese

Sheila und Mario waren nochmals in Alissas Schlafzimmer zurückgekehrt, um dort nach weiteren Hinweisen zu suchen. Wenn sie nur wüssten, wo Marios Mutter Zaidon treffen wollte! Aber nicht die geringste Spur – ihre Enttäuschung war groß.
Mario hatte alle Schubladen durchwühlt. »Nichts!« Er schob das letzte Fach so heftig zu, dass es krachte.
Das Haar fiel ihm in die Stirn, als er sich umdrehte. Er ließ sich neben Sheila aufs Bett plumpsen und starrte vor sich hin.
»Ob es einen Sinn hat, auf der Delfinstation nachzufragen?«, murmelte er nach einiger Zeit.
Sheila horchte auf, sie hatte schon von der Delfinstation gehört. Sie erinnerte sich, dass sie vor ein paar Tagen noch mit ihrer Mutter darüber geredet hatte, ob sie diese Beobachtungsstation besichtigen sollten.
»Warum nicht?«, sagte Sheila jetzt. »Besser, als hier nur herumzusitzen! Vielleicht ist ihnen dort ja ein neuer Delfin aufgefallen.«
Mario überlegte. »Wir schwimmen hin und tun so, als wären wir ganz normale Besucher«, sagte er dann. »Ich werde nach einem Delfinweibchen fragen, das auf der linken Seite eine Narbe hat.«
»Eine Narbe?«
»Meine Mutter hatte vor einigen Jahren eine Magenoperation«, erklärte Mario. »Die Narbe hat sie auch als Delfin.«
Sheila dachte nach. Die Leute auf der Delfinstation beobachteten die Tiere und versuchten, sie anhand von bestimmten Merkmalen

auseinanderzuhalten. Sie notierten, welche Delfine zusammengehörten und eine sogenannte »Schule« bildeten, wann Junge zur Welt kamen und welche Routen sie im Meer benutzen.

Manchmal wurden die Stimmen der einzelnen Tiere aufgenommen, damit man sie identifizieren konnte. Kürzlich hatten Forscher sogar herausgefunden, dass jeder Delfin einen eigenen Namen hatte, der aus einem ganz individuellen Pfeifton bestand.

So eine Delfinstation war bestimmt hochinteressant.

»Los, komm!«, drängte Mario und zog Sheila hoch.

Sie verließen das Haus, rannten zum Strand und ins Wasser. Sheila warf einen letzten Blick zum Ufer zurück. Doch es war noch sehr früh am Morgen und der Strand menschenleer.

> *Delfin, Delfin, Bruder mein,*
> *so wie du möcht ich gern sein!*
> *Dein Zuhaus' sind Meer und Wind.*
> *Ach, wär ich doch ein Wasserkind!*

Wieder dehnte und streckte sich Sheilas Körper. Fasziniert schaute sie an sich hinab. Die Arme schrumpften zu Brustflossen, und die Beine verschmolzen zu einem kräftigen Delfinschwanz. Es tat überhaupt nicht mehr weh. Wie schnell sie sich daran gewöhnt hatte, Delfingestalt anzunehmen!

Sheila genoss ihre neuen Kräfte. Wie Pfeile schossen sie und Mario im Wasser vorwärts.

Ein paar Fischerboote kehrten mit ihrem Fang zurück. Die Männer schenkten den Delfinen kaum Aufmerksamkeit, sie waren damit beschäftigt, die schweren Netze zu entleeren. Nur einer stand auf und rief ihnen ein paar Worte zu.

»Pass auf die Netze auf«, warnte Mario Sheila.

Sie schwammen einen großen Bogen, bis sie das freie Meer erreichten.

Die Delfinstation bestand aus mehreren kleinen Gebäuden, einer Aussichtsplattform für Touristen und einem Anlegesteg für Boote. Als Sheila und Mario ankamen, war dort nur ein einziges Motorboot festgemacht.

Sie suchten sich eine geschützte Stelle, um an Land zu gehen.

»Hoffentlich hat uns keiner beobachtet«, sagte Sheila, während sie ihre nassen Haare schüttelte.

Sie schlugen den schmalen Pfad ein, der zu den Gebäuden führte. Die Häuser duckten sich hinter die Felsen, als wollten sie sich verstecken. Von Nahem sah die Station etwas behelfsmäßig aus und wirkte verlassen. Die Holzfassade hätte dringend einen neuen Anstrich nötig gehabt.

Nicht gerade eine Touristenattraktion, dachte Sheila.

Der Pfad führte zu einem Hintereingang, die Glastür war nur angelehnt.

Mario und Sheila wechselten einen Blick.

»Reingehen?«, fragte Sheila.

Mario nickte und drückte die Tür auf.

Der Fliegenvorhang klapperte leise. Sie gelangten in eine winzige Küche. Eine Fliege surrte um eine Obstschale.

»Hier sind wir bestimmt nicht richtig«, murmelte Sheila. »Das war kein Eingang für Besucher.«

Sie gingen trotzdem weiter und kamen auf einen Gang. Die Tür zu einem Büro stand offen. Dort saß ein junger, braun gebrannter Mann vor einem Computer, auf dem Bildschirm rasten lautlos Autos nebeneinanderher.

Mario räusperte sich. »Entschuldigung …«

Mit einem schnellen Mausklick ließ der junge Mann das Computerspiel verschwinden. Dann drehte er sich um.

»Hallo.« Er sah sie fragend an.

»Wir wollen gerne die Station besichtigen«, sagte Mario. »Leider haben wir versehentlich den falschen Eingang erwischt … Ähhh … Wir sind angemeldet, mein Vater hat angerufen.«

Sheila staunte, wie leicht ihm diese Lüge über die Lippen kam.

Der junge Mann blätterte in einem Terminkalender. »Hier ist kein Termin eingetragen.« Er zuckte mit den Schultern. »Wurde wahrscheinlich vergessen, aber ich sag meinem Chef Bescheid. Ich bin nämlich nur Praktikant.« Er griff nach dem Telefon, wählte eine Nummer und wechselte ein paar Sätze mit seinem Gesprächspartner.

»Der Chef kommt gleich«, teilte er dann Sheila und Mario mit. »Wir können aber schon mal zum Hauptgebäude rübergehen.« Er stand auf.

Mario und Sheila folgten dem Praktikanten. Als sie ins Freie traten, kam ein älterer Mann mit grauen Haaren und traurigen dunklen Augen aus einem Nebengebäude. Er rieb sich die ölverschmierten Hände mit einem Lappen ab.

»Ich hab gerade den Bootsmotor überprüft«, erklärte er. »Heute hab ich nicht mit Besuchern gerechnet. Muss irgendwie untergegangen sein, tut mir leid.«

Er führte Sheila und Mario in sein Büro. »Entschuldigt, dass es hier so chaotisch aussieht«, sagte er. »Aber wir haben viel zu wenig Platz und sind personell völlig unterbesetzt. Mark und ich sind die Einzigen hier. Mark studiert Biologie und verbringt hier nur die Sommerferien. Ab September bin ich wieder allein. Viel-

65

leicht müssen wir die Station im nächsten Jahr sogar ganz schließen. – Ich heiße übrigens Pedro.«

»Ich bin Sheila«, sagte Sheila höflich.

»Mario«, murmelte Mario.

Sheila sah sich neugierig im Raum um. »Es wäre sehr schade,
wenn Sie die Station schließen müssten«, sagte sie. »Delfine sind
so interessante Tiere.«

»Sie sind nicht nur interessant, sondern auch sehr klug«, erwiderte Pedro. »Wir haben ihre Geheimnisse noch lange nicht
erforscht. Leider hat man unsere finanziellen Mittel in den letzten Jahren drastisch zusammengestrichen. Wenn wir besser ausgestattet wären, wären wir schon weiter.«

Er zeigte ihnen die Geräte, mit denen die Stimmen der Delfine
aufgezeichnet wurden. An der Wandkarte waren ihre Wander-
routen und Aufenthaltsplätze mit bunten Stickern markiert. Es
gab auch eine Computerdatei, in der die beobachteten Delfine
mit ihren Merkmalen und Eigenschaften registriert waren.

»Unter den Delfinen gibt es große charakterliche Unterschiede –
genau wie bei den Menschen«, erklärte Pedro. »Wir untersuchen
unter anderem auch, wie sich das Leben der Delfine durch Um-
welteinflüsse verändert, welche Krankheiten sie bekommen, wie
sich ihr Verhalten entwickelt und so weiter. – So, jetzt zeige ich
euch die Aussichtsplattform. Wenn wir Glück haben, können wir
vielleicht ein paar Delfine sehen.«

Mario klickte sich noch immer durch die Datei mit den Fotos der
Delfine.

»Suchst du etwas?«, fragte Pedro.

Mario nickte. »Kennen Sie ein Delfinweibchen, das eine Narbe am
Bauch hat?« Seine Stimme klang heiser. »Auf der linken Seite.«

»Hmm. Es gibt einige Delfine, die Narben haben«, sagte Pedro. »Ihre Haut ist sehr empfindlich. Kannst du das Tier noch näher beschreiben?«

Mario schluckte. »Sie … es … das Weibchen, meine ich, ist mollig.«

Sheila bemerkte, dass er rot wurde.

»Du glaubst, sie ist trächtig?«, fragte Pedro nach.

Mario schüttelte den Kopf. »Nein, nicht trächtig. Nur mollig, hab ich gesagt.«

»Und warum bist du dir so sicher, dass sie nicht doch trächtig ist?«, hakte Pedro nach.

Mario runzelte die Stirn. Ganz offensichtlich fiel ihm keine vernünftige Antwort ein.

»Ich denke es eben«, sagte er.

Stille breitete sich im Raum aus. Vor dem Fenster zirpte eine Grille. Sheila hatte plötzlich das Gefühl, dass Mario einen großen Fehler gemacht hatte.

»Und woher kennt ihr dieses Weibchen?«, fragte Pedro endlich.

»Wir … wir haben den Delfin gesehen«, stammelte Mario. »Unterwegs … vom Boot aus. Er … Sie … sie war so zutraulich …«

»Und du konntest vom Boot aus erkennen, dass sie ein Weibchen war?«, fragte Pedro misstrauisch.

Sheilas Herz klopfte schneller. Das war eine Fangfrage. Für einen Laien war es gar nicht so einfach, bei Delfinen Männchen und Weibchen zu unterscheiden; man musste schon sehr genau hinsehen.

»Sie … sie war … in einer Gruppe«, murmelte Mario. »Deswegen hab ich angenommen, dass sie ein Weibchen ist.«

Pedro schwieg.

»Und jetzt … jetzt ist sie nämlich verschwunden«, sagte Mario. »Ich meine … wir haben sie eine Weile nicht mehr gesehen. Deswegen wollten wir fragen, ob Sie vielleicht wissen, wo sie ist … Weil Sie doch Delfine beobachten …« Er stockte.

Sheila wäre am liebsten im Erdboden versunken. Marios Gestammel klang völlig unglaubwürdig. Es war falsch gewesen, hierherzukommen. Pedro nahm ihnen nie im Leben ab, dass sie normale Touristen waren!

Pedro sah zuerst Mario und dann Sheila an. Seine Miene wurde ernst.

»Schluss mit dem Versteckspiel!«, sagte er. »Ihr seid Meereswandler, nicht wahr?«

Im ersten Augenblick hatte Sheila nur einen Gedanken: Flucht! Nichts wie raus hier und weg!

Aber Pedro stand zwischen ihnen und der Tür und versperrte den Weg.

Mario starrte ihn an.

»Gehören Sie zu Zaidons Leuten?«, fragte er wütend. »Dann wissen Sie auch, wo meine Mutter ist! Ich will sie sehen! Sofort!«

Er ballte die Fäuste und machte einen Schritt auf Pedro zu. Doch dieser fing seine Handgelenke ab und hielt sie fest. Mario wand sich sofort wie eine Schlange.

»Lassen Sie mich los!« Er versuchte, in Pedros Hände zu beißen. »Sie gemeiner Schuft! Sie gehören dazu!«

»Beruhig dich, Junge!«, zischte Pedro. »Und sei um Himmels willen leise! Die Wände haben Ohren!«

Mario hätte vermutlich noch weitergemacht, wenn sich Sheila nicht eingeschaltet hätte.

68

»Hör auf!« Sie fasste ihn an den Schultern. »Lass ihn doch erst mal reden!«

Widerwillig ließ Mario die Arme sinken. Er atmete schwer.

»Ich habe eine Schwester«, sagte Pedro leise. »Chiara. Sie ist vor vier Jahren spurlos verschwunden.«

Er erzählte ihnen im Flüsterton, dass seine Schwester eine Meereswandlerin war. Sie hatte ihm eines Tages gezeigt, dass sie sich in einen Delfin verwandeln konnte.

»Ich habe die Fähigkeit nicht geerbt«, sagte Pedro. »Wahrscheinlich war unsere Mutter eine Meereswandlerin. Da unsere Eltern schon lange tot sind, werde ich es wohl nie mehr erfahren.«

Er berichtete weiter, dass Chiara vor ihrem Verschwinden bedroht worden war. Es seien anonyme Anrufe und seltsame Briefe gekommen.

Mario nickte. »Genau wie bei uns.«

Chiara hatte sich Pedro anvertraut. Er hatte alle Hebel in Bewegung gesetzt, um seiner Schwester zu helfen. Vergebens. Eines Tages war sie einfach weg. Die Polizei hatte eine Zeit lang nach ihr gesucht, aber dann irgendwann die Suche eingestellt. Ein halbes Jahr nach Chiaras Verschwinden hatte der Biologe Pedro die Stelle als Delfinwart angenommen. Er hatte gehofft, auf der Delfinstation Hinweise darauf zu bekommen, was mit seiner Schwester passiert war.

»Der Drahtzieher ist ein gewisser Zaidon«, erzählte Pedro weiter. »Er muss Spione haben, die in seinem Auftrag Meereswandler ausfindig machen und sie dann entführen. Niemand kehrt zurück.«

Sheila lauschte mit aufgerissenen Augen. »Aber warum entführt er sie?«

69

Pedro hob die Schultern. »Das weiß ich nicht. Wenn man nachforscht, stößt man auf eine Mauer des Schweigens. Zaidon hat seine Leute perfekt unter Kontrolle. Wahrscheinlich macht er ihnen Angst und droht ihnen, sie umzubringen, wenn sie auch nur ein Sterbenswörtchen verraten.«

Sheila musste an den *Wasserschnapper* denken, in den Mario geraten war.

»Zaidon ist äußerst gefährlich«, murmelte Pedro. »Unterwasserfallen. Gefährliche Strudel. Plötzlicher Sturmwind. Das alles geht auf sein Konto. Deswegen bin ich überzeugt, dass sich Zaidon irgendwo im Meer aufhält.«

»Er hat mir meine Mutter weggenommen«, sagte Mario laut. »Wir sind seit Jahren auf der Flucht. Und jetzt ist meine Mutter freiwillig zu ihm gegangen, weil sie nicht wollte, dass mir etwas passiert.«

Pedro legte warnend den Zeigefinger an die Lippen und schloss die Tür. »Vorsicht! Ich glaube zwar nicht, dass Mark zu Zaidons Leuten gehört, aber wer weiß?« Er ging zum Computer und tippte ein Passwort ein. Auf dem Bildschirm erschien eine Liste.

»Das sind die Delfine, die verschwunden sind, seit ich hier bin«, erklärte er. »Sieben Stück. Vier davon waren mit Sicherheit wilde Delfine und keine Meereswandler. Die drei anderen waren Einzelgänger, die eines Tages aufgetaucht sind und sich auch ein bisschen auffallend verhalten haben. Die wilden Delfine waren ihnen gegenüber sehr zurückhaltend. Deswegen vermute ich, dass es Meereswandler gewesen sind. – Ungefähr zur selben Zeit, in der die Meereswandler verschwanden, wurden Menschen hier in der Gegend als vermisst gemeldet.«

Pedro drückte auf eine Taste. »Ich habe zum Glück einen Freund bei der Polizei. Das sind die Daten, die er mir geschickt hat.«
Es handelte sich um zwei Männer und eine Frau, die zwischen fünfundzwanzig und dreißig Jahre alt waren. Sie waren in den letzten drei Jahren verschwunden. Die Fotos zeigten keine auffälligen Merkmale.

»Es kann natürlich Zufall sein«, sagte Pedro. »Aber das glaube ich nicht.«

Er schloss eine Schublade auf und zog mehrere Schwarz-Weiß-Kopien einer Seekarte heraus. Auf den Kopien waren mit farbigen Filzstiften Linien und Punkte eingezeichnet.

»Ich habe ungewöhnliche Geschichten notiert, die ich von Fischern oder Touristen gehört habe«, sagte er. »Beispielsweise Geschichten von Wellen, die aus dem Nichts entstanden sind. Oder von unerklärlichen Windböen. Manche Fischer erzählen natürlich gerne Seemannsgarn und übertreiben. Trotzdem.«

Er tippte auf ein Gebiet der Karte mit besonders vielen bunten Linien und Kreuzen. »Es gibt etwa zwanzig Kilometer von hier eine Stelle, die die Fischer das *Teufelsmaul* nennen. Dort häufen sich die merkwürdigen Ereignisse. Ich habe mir schon oft gedacht, dass Zaidon sich vielleicht in dieser Region aufhalten könnte.«

»Auf einer Insel?«, fragte Sheila.

»Möglicherweise auch auf einem Schiff«, antwortete Pedro. »Sein Versteck muss jedenfalls sehr gut sein, sonst wäre er schon längst gefunden worden.«

Sheila bemerkte das entschlossene Blitzen in Marios grünen Augen.

»Dann müssen wir zum *Teufelsmaul*«, sagte er.

Pedro sah Mario und Sheila ungläubig an. »Nein! Das ist viel zu gefährlich!«

»Aber wir haben keine andere Wahl, wenn wir meine Mutter finden wollen«, beharrte Mario.

Pedro schwieg lange. Schließlich seufzte er. »Wenn es nicht anders geht, dann werde ich euch zumindest helfen, hinzukommen.«

Sheila atmete erleichtert auf, sie war überrascht und froh, dass sie Unterstützung von Pedro bekamen. Gleichzeitig war sie bestürzt, dass Pedro Marios Erzählungen über Zaidon bestätigt hatte. Die Fahrt konnte zu einem gefährlichen Abenteuer werden.

»Wir nehmen das Boot«, sagte Pedro. »Ich muss nur erst den Motor wieder anbringen. Aber das dauert nicht lange.«

Er zögerte. Dann sperrte er eine weitere Schublade auf. Sheila schluckte, als er ein großes Messer hervorzog und in seinen Gürtel schob.

»Nur für alle Fälle«, sagte er.

Sie folgten Pedro zum Anlegesteg. Mario half ihm, den Außenbordmotor zu befestigen, danach kletterten sie ins Boot. Pedro löste die Leine. Der Motor sprang stotternd an. Sie verließen die kleine Bucht und fuhren aufs Meer hinaus.

Es dauerte gar nicht lange, da tauchten fünf Delfine auf und begleiteten das Boot.

Pedro lachte, als er die Tiere sah.

»Sie kommen fast immer, wenn ich unterwegs bin«, erklärte er Mario und Sheila. »Es macht ihnen Spaß, auf der Bugwelle zu reiten.«

Er nannte ihnen die Namen: Itria, Romeo, Cara, Sara und Pepper. Sheila erinnerte sich an die Fotos im Computer, aber sie al-

72

lein hätte die Delfine im Wasser unmöglich voneinander unterscheiden können. Itria war am neugierigsten und sehr verspielt. Immer wieder sprang sie übermütig in die Luft, um sich die Bootsinsassen genau anzusehen.

Pedro beschleunigte das Boot, aber die Delfine konnten mühelos mithalten. Der Himmel war wolkenlos, und die Sonne brannte. Doch Sheila hatte trotzdem ein bedrückendes Gefühl, das mit jedem Kilometer stärker wurde. Es war, als könnte sie Zaidons Nähe spüren.

»Wir sind gleich da«, kündigte Pedro an.

Vor ihnen ragten ein paar winzige Inseln aus dem Meer auf, grün bewachsen und mit weißen Stränden – ein Anblick wie auf einer Urlaubspostkarte. Sheila beschirmte die Augen. Das glitzernde Wasser blendete sie.

»Dahinter ist das *Teufelsmaul*«, rief Pedro. »So tückisch wie das Bermuda-Dreieck, wenn man den Fischern glaubt.«

Er drosselte das Tempo. Sheila fiel auf, wie still es plötzlich geworden war. Es lag nicht nur daran, dass der Motor jetzt leiser lief. Irgendetwas war anders …

Die Delfine! Eben hatten sie noch schnatternd das Boot begleitet, aber jetzt waren sie plötzlich verschwunden. Sheila drehte sich um. Sie konnte sie nirgends entdecken. Die Tiere waren einfach abgetaucht.

»Sie meiden das *Teufelsmaul*«, erklärte Pedro. »Ich war bisher erst zweimal hier, aber die Delfine sind nie die ganze Strecke mitgekommen, sie sind immer vorher umgekehrt. – Ich hab mich schon gewundert, dass sie heute so lange beim Boot geblieben sind. Wahrscheinlich hat es daran gelegen, dass ihr dabei seid.«

Es muss einen Grund dafür geben, dass die Delfine das *Teufels-maul* meiden, dachte Sheila alarmiert. Sie fürchteten sich vor etwas. Manche Tiere besaßen einen ausgeprägten Instinkt. Sie wussten, wann Gefahr drohte.

Pedro fuhr jetzt sehr langsam.

»Sicher ist sicher«, sagte er. »Bei diesem Tempo kann ich vielleicht noch einem gefährlichen Strudel oder Ähnlichem ausweichen. Ich selbst habe hier noch nie etwas Auffälliges bemerkt.«

Das Boot tuckerte um die kleinen Inseln. Das Meer lag glatt vor ihnen. Sheila sah, wie sich Mario am Bootsrand festkrallte und mit seinen Blicken die Inseln absuchte, in der Hoffnung, eine Spur von seiner Mutter zu entdecken.

Die Luft war anders als sonst. Sheila fühlte, wie ihr Nacken zu prickeln anfing. Die Sonne, der blaue Himmel, das ruhige Wasser – der friedliche Schein trog. Sie spürte die Spannung. Hier *war* etwas!

Plötzlich stürzte das Wasser vor ihnen in die Tiefe, als hätte jemand auf dem Meeresgrund den Stöpsel gezogen. Ein riesiger Strudel tat sich vor ihnen auf. Sheila starrte fassungslos auf das Tal, das neben dem Boot entstand.

Pedro gab sofort Vollgas, um der gefährlichen Stelle zu entkommen.

»Stopp! Zurück!«, schrie Mario ihm zu. »Vor uns ist etwas!«

Jetzt sah auch Sheila den mächtigen Schatten im Wasser.

Es blubberte wie in einer Hexenküche, als plötzlich der Berg vor ihnen auftauchte. Groß.

Pechschwarz.

»Was ist das?«, rief Sheila entsetzt, während das Boot gefährlich zu schaukeln anfing. Sie hielt sich krampfhaft am Bootsrand fest.

Sie hätte nur die Hand ausstrecken müssen, um den furchterregenden Giganten zu berühren. Muscheln und Seepocken klebten an dem ledrigen Untergrund.

Dann blickte sie in ein milchiges, tellergroßes Auge.

Ein riesiger Wal!

Sheila traute ihren Augen kaum.

Jetzt ging alles blitzschnell. Der Bug des Boots wurde angehoben. Sheila stürzte nach hinten ins Heck und fiel auf Pedro und Mario.

Der Wal brachte das Boot zum Kentern!

Es stand inzwischen fast senkrecht. Wasser lief ein. Pedro und Mario rutschten über Bord, während sich Sheila an den Seitenwänden festklammerte. Dann überschlug sich das Boot. Es wurde stockfinster um Sheila herum. Irgendetwas prallte gegen ihren Kopf, der Schmerz durchfuhr sie wie ein Blitz. Sie verlor die Orientierung. Überall war Wasser. Wo war oben und unten?

Verwandeln, dachte Sheila. Ich muss mich verwandeln!

Es funktionierte nicht. Sie konnte sich nicht an den Spruch erinnern.

Delfin, Delfin, Bruder mein ...

Und sie brauchte Luft!

Sheila versuchte, gegen das Panikgefühl anzukämpfen. Ihre Lungen waren kräftig. Wenn es darauf ankam, konnte sie mehr als zwei Minuten den Atem anhalten.

Sie fühlte den Auftrieb des Wassers, und es wurde wieder heller um sie herum.

Nach oben! Nach oben!

Doch dann tauchte plötzlich ein großer Schatten vor ihr auf.

O nein, der Wal! Er war direkt vor ihr!

Jetzt öffnete er sein riesiges Maul.

Sheila schlug wie wild mit den Armen, um zu entkommen.

Vergebens.

Als sie von dem gewaltigen Sog erfasst wurde, erkannte sie Mario neben sich. Dann wurden sie beide in die dunkle Öffnung gewirbelt.

3. Kapitel
Die Prophezeiung

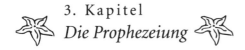

Fortunatus rieb sich die Augen und fragte zum wiederholten Mal seinen E-Mail-Account ab.
Sie haben keine neuen Nachrichten.
»Verdammt!« Fortunatus schlug mit der Faust so heftig auf den Tisch, dass der Mauszeiger auf dem Bildschirm zitterte. »Warum dauert das so lange?«
Da behauptete Geraldino, der beste Kryptograph aller Zeiten zu sein! Für die Entschlüsselung des geheimnisvollen Textes würde er 24 Stunden brauchen, allerhöchstens. Aber jetzt wartete Fortunatus schon mehr als 36 Stunden darauf, dass Geraldino sich meldete.
Die ganze Nacht hatte Fortunatus kein Auge zugetan. Jede Viertelstunde hatte er nachgeschaut, ob eine Nachricht von Geraldino gekommen war. Er kannte ihn von früher. Geraldino lebte in einem ärmlichen Stadtviertel in Rom. In seiner winzigen Wohnung standen sieben Computer, und es herrschte ein einziges Chaos aus Kabeln, leeren Pizzaschachteln und halb ausgetrunkenen Colaflaschen. Aber Geraldino war ein Genie, ein Superhacker mit Verbindungen überallhin. Wenn jemand das Rätsel lösen konnte, dann er.
Fortunatus stand auf und ging ruhelos in der Kajüte umher. Sein Blick fiel durch das Fenster. Gegen Mittag war Wind aufgekommen, und das Meer war in Bewegung geraten. Graue Wellen rollten heran und brachten Fortunatus' Jacht zum Schaukeln.
Das Meer wirkte wie ein nervöses Tier, das man besser nicht

reizte. Es spiegelte Fortunatus' augenblickliche Stimmung perfekt wider.

Er hatte gehofft, sein Ziel schneller zu erreichen. Fünfzehn Jahre war es nun her, seit er die Ruinen von Atlantis entdeckt hatte. Damals hatte sich Fortunatus noch Jean de la Fortune genannt. Alle Zeitungen hatten über den aufsehenerregenden Fund berichtet. Doch die eigentliche Sensation war erst danach gekommen – und davon hatte die Öffentlichkeit kein einziges Wort erfahren. Sie war sein Geheimnis – sein dunkles. Jean de la Fortune hatte herausgefunden, dass ein Bewohner von Atlantis noch am Leben war, mehr als sechstausend Jahre nach dem Untergang des Reichs!

Das schien unmöglich! Kein Mensch hätte ihm geglaubt, dass es einen Zeitzeugen aus Atlantis gab. Einen Mann, der nicht nur dort gelebt hatte, sondern sogar der mächtigste Herrscher des alten Reichs gewesen war: Zaidon.

Von ihm hatte Jean de la Fortune eine fantastische Geschichte erfahren: Dass Zaidon unsterblich war, lag an dem Weltenstein – einem Stein mit unvorstellbarer magischer Kraft. Niemals würde Jean de la Fortune das Gefühl vergessen, als Zaidon ihm ein Stück des Steines in die Hand gelegt hatte. Seine Haut hatte bei der Berührung geprickelt, und er wollte den Stein von diesem Augenblick an besitzen. Seine Magie zog ihn in ihren Bann, sie versprach unendliche Macht, und Jean de la Fortune war so fasziniert davon gewesen, dass er alles dafür aufgab, was bisher für ihn wichtig gewesen war – seinen Beruf, sein geliebtes Schiff »Dauphin« und sogar seine Frau. Er tauchte unter und nannte sich fortan nur noch Fortunatus.

Nachdenklich ließ er nun seinen Blick durch die luxuriös eingerichtete Kajüte schweifen. Zum Glück brauchte Zaidon seine

Hilfe. Beim Untergang Atlantis' war er beinahe umgekommen, und er hatte Jahrtausende benötigt, um sich davon zu erholen. Jetzt wollte er ein neues, noch prächtigeres Atlantis erschaffen und versprach Fortunatus, ihn für seine Unterstützung reich zu belohnen.

Diese Hightech-Jacht hatte Fortunatus bereits bekommen. Doch noch mehr als alles Geld auf der Welt reizte ihn die Magie. Der Wunsch, sie an sich zu reißen und zu beherrschen, hatte sich wie Gift in sein Herz gefressen, heimlich, schleichend. Und er wusste schon lange, dass der Weltenstein nicht das einzige magische Erbe von Atlantis war ...

Vor einigen Wochen hatte seine Besessenheit neue Nahrung bekommen. Fortunatus hatte auf dem Meeresgrund in der Nähe der Ruinen eine Tafel mit einer geheimnisvollen Inschrift entdeckt. Er hatte sofort das Gefühl gehabt, dass diese Inschrift immens wichtig sein könnte.

Wieder sah Fortunatus auf seine Uhr. Es kam ihm vor, als hätten sich die Zeiger kaum bewegt.

Warum brauchte Geraldino nur so lange?

Dingdong.

Das akustische Signal des Computers!

Mit zwei Sätzen war Fortunatus an seinem Schreibtisch.

Sie haben eine neue Nachricht.

Die Mail stammte von Geraldino.

Endlich!

Mit zitternden Fingern klickte Fortunatus auf die Maustaste, um die Mail zu lesen.

Hallo, Forty! Du hast meine Computer ganz schön zum Rauchen gebracht. Das war wirklich eine harte Nuss, die ich für Dich kna-

cken sollte. *Aber Geraldino hat den Code natürlich entschlüsselt – wie versprochen! Ich hoffe, Du überweist mir umgehend das versprochene Geld, ich bin nämlich momentan wieder mal total abgebrannt. Gruß, Geraldino.*
PS: Hoffentlich wirst Du aus dem Text schlau!
Fortunatus öffnete den Anhang und starrte wie hypnotisiert auf den Bildschirm.

> *Zwei sollen es sein,*
> *eins von jedem Geschlecht,*
> *neun ist zu klein,*
> *aber dreizehn ist recht.*
>
> *Jene, die finden der Steine sieben,*
> *sind nicht von Goldesgier getrieben,*
> *auch nicht getrieben vom Wunsch nach Ruhm,*
> *nach Anerkennung und Heldentum.*
>
> *Bevor sich öffnet das Weltentor,*
> *steht noch die schwerste Prüfung bevor.*
> *Nur wer die rechte Entscheidung trifft,*
> *hat auch die letzte Hürde umschifft.*
>
> *Der Verräter findet die Lösung nicht,*
> *der falsche Weg führt nicht ins Licht.*
> *Der Standhafte wird das Schicksal wenden,*
> *und Irdens Werk kann sich vollenden.*

Fortunatus' Herz schlug heftig. Er hatte es geahnt. Die Steinplatte enthielt eine Prophezeiung!
Er war auf der richtigen Spur, selbst wenn er die Bedeutung des

Inhalts zunächst nur erahnen konnte. Die Lösung lag vor ihm, er musste sie bloß erkennen. Er starrte auf den Bildschirm, bis seine Augen brannten.

Die erste Strophe mit den Zahlen war besonders verwirrend.

> *Zwei sollen es sein,*
> *eins von jedem Geschlecht …*

Fortunatus dachte nach. Ihm fiel die Stelle in der Bibel ein, in der von Noahs Arche die Rede war. Noah hatte von jeder Tierart ein Männchen und ein Weibchen an Bord genommen. Vielleicht bedeutete der Text, dass ein Mann und eine Frau die Aufgabe gemeinsam lösen sollten.

Weiter.

> *neun ist zu klein,*
> *aber dreizehn ist recht.*

Warum war die Zahl Neun zu klein? Waren neun Begleiter zu wenig? Fortunatus nagte nervös an seiner Unterlippe.

Pling. Pling.

Das war der zweite Computer in der Kajüte. Fortunatus ärgerte sich über die Störung. Ausgerechnet jetzt! Gereizt stand er auf und schaltete den Bildschirm ein.

Die Webcam zeigte verschwommen einen gelben Kopf, der sich wichtigtuerisch aufblies. Glupschaugen schielten in die Kamera. Das Maul öffnete und schloss sich, ohne dass ein Ton herauskam.

Fortunatus stöhnte. Wahrscheinlich wartete wieder Arbeit auf ihn!

»Was gibt's, Groll?«

»Meister ruft«, antwortete der Kugelfisch und zeigte dabei seine Zähne.

Fortunatus nervte diese abgehackte Sprechweise schon lange. Mehr als Ein- oder Zwei-Wort-Sätze brachte der Groll nicht zustande. Fortunatus fragte sich, warum Zaidon ihn nicht mit einem besseren Sprechvermögen ausstattete. Das dürfte für den Lord der Tiefe doch ein Kinderspiel sein!

»Was will er?«, fragte Fortunatus.

»Zw-zwei Neue«, antwortete der Groll und kam noch dichter an die Kamera, als wolle er seinen Gesprächspartner berühren.

Fortunatus seufzte. Wenn ein möglicher Sucher eintraf, hatte er ihn unverzüglich in seine Aufgabe einzuweisen.

»Ich komme«, teilte Fortunatus dem Groll mit und schaltete den Bildschirm aus.

Ohne große Eile zog er seinen Taucheranzug an, schnallte die Sauerstoffflasche um und sprang über Bord.

Wahrscheinlich würde alles ohnehin wieder vergeblich sein.

4. Kapitel
Der gläserne Sarg

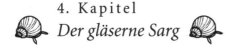

Mario wurde in dem Strudel mitgerissen. Er versuchte, nach Sheilas Hand zu greifen, bevor sie beide von dem teuflischen Maul verschlungen wurden. Es ging alles so schnell, dass er die Situation kaum erfassen konnte.

Sie wurden von einem schwarzen Wal verschluckt – genau wie Jona in der Bibel! Ein schwarzer Wal im Mittelmeer! Das konnte eigentlich nur ein böser Traum sein.

Hinter ihnen klappte das Maul zu. Eine Ewigkeit lang schien es nur abgrundtiefe Schwärze und den Sog des Wassers zu geben.

Doch was war das? Es wurde auf einmal heller. Lichter! Blutrot – wie ein Netzwerk aus schimmernden Adern.

Im gleichen Augenblick wurde er auf den Boden geschleudert, und das Wasser fing an, sich zurückzuziehen.

Sheila hustete neben ihm und rang nach Luft. Auch Mario hatte Salzwasser geschluckt. Er japste und rieb sich die Augen, um seine Umgebung klarer sehen zu können.

Sie befanden sich in einem Raum von der Größe eines Ballsaals. Kabel führten an den Wänden und an der Decke entlang. Schräg vor Mario flackerte ein Schwarz-Weiß-Bildschirm.

Und dann kam das seltsamste Wesen der Welt auf sie zu. Es sah aus wie ein dicker gelber Fisch, der sich auf zwei dünnen, starren Beinen bewegte.

»Zu klein«, knarrte das Wesen. »Fressen, Meister?«

»Führ sie her, Groll«, erklang eine tiefe Stimme vom anderen Ende des Raums.

Der Kugelfisch wackelte zu Sheila, bückte sich und wollte ihr mit seinen dünnen Ärmchen aufhelfen.

Sheila zuckte zurück. »Fass mich nicht an, du … du …!«, fauchte sie.

»Groll«, sagte der Kugelfisch. »Ich Groll.«

Auf Sheilas Gesicht spiegelten sich Ekel und Angst. Sie warf Mario einen Hilfe suchenden Blick zu.

Er versuchte ein zuversichtliches Lächeln, obwohl es in diesem Raum nicht das Geringste gab, das ihm Mut machte. Sie waren im Inneren eines Wals, der kein richtiger Wal mehr war, sondern – ja, was? Ein U-Boot? Oder ein maschinengesteuertes Lebewesen?

»Wo sind wir?«, fragte Sheila, die genauso verwirrt wirkte wie Mario.

»Keine Ahnung«, erwiderte er.

Sie hatten leise gesprochen, trotzdem wurde ihnen geantwortet.

»Willkommen in Zaidons Palast«, sagte die tiefe Stimme. »Kommt näher!«

Zaidon!

Mario hatte sich den Lord der Tiefe immer groß und mächtig vorgestellt. Aber als er den Thronsessel am Ende des Raums entdeckte, war er überrascht. Das uralte, verschrumpelte Männlein sah auf den ersten Blick nicht aus, als könnte es ihnen gefährlich werden. Der weiße Arm, mit dem Zaidon Mario und Sheila zu sich winkte, war kaum dicker als ein Besenstiel.

Erst als sie dicht vor dem Thron standen, erkannte Mario das böse Feuer in den Augen des Greises. Seine gekrümmten Finger ähnelten Klauen, die ruhelos über die muschelgeschmückten Armlehnen strichen.

84

Durch die zahlreichen Schläuche rannen farbige Flüssigkeiten. Eine war so ekelhaft neongrün, dass Mario überlegte, ob Zaidon vielleicht durch eine Infusion aus purem Gift am Leben erhalten wurde.

»Willkommen«, sagte Zaidon und lächelte dünn mit seinem zahnlosen Mund. »Ich habe euch schon erwartet. Ihr seid die Ersten, die zu mir kommen, ohne dass ich sie rufen musste. Das gefällt mir.«

»Wo ist meine Mutter?«, stieß Mario hervor. »Was haben Sie mit ihr gemacht? Haben Sie sie getötet?«

Sheila klammerte sich ängstlich an seinem Arm fest, als Zaidon dem Groll ein Zeichen gab. Der Kugelfisch watschelte herbei und zog an einem roten Tuch, das neben dem Thron lag. Darunter kam ein gläserner Sarg zum Vorschein.

Mario gefror das Blut in den Adern, als er seine Mutter darin liegen sah. Sie war totenbleich. Nur ein Zucken der Augenlider verriet, dass sie noch am Leben war.

»Alissa schläft«, sagte Zaidon, als er Marios blasses Gesicht bemerkte. »Ich bin doch kein Mörder.« Er setzte wieder sein fieses Lächeln auf. »Alissa ist so freundlich, mir etwas von ihrer Lebenskraft zu schenken.«

Mario schluckte, als er sah, dass die neongrüne Flüssigkeit von seiner Mutter stammte. Der Schlauch steckte in ihrer Brust und schlängelte sich wie eine giftige Schlange aus dem Sarg heraus zu einem Marmortisch. Darauf befand sich ein Gestell, in dessen Innern eine dunkelblaue Flamme flackerte. Sie erhitzte einen Stein, etwas kleiner als ein Straußenei. Man konnte deutlich erkennen, dass der Stein stark beschädigt war, fast die Hälfte fehlte. Die zackige Bruchkante wirkte messerscharf.

85

Mario hatte noch nie einen solchen Stein gesehen. Seine Oberfläche schimmerte in einem Moment silbern wie ein Spiegel. Dann veränderte er sich und wurde dunkel wie ein Stück Kohle. Wenige Sekunden später begann er von innen heraus zu leuchten und pulsierte in wechselnden Farben, bis er wieder zu einem silbernen Spiegel wurde.

Zaidon hatte Marios Blick verfolgt.

»Der Weltenstein«, sagte er. »Bewundere ihn nur. In ihm liegt alles verborgen: der Anfang und das Ende, das Leben und der Tod, die Zeit und die Ewigkeit. – Ich bin sicher, du kannst seine Macht spüren, genau wie deine Mutter.«

Mario konnte den Anblick seiner Mutter kaum noch ertragen. Aber er wusste auch, dass er sich nicht einschüchtern lassen durfte.

»Keine Angst, Alissa stirbt nicht daran«, sagte Zaidon. »Sie wird nur ein wenig älter. Und älter werden wir schließlich alle – die einen früher, die anderen später.«

»Machen Sie sie los!«, forderte Mario. »Es geht ihr schlecht, das sieht man doch!«

»Ich versichere dir, dass sie im Moment keine Schmerzen hat.« Zaidon lächelte. »Vielleicht hinterher. Schmerzen beim Bücken. Reißen in der Schulter. Knacken in den Gelenken. Was Menschen eben so bekommen, wenn sie älter werden.«

Jetzt hielt es Mario nicht mehr aus. Er stürzte sich wütend auf Zaidon. Aber der Greis streckte nur seinen krummen Zeigefinger aus. Ein blauer Blitz schoss heraus und explodierte vor Marios Brust. Mario spürte ein beißendes Brennen, als er von der Wucht des Blitzes auf den Boden geschleudert wurde. Der Aufprall war so heftig, dass es die Luft aus seiner Lunge presste. Nur allmählich ließ der Schmerz nach.

»Versuch das nicht noch einmal«, zischte Zaidon.

Mühsam rappelte sich Mario hoch. So schnell gab er nicht auf, aber als er sich ein zweites Mal auf Zaidon stürzen wollte, stieß er gegen eine unsichtbare Wand und hätte sich fast die Schulter ausgekugelt.

»Tss, tss, tss.« Zaidon schüttelte den Kopf. »Ich habe dich gewarnt.«

Marios Schulter tat höllisch weh. Sheila sah ihn verzweifelt an. Er zwang sich zur Ruhe. Es fiel ihm schwer, einen klaren Gedanken zu fassen. Der Wunsch, seine Mutter zu befreien und es dem widerlichen Zaidon heimzuzahlen, war übermächtig. Doch der Alte benutzte Magie. Mario überlegte, ob er den Weltenstein an sich reißen sollte. Vielleicht konnte er damit die unsichtbare Wand zertrümmern. Aber möglicherweise würde der mächtige magische Stein ihn dabei töten.

Das Risiko war zu groß.

»Ich bin kein Unmensch«, sagte Zaidon mit einer Stimme, die von falscher Freundlichkeit triefte. »Ich werde Alissa freilassen, wenn ihr mir einen kleinen Gefallen tut.«

»Welchen Gefallen?«, fragte Sheila.

»Eigentlich seid ihr zu jung, um Sucher zu sein«, antwortete Zaidon. »Aber warum nicht? Indem ihr hierhergekommen seid, habt ihr Mut bewiesen. Und es erfordert auch Mut, so dumm zu sein, mich anzugreifen.« Er lachte heiser. »Bisher habe ich nur erwachsene Meereswandler auf die Suche geschickt. Leider sind alle gescheitert. Ich sollte es wirklich einmal mit euch versuchen. Ihr habt junge Augen. Vielleicht seid ihr nicht so blind wie eure Vorgänger und findet, was ich suche!«

Mario und Sheila wechselten einen unsicheren Blick. Spielte Zaidon mit ihnen Katz und Maus? Mario traute dem Greis nicht über den Weg. Aber wenn es eine Chance gab, Alissa zu retten, dann wollte Mario alles tun.

»Wonach sollen wir suchen?«, fragte er mit belegter Stimme.

Zaidon deutete mit seiner dürren Hand auf den Weltenstein, der sein magisches Licht verbreitete.

»Der Stein wurde stark beschädigt«, sagte er. »Ihr seht, dass ein großer Teil fehlt. Das Bruchstück befindet sich noch irgendwo auf dem Meeresgrund. Wenn ihr es findet und mir bringt, dann lasse ich Alissa sofort frei.«

Im ersten Moment kam Mario die Aufgabe völlig unlösbar vor. Wie sollten sie auf dem endlos weiten Meeresgrund einen bestimmten Stein finden, der zudem vielleicht längst vom Sand zugedeckt war?

Doch sie hatten nur diese einzige Chance, Alissa zu retten.

»Okay«, sagte er. »Wir machen es.«

Sheila sah ihn fassungslos an. Ihre Lippen bewegten sich lautlos – ein stummer Protest. Wahrscheinlich hielt sie ihn für verrückt, sich auf ein solches Unternehmen einzulassen.

»Eine gute Entscheidung.« Zaidon nickte. »Ich habe es nicht anders erwartet. Ein fairer Handel. Ihr bekommt Alissa und ich den fehlenden Weltenstein. Dann könnt ihr euer erbärmliches Leben weiterführen, und ich kann Atlantis wieder aufbauen.«

Atlantis! Mario erinnerte sich an die Diskussion im Internet-Forum. Zaidon hatte also tatsächlich etwas mit dem sagenhaften Reich zu tun. Aber Atlantis war vor vielen, vielen Jahren untergegangen. Was ging hier vor? … Er musste mehr darüber erfahren. Alles konnte für ihre Suche hilfreich sein.

»Sind Sie tatsächlich der Fürst von Atlantis?«, fragte er vorsichtig.

Zaidon lächelte. »Ich habe Atlantis geschaffen«, antwortete er. »Es war zu jener Zeit das mächtigste und schönste Reich der Welt, und das wäre es auch heute noch, wenn Irden es nicht zerstört hätte.« Er sprach den Namen *Irden* so verächtlich aus, als sei dieser eine tödliche Krankheit.

»Und was ist mit uns Meereswandlern?«, fragte Mario. »Haben wir auch etwas mit Atlantis zu tun? Warum können wir uns verwandeln und andere Menschen nicht?«

Er brannte darauf, endlich Klarheit über seine Herkunft zu erhalten und nicht länger auf Vermutungen angewiesen zu sein. Zaidon war schrecklich, aber er war der Schlüssel zu allen Geheimnissen!

»Ohne mich würde es euch Meereswandler nicht geben«, erwiderte Zaidon. »Ich maße mir nicht an zu sagen, dass ich die Atlanter geschaffen habe. Sie sind durch einen Zufall entstanden. Allerdings fand ich die Atlanter dann sehr nützlich, weil sie beides waren – Mensch und Delfin.« Er lachte. »Ihr Meereswandler seid keine echten Atlanter mehr, sondern deren Nachfahren. In den vergangenen Jahrtausenden haben sich die Atlanter mit den Menschen vermischt. So ging ihre Fähigkeit, sich zu verwandeln, nach und nach verloren. Aber es gibt noch immer ein paar Meereswandler auf dieser Welt. Einige ihrer Vorfahren waren besonders gut mit Magie vertraut.«

»Und warum lassen Sie uns verfolgen?«, wollte Mario wissen.

»*Verfolgen* ist das falsche Wort«, sagte Zaidon schmeichlerisch. »Ich lasse euch doch nicht verfolgen. Ich rufe euch nur in meinen Dienst. Ihr solltet stolz darauf sein. Mit eurer Hilfe wird ein neues Atlantis erstehen.«

Jetzt schaltete sich Sheila ein. »Aber die verschwundenen Meereswandler«, sagte sie. »Was ist mit ihnen passiert? Warum kommen sie nicht zurück?«

Zaidon wandte den Kopf, und seine Augen verengten sich zu Schlitzen. »Was würdest du mit den Dienern tun, die ihre Aufgabe nicht erfüllen? Die suchen, aber nicht finden? Die spionieren, aber Verräter werden?«

Sheilas Lippen bebten. »Heißt das, dass Sie sie umgebracht haben?«

»Ich bin kein Mörder, das habe ich schon gesagt«, entgegnete Zaidon, nun leicht beleidigt. »Ich bringe sie nicht um. Ich verwandele sie nur. Dann steht ihnen die Ewigkeit zur Verfügung, um über ihr Tun nachzudenken.«

Mario lief bei diesen Worten ein Schauder über den Rücken.

»Wenn wir den Stein finden, werden Sie meine Mutter dann auch bestimmt freilassen?«, fragte er zweifelnd.

»Wenn eure Mission erfolgreich ist, dann kommt sie frei«, bestätigte Zaidon. »Solange ihr auf der Suche seid, wird sie im Sarg bleiben und mir ihre Lebenszeit spenden. Ich würde euch raten, euch zu beeilen. Eine Woche im Sarg kostet Alissa zehn Jahre ihres Lebens.«

Zehn Jahre! Diese Nachricht traf Mario wie ein Schlag. Das bedeutete, dass seine Mutter in einer Woche 46 Jahre alt würde, in zwei Wochen 56, in drei 66 … Er war wie gelähmt. Selbst wenn sie sich beeilten, würde Alissa eine alte Frau sein, wenn sie zurückkehrten!

»Forty kommt«, verkündete der Groll mit seiner knarrenden Stimme. »Reinlassen?«

Zaidon nickte. »Ja, mach auf!«

90

5. Kapitel
Der Auftrag

Nachdem er im Innern des Wals gelandet war, spürte Fortunatus wieder die Schwerkraft. Die Sauerstoffflasche drückte schwer auf seinen Rücken. Als sich das Wasser zurückgezogen hatte und er aufgestanden war, schob er die Maske nach oben und nahm das Mundstück aus dem Mund. Die Luft im Innern des Wals war zwar stickig, aber man konnte ohne Sauerstoffflasche atmen.

Schwerfällig ging Fortunatus durch den Bauch des Wals. Die Kunststoffflossen an seinen Füßen behinderten ihn. Am liebsten hätte er sie abgeschnallt, aber das lohnte sich nicht. Er würde nicht lange bleiben, sondern nur die Meereswandler abholen und sie in ihre Aufgabe einweisen, wie er es schon so oft gemacht hatte. Wie viele es insgesamt gewesen waren, wusste er nicht, denn irgendwann hatte er aufgehört zu zählen. Und irgendwann hatte er auch das Mitleid mit ihnen verloren. Alles war inzwischen zur Routine geworden. Fortunatus konnte sich keine Gefühle erlauben. Selbst wenn die Sucher die gefährliche Reise überlebten, kehrten sie niemals in ihr früheres Leben zurück.

Aber diesmal erschrak Fortunatus doch. Vor Zaidons Thron standen zwei Kinder!

Der Junge und das Mädchen waren höchstens zwölf oder dreizehn Jahre alt. Es bedeutete den sicheren Tod, sie auf die Suche zu schicken.

»Sie haben mich rufen lassen, großer Zaidon«, sagte Fortunatus und neigte leicht den Kopf.

»Zwei neue Sucher.« Zaidon deutete auf die beiden. »Nehmen Sie sie mit und sagen Sie ihnen, was zu tun ist.«

»Das kann nicht Ihr Ernst sein!«, protestierte Fortunatus. »Das sind doch noch Kinder!«

»Ich weiß«, erwiderte der Lord der Tiefe. »Meine Augen sind zwar trüb, aber blind bin ich deswegen nicht. Die Kinder sind freiwillig in meinen Palast gekommen.«

»Von wegen freiwillig«, stieß der Junge zwischen den Zähnen hervor. »Sie haben meine Mutter in der Gewalt! Und unser Boot haben Sie auch zum Kentern gebracht!«

Diese Entschlossenheit gefiel Fortunatus. Doch was sollte es. Zaidon hatte praktisch schon das Todesurteil über den Jungen gefällt. Noch nie hatte der Lord einen Meereswandler von der Suche zurückgezogen.

»Sie sind dreizehn«, sagte Zaidon und kicherte. »Gar nicht mehr so klein. Aber ich gestehe, ich bin an Kinder nicht mehr gewöhnt.«

Dann lassen Sie sie doch frei, wollte Fortunatus gerade erwidern. Da fing es in seinem Kopf an zu rauschen.

Nicht mehr so klein. Dreizehn.

Er erinnerte sich an die Prophezeiung. Plötzlich war ihm klar, was die erste Strophe bedeutete.

> *Zwei sollen es sein,*
> *eins von jedem Geschlecht,*
> *neun ist zu klein,*
> *aber dreizehn ist recht.*

Es fiel ihm wie Schuppen von den Augen. In der Prophezeiung war von zwei Kindern die Rede, einem Mädchen und einem Jungen!

Konnte es sein, dass alle früheren Sucher erfolglos geblieben waren, weil sie erwachsen waren? Mussten *Kinder* suchen? *Diese Kinder?*

Vor Aufregung kribbelte es Fortunatus plötzlich am ganzen Körper. Jetzt durfte er sich nur nichts anmerken lassen.

»Ich bringe euch auf mein Schiff«, sagte er zu dem Jungen und dem Mädchen. »Dort zeige ich euch, was ihr tun müsst.«

Der Schock über Zaidons Worte saß Sheila noch immer in den Gliedern. Er schien ihr wie ein Vampir, der seine Opfer aussaugte, seine Kraft aus ihrem Leid zog. Dieser Ort war wie ein Albtraum, und sie war froh, als sie dem Taucher zum Ausgang folgten.

»Am besten werdet ihr zu Delfinen«, sagte der Taucher zu ihnen, als sie zum Schleusentor kamen. »Ihr habt keine Taucherausrüstung, und mein Schiff ankert ein Stück entfernt.«

Es quietschte. Der Groll hatte einen Hebel umgelegt. Das Schleusentor vor ihnen öffnete sich, und sie gingen hindurch. Hinter ihnen schloss sich das Tor wieder. Sheila, Mario und der Taucher warteten in der Kammer, bis das Wasser einlief und langsam höherstieg.

»Ihr braucht keine Angst zu haben«, sagte der Taucher und rückte seine Maske zurecht. »Ich bin übrigens Fortunatus.«

»Ich heiße Sheila«, murmelte Sheila.

»Und ich bin Mario«, sagte Mario mit gepresster Stimme. »Toller Trick – das mit dem Wal.«

Das Wasser stand nun hüfthoch. Sheila und Mario nickten sich zu. Es war Zeit, sich zu verwandeln.

Delfin, Delfin, Bruder mein,
so wie du möcht ich gern sein!
Dein Zuhaus' sind Meer und Wind.
Ach, wär ich doch ein Wasserkind!

Das Wasser schlug über Sheila zusammen. Sie war wieder ein Delfin. Es war düster in der Kammer, doch in Sheilas Kopf entstand dank des Sonars ein genaues Bild ihrer Umgebung: die künstlich geschaffene Sperre vor ihr. Die Metallstreben in den Wänden. Der Leib des Wals, von dem sie umschlossen wurden – totes Fleisch, das vermutlich der Weltenstein konserviert hatte; gigantische Muskeln, die elektrischen Impulsen gehorchten …

Das Maul des Wals öffnete sich, um die Delfine und den Taucher durchzulassen.

Sheila nahm die riesigen Barten wahr, mit denen der Wal früher seine Nahrung gefiltert hatte.

Endlich! Die Freiheit!

Sheila schlug mit ihrer Schwanzflosse und spürte neue Kraft.

Fortunatus hielt sich an Marios Finne fest und ließ sich ziehen. Er gab ihm mit dem Arm Anweisungen, wohin er schwimmen sollte.

Sheila schwamm nebenher.

Es wäre ein Leichtes, ihm zu entkommen, dachte sie. Mit seiner Taucherausrüstung ist er längst nicht so schnell wie wir. Aber was würde passieren, wenn sie flohen? Vielleicht würden sie ihre Haut retten können, aber Alissa wäre dann verloren.

Kaum hatte sie das gedacht, da sah sie einen seltsamen Fisch auf sich zuschwimmen. Er hatte die plumpe Form eines Zeppelins und war ungefähr einen Meter lang. Auf seinem Kopf trug er ein antennenartiges Gebilde. Seine Haut war grau mit roten Flecken, die orangefarbenen, gummiartigen Flossen wirkten so, als stammten sie aus einem Geschäft für Taucherzubehör.

Sheila wusste gleich, dass es kein natürlicher Fisch war, sondern ein künstliches Wesen wie der Groll. Seine glasigen Augen ähnelten den Linsen einer Unterwasserkamera.

Er sieht aus wie ein Maulwurf mit Brille, dachte Sheila unwillkürlich, und sie musste trotz der bedrohlichen Situation lächeln.

Als der Fisch Sheila erreicht hatte, öffnete er das Maul.

»Ich bin Spy und in der nächsten Zeit euer Begleiter«, blubberte er. »Es hat keinen Sinn, sich mit mir anzulegen, das sag ich euch gleich. Also schlagt es euch am besten aus dem Kopf.«

Der seltsame Fisch blieb an Marios Seite, bis sie das Schiff erreicht hatten, von dem Fortunatus gesprochen hatte. Es ankerte in einer kleinen Bucht. Mario und Sheila verwandelten sich in Menschen und kletterten leichtfüßig die schmale Leiter hinauf an Bord. Fortunatus folgte ihnen, während Spy vor der Jacht hin und her schwamm.

»Spy wird auf der Reise bei euch sein«, sagte Fortunatus und nahm seine Maske und das schwere Sauerstoffgerät ab. »Durch ihn werde ich immer wissen, wo ihr gerade seid. So kann ich euch helfen, wenn's Probleme gibt.«

»Oder eingreifen, wenn wir fliehen wollen«, flüsterte Sheila Mario leise zu.

Mario nickte unmerklich. Sheila hatte recht. Sie durften Fortunatus nicht zu sehr vertrauen.

Das Schiff war fantastisch. Mario war schwer beeindruckt, als Fortunatus sie herumführte. So ein Wunderwerk an Technik hatte Mario noch nie gesehen, und er kannte sich aus. Schiffe waren ein großes Hobby von ihm. Er hatte mehrere kleine Modellboote daheim.

Fortunatus erzählte voller Stolz, dass ihm die modernsten Kommunikationsmittel zur Verfügung standen und er von der kleinen Bucht aus Kontakte in die ganze Welt unterhalten konnte.

Die Räume waren luxuriös ausgestattet. Mario konnte durch eine offene Badezimmertür einen flüchtigen Blick auf ein Marmorbad werfen. Im Wohnzimmer gab es alles, was man sich wünschen konnte: Minibar, Flachfernseher und eine riesige Couch, auf der sechs Leute Platz gehabt hätten. Die beiden Computer wirkten etwas fehl am Platz, aber Mario war sofort klar, dass Fortunatus das Wohnzimmer zum Arbeiten benutzte. Auf den Tischen stapelten sich Computerausdrucke und handschriftliche Notizen. Fortunatus schaffte mit einer raschen Handbewegung Platz und schaltete einen Monitor ein. Das Bild zeigte den Rumpf der Jacht.

»Spy schwimmt im Moment um mein Schiff herum«, erklärte Fortunatus.

»Dann sind seine Augen tatsächlich Kameralinsen«, sagte Sheila.

Fortunatus nickte. »Genau. – Ratet mal, was jetzt passiert.«

Er drückte auf einen Knopf. Das Bild verwandelte sich kurz in graue Querstreifen. Dann war nur noch blaues Wasser zu sehen, in dem ein paar kleine Fische herumschwammen.

Sheila runzelte die Stirn. »Spy hat sich umgedreht?«

»Falsch.« Fortunatus schüttelte den Kopf.

»Sie haben irgendwie den Empfang gestört«, murmelte Mario.

»Fast richtig«, antwortete Fortunatus und legte die Hand anerkennend auf Marios Schulter. »Ich habe gerade dafür gesorgt, dass das Schiff für jede Kamera unsichtbar wird.«

»Wow!« Es verschlug Mario den Atem. »Das können Sie machen? Wie funktioniert das?«

»Es ist ein Verfahren, das der Geheimdienst verwendet, um U-Boote unsichtbar zu machen«, erklärte Fortunatus. »Es ist sehr nützlich für mich, denn ich lege nicht den geringsten Wert darauf, dass mein Schiff entdeckt wird.«

»Aber wie funktioniert das?«, wiederholte Mario. »Warum sieht man Wasser und nicht nur ein gestörtes Bild?«

»Ach, es liegt zum einen an der Form meines Schiffs, zum anderen an der speziellen Beschichtung.« Fortunatus lächelte. »Schade, dass wir nicht mehr Zeit haben. Ich würde gerne all deine Fragen beantworten. Aber wir dürfen keine Zeit verlieren. Ihr müsst los.«

Mario war verunsichert. Er wurde aus Fortunatus nicht schlau. Er machte wirklich einen netten Eindruck, trotzdem arbeitete er mit Zaidon zusammen. Hatte er vielleicht das tolle Schiff bekommen, damit er bei der Jagd auf die Meereswandler mitmachte? Mario spürte, wie er wieder misstrauisch wurde. Er durfte sich nicht einwickeln lassen. Ärgerlich stieß er Fortunatus' Hand weg, die noch immer auf seiner Schulter lag.

Doch Fortunatus bemerkte es gar nicht. Er bewegte die Computermaus und rief ein neues Programm auf. Auf dem Bildschirm erschien eine Weltkarte.

»Ihr wisst sicher, dass die Erde zu mehr als zwei Dritteln mit Wasser bedeckt ist. Einen Großteil davon bilden die sieben großen Meere, die ich hier markiert habe«, sagte er.

Mario und Sheila nickten.

»Eure Aufgabe ist es nun, diese Meere zu durchsuchen und sieben Steine zu finden«, redete Fortunatus weiter. »Eure Reise wird euch um den ganzen Erdball führen. Seht ihr die Linien? Das sind die Meeresströmungen, die ihr nutzen könnt …«

Mario hörte nicht mehr richtig zu. Er war irritiert. Sieben Steine? Warum sieben? Hatte Zaidon nicht von *einem* Stein gesprochen? Mario unterbrach Fortunatus, der gerade am Bildschirm zeigte, wo der Golfstrom verlief.

»Ich dachte, wir sollen ein Stück vom Weltenstein finden? Der liegt doch bestimmt in der Nähe des versunkenen Atlantis.«

Fortunatus wandte den Kopf. Sein rechtes Augenlid zuckte nervös. »Aber nein, da irrst du dich«, sagte er. »Beim Untergang von Atlantis ist der Weltenstein zersplittert, und seine Bruchstücke wurden in die sieben Meere verteilt.«

Mario war noch immer skeptisch. »Über die ganze Welt verteilt? Das kann doch nicht sein!«

»Es war damals Magie im Spiel«, sagte Fortunatus. »Dadurch sind die Splitter so weit verstreut worden. Glaubst du nicht, dass ich sie längst entdeckt hätte, wenn sie nur zwischen den Ruinen von Atlantis lägen? Schließlich habe ich dort oft genug mit meiner Spezialausrüstung gesucht.«

Plötzlich machte es »Klick!« in Marios Kopf. *Fortunatus … Jean de la Fortune …* Diese Ähnlichkeit der Namen konnte kein Zufall sein! Mario erinnerte sich an die beiden Zeitungsartikel, die er kürzlich im Internet gelesen hatte.

»Sie sind Jean de la Fortune«, sagte er aufgeregt. »Der verschwundene Archäologe!«

Fortunatus lächelte. »Du bist wirklich nicht auf den Kopf gefallen.«

Auch Sheila sah Mario erstaunt an.

Mario zuckte mit den Schultern. »Reiner Zufall, dass ich darüber neulich gelesen habe.« Dann blickte er wieder auf die Weltkarte. Die großen Entfernungen, die er dort sah, machten ihn mutlos.

»Das ist hoffnungslos«, seufzte er. »Wir haben überhaupt keine Chance. Bis wir zurückkommen, ist meine Mutter längst tot.«

»Das versuche ich euch ja gerade zu erklären«, sagte Fortunatus. »Ihr sollt bei eurer Reise die Meeresströmungen nutzen, beispielsweise den Nordäquatorialstrom. Sobald ihr diesen Strom erreicht, gibt es eine Möglichkeit, schneller voranzukommen. Und zwar damit.«

Er öffnete eine Schublade und holte zwei Ketten heraus. »Das ist ein magisches Amulett.« Er hängte jedem eine Kette um. »Es wird euch bei der Suche sehr nützlich sein.«

An jeder Kette baumelte ein Stein, so groß wie eine Murmel. Seine Oberfläche sah aus wie Silber. Als Mario seine Hand um den Stein schloss, spürte er ein schwaches Pulsieren.

»Diese Kette sollt ihr auf eurer Reise tragen«, sagte Fortunatus. »Ihr dürft sie nicht verlieren. Das Amulett hilft euch, die gesuchten Steine zu finden. Wenn ihr in ihrer Nähe seid, beginnt es zu leuchten. Außerdem bewirkt das Amulett, dass ihr jede Meeresströmung wie eine Art Fahrstuhl benutzen könnt, und dadurch kommt ihr viel schneller von einem Ort zum anderen als auf normale Weise.«

Das hört sich ziemlich fantastisch an, dachte Mario.

Er öffnete die Hand wieder. Der Stein war jetzt pechschwarz und stumpf. Mario musste an Zaidons Weltenstein denken. Ob das Amulett vielleicht aus einem ähnlichen Material bestand?

»Solange ihr das Amulett tragt, werdet ihr auch mühelos die Sprache fremder Lebewesen verstehen«, fuhr Fortunatus fort.

»Spy haben wir vorhin schon verstanden«, sagte Sheila.

»Er hat einen eingebauten Telekommunikator, der alle Sprachimpulse in elektrische Signale umwandelt«, erklärte Fortunatus. »Daher kann sich jeder Meereswandler mit ihm unterhalten.« Er machte eine Pause und blickte Mario scharf in die Augen. »Noch ein guter Rat von mir: Versucht nicht zu fliehen. Das haben schon andere vor euch probiert. Wollt ihr wissen, was mit ihnen passiert ist?«

Ohne eine Antwort abzuwarten, klickte er mit der Computermaus ein neues Programm an. Der Monitor zeigte jetzt eine grünblaue Unterwasserlandschaft. Die Kamera schwenkte über einen felsigen Meeresboden. Es sah aus, als lägen dort lauter große, mit Algen überzogene Steine. Auch Muscheln und Seepocken hatten sich an ihnen festgesetzt.

Mario starrte auf den Bildschirm. Ihm wurde eiskalt. Die Felsen hatten die Form von Delfinen. Lauter versteinerte Meereswandler!

»Das ist der Friedhof für Verräter und Versager«, sagte Fortunatus. »Ihr wollt doch nicht dorthin, oder?«

Dritter Teil

Sieben Steine im Meer, von Irden verteilt,
sieben Steine im Meer verschlafen die Zeit.
Sieben Steine im Meer haben große Macht,
wenn endlich der Siebenmeerzauber erwacht.

1. Kapitel
Das verzauberte Wrack

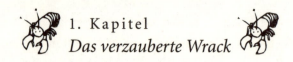

»Nicht so schnell!« Spy hatte Mühe, den beiden Delfinen, die vor ihm schwammen, zu folgen.
Mario und Sheila wurden langsamer.
»Komm schon«, sagte Mario ungeduldig und drehte sich halb um. »Ein bisschen flotter, du Sackfisch!«
Diesen Spitznamen hatte er sich zusammen mit Sheila ausgedacht, weil Fortunatus ihnen vor der Abreise noch einmal eindringlich aufgetragen hatte, Spy alle gefundenen Steine zu geben, damit er sie verschluckte und in seinem Bauch transportierte.
Spys Linsenaugen schimmerten empört. »Sackfisch!«
»Wenn du mit uns mithalten willst, musst du dich beeilen«, sagte Mario. »Von uns hat dich keiner gebeten, mitzukommen.«
»Ich führe nur den Befehl meines Meisters aus«, erwiderte Spy beleidigt.
»Wenn du schon so technisch aufgerüstet bist, hätte man dir ja auch einen Beschleuniger einbauen können«, sagte Mario. »Dann wärst du der erste Fisch, der mit Überschallgeschwindigkeit schwimmt.«
»Ihr verspottet mich«, beschwerte sich Spy.
»Und du spionierst uns aus, also sind wir quitt«, gab Mario zurück.
Sheila stieß Mario sachte an. Er sollte aufhören, sich mit Spy anzulegen. Es war bestimmt nicht gut, sich den Roboterfisch zum Feind zu machen.

Bei dem Stichwort Roboter sah sie wieder die Szene vor sich, als der schwarze Wal aufgetaucht war und das Boot zum Kentern gebracht hatte. Pedro! Was war wohl aus ihm geworden? Alles war so schnell gegangen. Im Maul des Wals war er jedenfalls nicht gelandet. Ob er sich hatte retten können?

»Hoffentlich ist Pedro nichts passiert«, sagte sie.

Auch Mario konnte sich nur daran erinnern, dass das Boot gekentert war. Von Pedro hatte er nichts gesehen.

»Wenn ihm etwas zugestoßen ist …«, murmelte Sheila. »Er war so nett und hat uns geholfen.«

»Von wem redet ihr?«, mischte sich Spy in ihr Gespräch ein.

»Kennst du nicht«, antwortete Mario und fügte hinzu: »Und es geht dich auch nichts an.«

»Vielleicht kenne ich ihn doch«, sagte Spy und paddelte wichtigtuerisch mit den Flossen. »Ich kriege mehr mit, als ihr denkt.«

»Wir reden über Pedro«, erklärte Sheila. »Er war mit im Boot, bevor … na ja, bevor uns der Wal verschluckt hat. Wir wissen nicht, was mit Pedro geschehen ist, und machen uns Sorgen.«

»Erzähl dem Schwätzer doch nicht so viel«, sagte Mario.

»Ich weiß, was passiert ist«, sagte Spy triumphierend und umkreiste die Delfine. »Aber das sag ich nicht, sag ich nicht!«

»Du nervst, Sackfisch«, fuhr Mario ihn an. »Außerdem glauben wir dir kein Wort. Du weißt überhaupt nichts, sondern willst dich nur wichtigmachen.«

»Stimmt gar nicht«, widersprach Spy. »Schließlich hab ich mit meinen eigenen Augen gesehen, wie die Delfine den Mann gerettet haben. Wilde Delfine – nicht solche wie ihr!«

»Mit deinen eigenen Augen«, spottete Mario. »Das sind Kameralinsen, die dir eingepflanzt worden sind!«

Sheila achtete nicht auf das Geplänkel zwischen den beiden. Ein Stein fiel ihr vom Herzen. Von Delfinen gerettet! Das konnten nur Itria und ihre Begleiter gewesen sein – Pedros Freunde.

Kurze Zeit später knurrte Marios Bauch. »Langsam habe ich das Gefühl, dass ich vor Hunger umkomme. Seit gestern Abend habe ich nichts mehr gegessen«, entschuldigte er sich.

Jetzt, da Mario davon redete, spürte auch Sheila nagenden Hunger. Sie mussten dringend etwas essen und sich stärken, sonst würden sie die Reise nicht fortsetzen können. Auch wenn sie dabei kostbare Zeit verlieren würden.

»Lass uns ein paar Fische jagen!«, schlug Mario vor.

»Du meinst, wir sollen … *rohen* Fisch essen?«, fragte Sheila nach und fühlte, wie trotz ihres Hungergefühls Ekel in ihr hochstieg.

»Du stirbst nicht dran, wirklich nicht«, versicherte Mario ihr. »Glaub mir! Komm!«

Er beschleunigte sein Tempo. Sheila schwamm ihm nach, während Spy verzweifelt hinter ihnen herpaddelte und dann doch weit zurückfiel.

»Woher weißt du, wo Fische sind?«, fragte Sheila.

»Ich kann sie hören«, antwortete Mario. »Etwa anderthalb Kilometer voraus. Ein ganzer Schwarm. Wahrscheinlich Sardinen.«

Sheila konzentrierte sich, um aus den Geräuschen des Meeres den Fischschwarm herauszufiltern. War es das wasserfallähnliche Rauschen ganz weit in der Ferne? Das leise, silbrige Wispern, das von überall her zu kommen schien?

Doch dann vernahm sie es: ein gleichmäßiges Zischen, das von unzähligen Leibern stammte. Es wurde lauter, sobald der Schwarm die Richtung wechselte; es hörte sich höher an, wenn die Fische durcheinanderhuschten …

»Komm mit«, sagte Mario zu ihr. »Die kriegen wir!«
Sheila folgte ihm und spürte, dass sie so aufgeregt wurde wie bei einem Schwimmwettkampf.

Da! Die ersten silbernen Fische, die unvorsichtig den Schwarm verlassen hatten. Als die Sardinen die Delfine entdeckten, machten sie eiligst kehrt und mischten sich wieder in die schützende Menge. Das Meer schien nur noch aus flimmerndem Gewimmel zu bestehen.

Mario umkreiste den Schwarm und schlug dabei immer wieder mit seiner Schwanzflosse, um die Fische enger zusammenzutreiben. Sheila tat es ihm nach. Sie umringten den Sardinenschwarm. Sheila sah verwundert, wie Mario Luft aus seinem Atemloch presste. Im Wasser entstand eine Wand aus unzähligen kleinen Bläschen. Die Fische schreckten davor zurück. Sie hielten den Vorhang aus Luftbläschen für undurchdringlich. Immer öfter stieß Mario seinen Atem aus. Sheila folgte seinem Beispiel. Der Sardinenschwarm kreiste hektisch hin und her – gefangen in dem Kessel aus Tausenden winziger Luftperlen. Es gab nur noch den Fluchtweg nach oben. Der Schwarm stieg auf, mittlerweile völlig orientierungslos.

»Jetzt!«, rief Mario, und sie tauchten ein in den Schwarm.
Wie im Schlaraffenland, dachte Sheila.

»Seid ihr endlich satt?« Spy war plötzlich wieder zwischen ihnen.
»Wenn wir gewusst hätten, dass du doch noch kommst, dann hätten wir dir ein paar Sardinen aufgehoben«, entgegnete Mario. »Jetzt ist der Schwarm fort.«

»Natürlich komme ich nach«, sagte Spy. »Ich finde euch überall. Bildet euch nicht ein, dass ihr mich abhängen könnt. Das klappt nicht. Außerdem mag ich keine Sardinen.«

»Was isst du denn?«, fragte Sheila neugierig.

»Oder brauchst du nichts essen, weil dir deine Batterie reicht?«, hakte Mario nach.

»Batterie!«, entrüstete sich Spy und blinzelte nervös mit seinen Linsenaugen. »Ich speise Krill. Jedenfalls bin ich kein so barbarischer Jäger wie ihr!«

Auf ihrer Reise hatte Sheila schon mehrmals Krill gesehen. Krill bestand aus einer Vielzahl kleinster Garnelen, die nachts an die Meeresoberfläche stiegen und sich von Plankton ernährten.

»Vegetarier bist du dann aber auch nicht«, sagte Mario zu Spy.

Spy wollte wissen, was *Vegetarier* bedeutete.

»Man isst nur Pflanzen«, erklärte Sheila. Es ging ihr jetzt wieder besser. Sie war satt, das Schwächegefühl verschwunden.

Sie schwammen eilig weiter und begegneten dabei einigen Fischen, die ängstlich vor den Delfinen flohen. Andere ließen sich nicht aus der Ruhe bringen. Sandbänke wechselten sich mit Seegraswiesen ab. Danach wurde der Boden felsiger. An den Spalten wuchsen viele violette Seeanemonen. Doch die Kinder hatten keinen Blick dafür.

»Hat Fortunatus denn nicht gesagt, in welcher Richtung wir suchen sollen?«, fragte Sheila nach einer Weile Spy.

Auch Mario wusste nicht mehr weiter. Am Eingang einer geheimnisvollen Höhle war er leider nur einer Mittelmeermuräne begegnet. Diese hatte Mario kurz ins Visier genommen und sich dann schleunigst zurückgezogen. Keine Spur von einem Weltensplitter!

106

»Es wird bestimmt bald Nacht«, sagte Mario leise. »Wenn wir heute nichts mehr finden, hat Alissa schon anderthalb Jahre ihres Lebens verloren.«

Sheila sah die Verzweiflung in seinen Augen.

»Wir schaffen es«, sagte sie und versuchte, ihre Stimme möglichst überzeugend klingen zu lassen. »Wir werden deine Mutter retten. Sie kommt rechtzeitig frei.«

Sie setzten ihre Suche fort und beobachteten gegenseitig ihre Amulette. Sheila konnte nichts Ungewöhnliches feststellen. Die Steine sahen noch genauso aus wie in jenem Moment, als sie die Ketten umgelegt hatten.

Aber eines war doch seltsam: Die Ketten waren Ketten geblieben – selbst nachdem sich Sheila und Mario in Delfine verwandelt hatten. Sonst wurde alles, was sie am Leib trugen, Teil ihrer neuen Gestalt und verschmolz unsichtbar damit, wie beispielsweise Sheilas Bikini und Marios Badehose. Die Kette aber war wie ein Fremdkörper. Sie verwandelte sich nicht, sondern umschloss eng den Delfinkörper. Das Amulett ruhte auf der Mitte der Brust.

Es wurde Abend. Als Sheila aus dem Wasser sprang, sah sie, wie die Sonne im Westen unterging. Der Himmel war glutrot. Bald würde es finster sein, denn die Dämmerung dauerte hier nicht lange.

Wieder unter Wasser, merkte Sheila, wie die Helligkeit schnell abnahm. Die braunen Zackenbarsche wurden zu dunklen Schatten. Doch Mario und Sheila schwammen weiter, ohne ihr Tempo zu verlangsamen.

Spy drängte gerade auf eine Pause, als Sheila nach Stunden zum ersten Mal eine schwache Veränderung ihres Amuletts wahr-

nahm. Es war, als hätte sich der Stein an ihrer Brust erwärmt.
Sheila war sich zunächst nicht sicher, aber dann sah sie, dass
Marios Stein einen schwachen grünen Schein verbreitete – fast
wie die vielen kleinen Leuchtgarnelen, die jetzt aus der Tiefe des
Meers nach oben stiegen, um im Schutz der Nacht Plankton zu
fressen.

»Dein Stein, Mario!«

Mario hielt inne – genauso überrascht und freudig wie Sheila.
Sie beobachteten den Stein. Wurde das Leuchten stärker, wenn
sie nach Westen schwammen? Oder mussten sie sich nach Osten
wenden, um ihr Ziel zu erreichen? Sie fanden es schwierig, eine
Entscheidung zu treffen.

Spy konnte ihnen überhaupt nicht helfen. Er erwies sich als richtiger Blindfisch.

»Was für ein Leuchten? Ich seh gar nichts«, behauptete er und
schwamm emsig hin und her, das Maul voller Krill.

Mario und Sheila entschieden sich, nach Nordosten zu schwimmen. Sobald das Leuchten schwächer wurde, wechselten sie die
Richtung. Schließlich glühte auch Sheilas Stein heiß.

»Das Stück vom Weltenstein muss hier irgendwo sein!«

»Wir tauchen auf den Grund«, rief Mario.

Der Meeresgrund lag ganz im Dunkeln, aber Sheila spürte schon
von Weitem die Umrisse eines versunkenen Schiffs. Ein Wrack!
Es musste schon sehr lange auf dem Meeresgrund liegen. Muscheln und Korallen überzogen die Schiffswände.

»Hier seh ich nichts«, sagte Mario, während er aufgeregt am Wrack
entlangtauchte. »Lass uns mal ins Schiff hineintauchen.«

Zuvor schwammen sie noch einmal zur Oberfläche, um Luft zu
holen. Über dem Meer ging gerade die Sonne auf. Sie waren die

ganze Nacht unterwegs gewesen, doch Sheila fühlte sich überhaupt nicht müde. Die Aufregung hielt sie hellwach.

»Komm«, sagte Mario, nachdem sie ihre Lungen mit Luft gefüllt hatten.

Und wieder tauchten sie hinunter zum Wrack, wo Spy auf sie wartete.

Über das schief liegende Deck drangen die beiden Delfine in den Schiffsbauch ein. Die Holzwände des Wracks waren an vielen Stellen geborsten und verfault. Wie Zähne standen einzelne spitze Planken von den Wänden ab. Je weiter sie hineinschwammen, desto schwächer wurde das Licht. Schwarze Schatten schienen nach ihnen zu greifen.

Auf einmal nahm Sheilas Sonar im trüben Dunkeln etwas anderes wahr als das tote Holz.

Menschenknochen!

Sheila zuckte zusammen. Vor ihr lagen die Gebeine der toten Besatzung.

Was für eine Katastrophe!, dachte Sheila. Wahrscheinlich war das Schiff so schnell gesunken, dass sich die Leute nicht mehr hatten retten können.

Am liebsten hätte Sheila das Schiff augenblicklich verlassen. Sie erschrak, als sie mit der Flosse einen Schädel streifte. Der Schädel kippte zur Seite, Schlamm wirbelte auf, und Sheila sah, wie Ober- und Unterkiefer auseinanderfielen. Eisiges Grauen packte sie, sie schnellte mit hämmerndem Herzen in den Nebenraum.

»Mir ist unheimlich«, flüsterte sie Mario zu.

»Mir auch«, antwortete Mario. »Aber der Stein muss hier irgendwo sein. Mein Amulett ist ganz heiß.«

Sie befanden sich nun in der Kapitänskajüte. Von der früheren

Pracht war nicht mehr viel übrig: morsche Holzwände, ein verfaulter Ledersessel und ein zusammengebrochener Schreibtisch, der mit Muscheln bewachsen war. In der Ecke hockte ein Skelett und schien sie aus leeren Augenhöhlen zu beobachten. Ein Armknochen schwebte waagrecht im Wasser, und es sah aus, als winkte das Skelett ihnen damit zu.

Sheila hielt die Anspannung kaum aus. Aber Mario hatte recht: Die Amulette brannten förmlich. Sie waren dem Stein sehr, sehr nahe.

Mario tauchte durch eine weitere Öffnung. Sheila folgte ihm. Durch den geborstenen Schiffsbauch konnte man den Meeresgrund sehen – Riesenmuscheln, Felsen und Schlamm.

»Da!«, rief Mario aufgeregt.

Vor ihnen schimmerte ein geheimnisvolles blassblaues Licht, als würde es nur auf sie warten. Der Stein! Er war so groß wie eine Faust und fast durchsichtig. Das wasserblaue Leuchten schien stärker zu werden, je näher sie kamen.

Doch als Mario den Stein berührte und mit dem Schnabel aufhob, durchzuckte plötzlich ein greller Blitz das Schiff. Alles war sekundenlang in kaltes blaues Licht getaucht.

Sheila schrie vor Schreck auf.

Im gleichen Augenblick wurde das Schiff lebendig.

Die herumliegenden Knochen fügten sich zu Skeletten zusammen, überzogen sich in rasender Geschwindigkeit mit Haut und Fleisch und nahmen Menschengestalt an. Schlammige Staubwolken trieben wie Schlieren durchs Wasser und formten sich an den Körpern zu Hosen und Jacken, an denen goldene Knöpfe blinkten. Alles ging so schnell, dass Sheila kaum begriff, was ringsum geschah. Plötzlich waren sie und Mario von etlichen Seefahrern umringt. Sie trugen altertümliche Kleidung und waren bis an die Zähne bewaffnet.

Geisterpiraten!

»Was wollt ihr Eindringlinge auf unserem Schiff?«, grollte der Kapitän mit einer unheimlichen Unterwasserstimme und sprang Mario in den Weg. Der Pirat hatte wildes schwarzes Haar. Eine lange, senkrechte Narbe lief quer über sein Gesicht, und sein Mund wirkte ganz schief. »Warum stört ihr unsere Ruhe? Verdammt sollt ihr sein!«

»Ja, verdammt!«, grölten seine Kameraden und kamen drohend näher.

»Außerdem wollt ihr uns berauben!«, schrie ein zweiter Pirat, der neben den Kapitän gesprungen war. Er hatte ein Auge verloren, aber die Stelle war tätowiert, und man blickte in ein gemaltes Reptilauge mit einer senkrechten Pupille. »Her mit dem Stein!«

Als er den Arm hob, blitzte ein großes Messer auf.

»Flieh!«, zischte Sheila Mario zu.

Die Delfine schnellten herum und wollten durch die Öffnung zurück, durch die sie gekommen waren. Aber der Weg war bereits versperrt. Das Wrack wimmelte von Gespenstern, und es wurden immer mehr. Sie kamen von allen Seiten – hässliche, entstellte Gestalten mit zerfetzten Kleidern und grimmigen Mienen. Manchen fehlte ein Arm oder ein Bein, andere hatten offene Wunden oder Geschwüre. Sheila sah einen halb gerupften Geisterpapagei, der auf der Schulter eines Mannes hockte, höhnisch krächzte und mit dem Schnabel um sich hieb.

Sheila und Mario wichen zurück. Jetzt wurden sie auch von hinten angegriffen. Gespensterhände griffen nach ihnen und versuchten sie zu packen. Es waren eklige, schleimige Berührungen.

Sheila drehte und wand sich und schlug heftig mit ihrer Schwanzflosse, um die Angreifer abzuwehren. Mario wurde wieder von dem Kapitän attackiert.

»Ich kriege dich!«, fauchte der Kapitän. »Wenn dir dein Leben lieb ist, gibst du mir den Stein!«

Mario wollte dem Kapitän den Kopf in den Bauch rammen. Doch sein Kopf fuhr einfach durch den Geist hindurch – ohne den geringsten Widerstand. Der Geisterkapitän lachte höhnisch und hob sein Enterbeil.

Sheila sah es und stieß Mario heftig zur Seite, sodass sich das Beil zwei Zentimeter neben Mario in eine morsche Schiffsplanke bohrte. Der Kapitän heulte vor Enttäuschung auf und versuchte, das Beil wieder aus dem Holz herauszuziehen.

Währenddessen gelang es Mario, dem nächsten Gespenst geistesgegenwärtig ein Messer aus der Hand zu schlagen. Die Waffe sank trudelnd auf das verfaulte Deck.

Die Piraten sind zwar Geister, aber ihre Waffen sind echt, dachte Sheila alarmiert. Sie bog ihren Leib blitzschnell hin und her und entkam wie durch ein Wunder vier Angreifern, die gleichzeitig auf sie losgegangen waren. Es gelang ihr sogar, zwei davon mit einem kräftigen Schwanzhieb zu entwaffnen.

Mario und Sheila kämpften immer verbissener. Die Angreifer kamen von überall, von links, von rechts und von oben. Einige schienen direkt aus den Schiffswänden herauszusteigen. Sheila und Mario mussten rasend schnell reagieren. Manchmal war es höllisch knapp. Sie gaben sich gegenseitig mit ihren Leibern Deckung, schrien sich Warnungen zu und wichen so geschickt aus, dass die Angreifer sich ab und zu gegenseitig außer Gefecht setzten.

Lang halte ich das nicht mehr durch, dachte Sheila, die merkte, wie ihre Kräfte allmählich nachließen. Sie täuschte einen dicken Matrosen, und dessen Messer fuhr durch einen anderen Geisterpiraten und nagelte ihn an die Wand. Doch der Betroffene schüttelte sich nur und kam frei – ohne die geringste Spur einer Verletzung. Laut brüllend wollte er sich auf Sheila stürzen, doch diese hatte sich mit Mario endlich einen Weg zum obersten Deck freigekämpft. Hastig schlüpften sie aus dem Schiffsbauch.

»Weg von hier!«, rief Sheila Spy zu, der vor dem Wrack gewartet hatte.

Spy machte ein entsetztes Gesicht. Anscheinend hatte er erst jetzt gemerkt, dass das Schiff verhext war. Vor Schreck war er wie gelähmt.

»Hau ab«, schrie Sheila Spy noch einmal an. »Bring dich in Sicherheit!«

Spy reagierte endlich, zuckte kurz und flitzte davon. Mario schnellte von Bord und folgte Spy. Sheila war erleichtert, als sie bemerkte, dass er noch immer den Stein im Maul trug. Sie hatte schon befürchtet, dass er ihn während des Kampfes verloren hatte.

Einen Moment blickte sie dem blauen Leuchten des Steins nach.

Einen Moment zu lange.

Sheila hatte kurz nicht aufgepasst. Plötzlich war rechts neben ihr ein Geisterpirat aufgetaucht. Und Sheila bemerkte ihn erst, als er mit einem Messer in der Hand auf sie losging. Zum Ausweichen war es zu spät. Sheila spürte einen stechenden Schmerz an ihrer Flosse. Eine Wolke von Blut stieg auf und färbte das Wasser dunkelrot.

Sheila erschrak. Sie konnte gar nicht fassen, dass es ihr eigenes Blut war. Ihr wurde schwindelig.

Sie brauchte dringend Luft!

Mit letzter Kraft schlug sie dem Geisterpiraten das Messer aus der Hand, bevor er noch ein zweites Mal zustechen konnte.

Dann verließ sie mit schnellen Schwimmbewegungen das Schiff und tauchte nach oben.

Luft, nur Luft!

Doch noch während sie in dem rötlichen Nebel ihres Blutes nach oben stieg, merkte sie, wie ihr Bewusstsein immer mehr schwand.

Ich muss es schaffen, ich muss einfach …

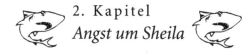

2. Kapitel
Angst um Sheila

»Puh, das war knapp!«, sagte Mario, als er mit Spy zusammen in eine Felsspalte schlüpfte. Er war heilfroh, dass sie den Verfolgern entkommen waren. Hier würden die Geisterpiraten sie hoffentlich nicht finden!

»Gib mir den Stein«, verlangte Spy. »Fortunatus hat gesagt, dass ich ihn aufbewahren soll.« Er schwamm dicht zu Mario und öffnete erwartungsvoll sein Maul.

Mario beobachtete einen kurzen Moment lang das wunderbare Leuchten und Funkeln des blauen Steins, bevor er ihn Spy übergab. Der Stein verschwand zwischen Spys Kiefer, und der Fisch verdrehte die Augen. Er schien Mühe zu haben, den großen Stein zu verschlucken.

Im gleichen Augenblick erlosch auch Marios Amulett, das soeben noch geglüht hatte. Anscheinend war die »Kompass«-Magie nur dazu da, um den Stein aufzuspüren.

»Was ist eigentlich ... *schluck* ... auf dem Schiff passiert?«, wollte Spy wissen. Er würgte noch immer. »Warum war es auf einmal ... *schluck* ... voller Leute?«

»Erzähl ich dir gleich.« Mario sah sich um. Er hatte angenommen, dass Sheila ihnen gefolgt war. Doch er konnte sie immer noch nirgends entdecken.

»Wo bleibt Sheila nur?« Mario schwamm beunruhigt hin und her.

Spy würgte noch ein letztes Mal. Schließlich hatte er es geschafft, und der Stein war dort, wo er sein sollte. Er rülpste zufrieden.

»Sie haben Sheila erwischt«, sagte er dann.

»WAS?«, rief Mario entsetzt.

»Sheila wurde verletzt«, erzählte Spy. »Ich hab's gesehen.«

»Warum sagst du das erst jetzt, du blöder Fisch?«, fuhr Mario ihn an. Ohne eine Sekunde zu zögern, verließ er das Versteck und schwamm zum Wrack zurück. Er musste Sheila helfen!

Das Wrack lag verlassen da, so als hätte es niemals Geister gegeben. Doch Mario traute der Sache nicht. Das Schiff war ganz offensichtlich verhext, die Geisterpiraten konnten sich noch irgendwo verstecken.

»Sheila!«, rief er gedämpft. »Wo bist du?«

Keine Antwort.

»Sheila! Sag doch was!« Mario konzentrierte sich und suchte mit seinem Sonar das Schiff ab. Seine Sinne waren geschärft, und er war bereit, sofort zu fliehen, falls die Piraten wieder auftauchen sollten.

Doch das Sonar zeigte ihm ein leeres Schiff. Der unheimliche Spuk war verschwunden. Es gab keine Spur von den Piraten – aber auch keinen einzigen Hinweis auf Sheila.

Was war mit ihr geschehen? Mario war verzweifelt. Sheila konnte sich doch nicht in Luft aufgelöst haben!

Spy kam nach und reckte schnuppernd den Kopf.

»Sei vorsichtig«, warnte er. »Ihr Blut lockt vielleicht Haie an.«

»Blut?« Mario erstarrte. »Du meinst ... Sheilas Blut?«

»Riechst du es denn nicht?«, fragte Spy verwundert.

Mario sah und roch kein Blut. Aber das bewies gar nichts. Der Geruchssinn war bei Delfinen nicht besonders gut entwickelt – im Gegensatz zu dem der Haie.

Mario war so wütend wie noch nie in seinem Leben. Am liebsten hätte er Spy verprügelt. Dieser dumme Fisch! Er hatte gesehen, wie Sheila angegriffen worden war, und war ihr nicht zu Hilfe geeilt! Wenn er wenigstens früher etwas gesagt hätte. Jetzt war vielleicht schon alles zu spät.

»Ist sie schwer verletzt? Oder sogar tot?«

»Ich … ich weiß nicht …«, stammelte Spy.

»Hilf mir sofort, sie zu suchen!«, befahl Mario.

Sie kamen zu acht, angelockt vom süßen Geruch des Blutes, den ihnen das Wasser zugetrieben hatte. Eigentlich gingen sie nachts auf Beutesuche und hielten sich tagsüber in tieferen Zonen auf, aber der Geruch hatte ihr Jagdfieber geweckt. Ihre lang gestreckten, extrem flachen Körper glitten lautlos durchs Meer.

Blut.

Von einem Delfin? Oder von einem Menschen?

Der Duft machte die trägen Haie wach. Wach und wild.

»Blauhaie«, stieß Mario aus, als er sah, wie sich im Wasser über ihnen die flachen Leiber näherten. Die seitlichen Kiemenschlitze waren eindeutig.

»Ich hab's dir ja gesagt«, bibberte Spy. »Komm schnell weg von hier. Mit denen ist nicht zu spaßen! Und wir sind nur zu zweit!«

Mario kämpfte mit sich. Sollte er fliehen? Und wenn Sheila noch irgendwo in der Nähe war? Vielleicht trieb sie bewusstlos im Meer.

Aber die Haie waren zu acht. Mario und Spy hatten nicht die geringste Chance gegen eine solche Übermacht.

»Komm!«, rief Spy noch einmal, und diesmal zögerte Mario nicht mehr. Mit einem kräftigen Flossenschlag verließ er das

Wrack und schwamm dorthin zurück, wo sie sich zuvor versteckt hatten. Spy blieb dicht an Marios Seite und warf immer wieder einen ängstlichen Blick nach hinten.

»Oh … oh … sie kommen schon«, wimmerte er. »Sie haben uns entdeckt.«

Als sie das Riff erreichten, konnte Mario in der Hast jedoch die Felsspalte nicht mehr finden. Hilflos umkreiste er das Riff.

»Hier«, rief Spy hinter ihm. »Hier ist eine Höhle! Komm schnell!«

Er schlüpfte durch ein dunkles Loch und war verschwunden. Mario folgte ihm. Er hatte Mühe, sich durch die Öffnung zu quetschen. Die Steine ritzten seine Haut auf. Mario befürchtete schon, dass er stecken bleiben würde. Doch dann kam er mit einer leichten Drehung frei und schwamm in die kleine Höhle hinein, in der Spy bereits ängstlich auf ihn wartete.

»Hoffentlich finden sie uns nicht«, wimmerte der Fisch.

»Ruhig!«, zischte Mario. »Beweg dich nicht!« Er versuchte sich zu erinnern, was er über Haie wusste. Sie reagierten auf elektrische Impulse, die Lebewesen aussandten. Jede Bewegung, aber auch schon jeder Herzschlag, ließ solche kleinsten elektrischen Felder entstehen.

Ihre einzige Chance war, sich so reglos wie möglich zu verhalten. Mario hatte Angst, dass sein rasend schneller Herzschlag sie verraten würde und die Haie schnurstracks zu ihrem Versteck führen könnte. Er versuchte sich zu entspannen. Doch es gelang ihm nicht. Sein Herz klopfte so heftig, dass es garantiert sämtliche Haie aus der Umgebung anlockte! Bestimmt würden sie gleich die Höhle entdecken.

Er hielt sich dicht neben dem Eingang auf, bereit, dem ersten

Eindringling mit Wucht den Kopf gegen die Brust zu rammen. Hinter ihm jammerte Spy ununterbrochen.

»Nicht so dicht! Geh da weg … O weh … o weh …«

»Halt endlich die Klappe!«, flüsterte Mario ärgerlich. »Oder willst du, dass sie uns deinetwegen entdecken?«

Spy verstummte. Mario wartete. Sein Herzschlag verlangsamte sich. Der erste Hai umkreiste nun das Riff. Mario sah den lang gestreckten Körper. Er schwamm an der Öffnung vorbei, ohne die Höhle zu bemerken.

Andere Haie folgten und bewegten den Kopf suchend hin und her. Mario zuckte mit keiner Flosse. Erst als die Haie am Riff vorübergezogen waren, löste sich seine Anspannung.

»Sind sie weg?«, flüsterte Spy.

»Ich weiß es nicht«, antwortete Mario ebenso leise. »Wir warten noch.«

Lange würde er es jedoch in der Höhle nicht mehr aushalten können. Seine Luft wurde allmählich knapp. Er musste dringend an die Wasseroberfläche, um Atem zu holen. Doch er zwang sich, auszuharren. Es ging um Leben und Tod. Er durfte jetzt keinen Fehler machen.

Ich zähle bis hundert, entschied er. Vorher schwimm ich hier nicht raus. »Eins, zwei, …«

Bei »dreißig« konnte er die Luftknappheit schon fast nicht mehr ertragen. Bei »fünfzig« gab er auf. Er brauchte Sauerstoff, sonst würde er ersticken.

Als er sich durch die enge Öffnung quetschte, befürchtete er, dass sich die Haie sofort auf ihn stürzen würden.

Doch zu seiner großen Erleichterung waren sie weg. Mario tauchte zur Wasseroberfläche und atmete tief.

Er und Spy waren der Gefahr noch einmal entkommen. Doch er konnte sich nicht darüber freuen, solange er nicht wusste, was mit Sheila passiert war.

Die Haie waren auf Jagd, überlegte Mario, als er wieder abtauchte. Also waren sie hungrig. Bedeutet das, dass sie Sheila doch nicht erwischt haben?

Mario begann wieder zu hoffen.

»Kannst du Kontakt mit Fortunatus aufnehmen?«, fragte er, als er Spy erreichte, der vor dem Riff auf ihn gewartet hatte. »Vielleicht hat er ja eine Idee, wo wir Sheila suchen können.«

Spys Notruf schreckte Fortunatus von der Couch hoch. Nach der zweiten fast schlaflosen Nacht war der Archäologe gegen Morgen endlich eingedöst. Horrorbilder verfolgten ihn. Er hatte geträumt, dass er sich im Palast von Atlantis aufhielt und versuchte, einen goldenen Gürtel anzulegen. Während er den Verschluss zumachen wollte, zerbrach der Gürtel, und die goldenen Glieder fielen klirrend auf den Boden. Sieben Steine sprangen aus ihren Fassungen und zersplitterten in einem bunten Funkenregen. Im gleichen Augenblick stürzten die Mauern um ihn herum ein, er verlor den Boden unter den Füßen und – erwachte.

Der Computer piepste. Spys Signal!

Schlaftrunken stand Fortunatus auf, ging durch den Raum und schaltete den Monitor ein.

Das Bild, das er sah, war unscharf.

Wasser. Ein Riff. Im Hintergrund ein Delfin, der unruhig hin und her schwamm.

Wahrscheinlich ist es der Junge, dachte Fortunatus.

»Meister, hören Sie mich?«, fragte Spys aufgeregte Stimme.

»Was gibt's, Spy?«, antwortete Fortunatus.

»Wir haben Sheila verloren«, meldete Spy.

»Tot?«, rief Fortunatus. Er hatte das Gefühl, dass seine Hoffnung in sich zusammenstürzte – genau wie zuvor die Mauern in seinem Traum.

»Wir wissen nicht, was mit ihr passiert ist«, sagte Spy. »Sie ist einfach weg. Kann sein, dass Haie sie erwischt haben. Dann müssen sie aber ziemlich schnell gewesen sein und keinen Krümel von ihr übrig gelassen haben.«

»Was war bei euch los?«, hakte Fortunatus nach.

Spy begann zu erzählen.

Fortunatus' Miene hellte sich etwas auf, als er erfuhr, dass die Mission im Mittelmeer erfolgreich gewesen war. Der erste Stein! Endlich!

»Hast du ihn auch in Verwahrung genommen, wie ich es dir aufgetragen habe?«, fragte er schnell.

»Natürlich, Meister«, entgegnete Spy. »Ich hab ihn verschluckt. Er ist sicher in meinem Magen.«

Immerhin, dachte Fortunatus. Mario und Sheila sind weiter gekommen als alle früheren Sucher. Und Spy ist sich nicht sicher, dass das Mädchen umgekommen ist. Die Prophezeiung konnte sich noch erfüllen.

»Hast du denn versucht, Sheilas Amulett zu orten?«, fragte Fortunatus.

Spy musste beschämt zugeben, dass er in der Aufregung nicht daran gedacht hatte.

»Es tut mir leid, Meister!« Seine Stimme klang zerknirscht.

Fortunatus unterdrückte einen Fluch. Sonderlich schlau war Spy wirklich nicht! Die Amulette waren magische Peilsender und gaben Signale ab, die Spy selbst über weite Entfernungen hinweg spüren konnte. Vorausgesetzt, er schaltete auf Empfang um – was er diesmal offenbar vollkommen vergessen hatte!

»Dann hol es nach«, befahl Fortunatus. »Und gib mir sofort Bescheid, sobald du ein Signal wahrnimmst.«

»Selbstverständlich, Meister«, antwortete Spy.

»Und?« Mario schwamm hinter Spy her. »Hast du das Signal? Kannst du die Richtung bestimmen?«

»Ich bin mir nicht sicher«, sagte der Fisch.

»Bekommt man von dir auch mal eine klare Antwort?«, fuhr Mario ihn an. »Vorhin hast du behauptet, dass du Sheilas Amulett ganz deutlich spüren kannst. Und jetzt bist du dir auf einmal nicht mehr sicher. Willst du mich auf den Arm nehmen, oder was?«

»Ich kann mich nicht richtig konzentrieren«, gestand Spy. »Außerdem stört mich der Stein in meinem Bauch. Ich weiß nicht, ob ich Blähungen habe oder ob es das Signal ist.«

Mario stöhnte.

Als Spy vorhin verkündet hatte, er empfinge Signale, hatte sich Mario sofort große Hoffnungen gemacht. Dann hatte der Fisch aber gesagt, dass das Amulett genauso gut irgendwo am Meeresgrund liegen und von dort aus seine Signale aussenden konnte. Es gab keine Garantie, dass Sheila noch lebte.

Mario hielt es vor Ungeduld kaum mehr aus. Am liebsten hätte er Spy gerüttelt und geschüttelt, damit sich der Fisch mehr anstrengte. Es machte Mario wahnsinnig, wie Spy im Kreis herumschwamm und nicht wusste, ob er etwas spürte oder nicht. Das war jetzt mindestens die zwanzigste Runde. Spy hatte die Linsen-

augen halb geschlossen und schien in eine Art Trance gefallen zu
sein. Oder war er am Ende eingeschlafen?

»Achtung, Haie!«, sagte Mario.

Schlagartig war Spy hellwach. »Wo? Wie viele?« Sein Leib bekam
dunkelrote Hektikflecken, und er verschwand blitzschnell in einer
Felsspalte.

»Du kannst wieder rauskommen«, sagte Mario nach wenigen Sekunden. »Ich hab mich getäuscht.«

Zögernd verließ Spy sein Versteck und schielte dabei misstrauisch nach oben, bis er sich selbst überzeugt hatte, dass kein Hai in
der Nähe war.

»Das hast du absichtlich gemacht«, sagte er dann vorwurfsvoll.

Mario gab keine Antwort.

»Das finde ich überhaupt nicht witzig«, meckerte Spy.

»Und ich finde es nicht witzig, dass du schläfst, anstatt das Amulett anzupeilen«, sagte Mario.

»Ich habe nicht geschlafen«, verteidigte sich Spy.

»Und warum sind dir dann die Augen zugefallen?«, fragte Mario.
»Oder heißt es bei dir anders? Warst wohl auf *Stand-by*, wie?«

Es sah so aus, als wollte Spy wütend etwas erwidern. Doch dann
veränderte sich seine Miene, er blähte aufgeregt die Backen auf.

»Jetzt«, stieß er aus. »Da war es wieder – das Signal. Und diesmal
weiß ich auch, aus welcher Richtung es kommt!«

3. Kapitel
Die Schamanin

Sheila hatte das Gefühl, auf einer federleichten Wolke zu schweben.
Dann kehrte die Schwerkraft zurück.
Sie spürte den Sand unter sich. Der Wind blies ihr über den Rücken.
Die Sonne wärmte auf ihrer Haut.
Sie wandte den Kopf und sah die klaffende Wunde in ihrer Schulter.
Roter Nebel verschleierte ihre Sicht.
Jemand hob sie auf und trug sie vom Strand weg.
Als Sheila zu sich kam, lag sie in einer dunklen Hütte. Es fiel ihr schwer, einen klaren Gedanken zu fassen.
Ihr war heiß und kalt zugleich, und ihr rechter Arm pochte vor Schmerzen so stark, als würden glühende Kohlen darauf liegen.
Eine Frau trat an ihr Lager. Sheila konnte sie nur undeutlich erkennen, denn ihr Blick war vom Fieber getrübt. Sie sah das graue zottelige Haar und die große gekrümmte Nase, als sich die Alte über sie beugte. Aus ihren Kleidern stieg der stechende Geruch nach Kräutern auf.
»Wo bin ich?«, fragte Sheila matt.
Die Frau murmelte etwas, das Sheila nicht verstand. Sie hielt ihr eine Schale mit einer Flüssigkeit an die Lippen. Sheila nippte und zuckte zurück. Es schmeckte gallenbitter.
Doch die Alte drang darauf, dass Sheila die Schale austrank. Dann wechselte sie den Verband an Sheilas Arm und bestrich die Wunde mit einer schmerzlindernden Salbe.

Sheila blickte sich in der Hütte um. Alles war ihr fremd.

Nachdem die alte Frau die Wunde frisch verbunden hatte, wischte sie Sheila mit einem Schwamm über das Gesicht und kühlte ihre fiebrige Stirn. Es tat gut.

»Danke«, sagte Sheila. Es kostete sie große Anstrengung zu reden. Ihre Lippen fühlten sich trocken und rissig an.

Kurz darauf begann der Trank zu wirken, und Sheila fiel in einen tiefen Schlaf. Im Traum schwamm sie im endlosen Ozean. Immer wieder versuchte sie, sich zu verwandeln, aber es klappte nicht, sosehr sie sich auch anstrengte. Ihr fiel nicht die richtige Zauberformel ein.

Delfin, Delfin, Bruder mein,
bitte lass mich nicht allein ...

Waren Stunden vergangen oder Tage? Sheila hatte jegliches Zeitgefühl verloren. Irgendwann ließ das Fieber nach, und ihr Arm schmerzte nicht mehr so wie zuvor.

Noch immer wusste sie nicht, wo sie sich befand, aber ihre Gedanken waren inzwischen klarer. Sie hatte unglaublich viel Glück gehabt. Sie hätte tot sein können. Das Wrack auf dem Meeresgrund ... Der furchtbare Augenblick, in dem der Geisterpirat sie mit dem Messer gestochen hatte ...

In den Arm?

Oder in die Flosse?

Sheila konnte sich nicht mehr daran erinnern, wann sie wieder Mensch geworden war und wann die Brandung sie an den Strand dieser Insel gespült hatte. Dort hatte die Alte sie gefunden und in ihre Hütte geschleppt.

Es war Sheila klar, dass die Frau eine Art Schamanin sein musste.

Ohne ihre Hilfe wäre Sheila wohl an einer Blutvergiftung gestorben.

Die Alte lebte wie eine Einsiedlerin. Sie war oft unterwegs und suchte Kräuter oder Strandholz, das das Meer angeschwemmt hatte. Das Holz stapelte sie hinter der Hütte auf, als Brennmaterial. Die Kräuter hingen in Büscheln an den Wänden und von der Decke.

Sheila hatte sich inzwischen an den intensiven Geruch von Pfefferminz und Thymian gewöhnt. Obwohl sie kein Wort von dem verstand, was die Alte zu ihr sagte, war es tröstend, wenn sie sie streichelte und ihr mit ihren knotigen Fingern über das Gesicht fuhr. Manchmal warf die Alte auch Kräuter ins Feuer und murmelte dabei ein paar Sprüche. Dann erfüllte beißender Qualm die Hütte, mit dem die Alte die bösen Geister vertreiben wollte.

Ob es nun am magischen Rauch lag, an den Kräutern oder an Sheilas eisernem Willen – an diesem Morgen schmeckte ihr zum ersten Mal die Fischsuppe, die die Medizinfrau ihr reichte.

Die Alte brummelte zufrieden, als sie sah, dass Sheila die Schale leer gelöffelt hatte.

Sie blickte ihr lange und tief in die Augen, schien darin zu versinken. Schließlich ging ein Lächeln über ihr Gesicht. Sie wandte sich ab und holte ein Stück Papier hinter der alten Truhe neben Sheilas Bett hervor. Sie nahm verschiedene Kräuter, zerrieb sie zwischen den Händen und brachte sie wie Farbkreide auf das Papier auf. Dann verließ sie wie gewohnt die Hütte, um draußen ihren Arbeiten nachzugehen.

Sheila fühlte sich kräftig genug, um sich auf die Bettkante zu setzen.

Ihr Blick fiel auf die Truhe. Auf dem Deckel lag die Zeichnung der Schamanin: ein Regenbogen. Sheila schaute das Bild etwas irritiert an. Dann entdeckte sie daneben ihr Amulett. Sie griff sofort danach und spürte, wie der silbrige Stein in ihrer Hand pulsierte. Ihr letztes Abenteuer hatte sie noch sensibler gemacht für die Magie, die in dem Amulett steckte. Sie hielt sich den Stein an die Wange.

Auf einmal fühlte sie sich wieder unendlich müde. Sie zog die Beine hoch und legte sich hin. Durch das kleine Fenster sah sie ein Stück blauen Himmel, über den weiße Wolken trieben. Sheila schloss die Augen. In der Ferne hörte sie die Brandung. Das Letzte, woran sie dachte, bevor sie wieder einschlief, war das merkwürdige Regenbogenbild der alten Frau.

»Psssst!«

Sheila war eingenickt. Zuerst dachte sie, dass sie sich das Zischen nur einbildete. Doch dann vernahm sie das Geräusch wieder.

»Psssst!«

Sie blinzelte und wurde ganz wach.

»Sheila!«

Sie fuhr hoch, als sie eine Gestalt im Raum sah. Von der schnellen Bewegung wurde ihr schwindelig.

»Ich bin's.« Mario trat aus dem Dunkel an ihr Bett. »Gott sei Dank, du lebst!« Er blickte auf ihren Verband. »Dich hat's ganz schön erwischt, wie?«

»Wie hast du mich gefunden?«, fragte Sheila, die es noch immer nicht glauben konnte, dass Mario tatsächlich vor ihr stand.

»Das erzähle ich dir später«, sagte Mario. »Was ist mit dir? Kannst du aufstehen und mitkommen?«

Sheila nickte. Sie war froh, dass er da war. Aber als sie ihre Beine über die Bettkante schwang und hochkam, zitterten ihre Knie so sehr, dass sie sich an Mario festhalten musste.

»Geht es wirklich?«, fragte Mario nach.

»Klar«, sagte Sheila, obwohl sie sich gar nicht fit fühlte. Aber sie wollte nicht länger hierbleiben, auf keinen Fall. Der Schweiß brach ihr aus. Sie biss die Zähne zusammen. Mario sollte nichts merken.

»Wie viele Tage war ich weg?«, fragte sie besorgt.

»Vier«, antwortete Mario.

Vier! Das war länger, als Sheila gedacht hatte.

»Es tut mir leid für deine Mutter«, sagte sie zerknirscht.

»Dafür kannst du doch nichts«, entgegnete Mario. »Hauptsache, du lebst. Ich dachte schon, ich hätte dich verloren!«

»Wo ist Spy?«, fragte Sheila.

»Schwimmt vor der Küste hin und her und schlägt sich wahrscheinlich den Bauch mit Krill voll.« Mario griff nach dem Amulett auf der Truhe und legte es Sheila um den Hals. »Das darfst du nicht vergessen.«

Mario stützte Sheila, als sie die Hütte verließen. Sheila hatte ein schlechtes Gewissen, weil sie sich einfach so davonstahlen. Sie hätte sich gerne von der Schamanin verabschiedet und sich für die Pflege bedankt. Aber wer weiß, vielleicht hätte die Medizinfrau sie nicht weggelassen, weil sie noch nicht ganz gesund war. Das wollte Sheila lieber nicht riskieren. Sie durften nicht noch mehr Zeit verlieren …

»Bis zum Strand ist es nicht weit«, sagte Mario aufmunternd.

Sheila kam es trotzdem sehr weit vor. Jeder Schritt kostete sie viel Kraft, und sie hatte den Eindruck, dass sie sich nur im Schneckentempo vorwärtsbewegten.

»Aber jetzt erzähl!«, forderte sie Mario auf. »Wie hast du mich gefunden?«

Mario berichtete, dass Spy die Signale des Amuletts empfangen hatte.

»Mit dieser Fähigkeit kann er uns jederzeit orten«, sagte er. »In deinem Fall war das sehr nützlich, denn sonst hätte ich dich nie gefunden. Wir wussten, dass du hier auf der Insel sein musst. Ich hab überall nach dir gesucht, bis ich dich hier in dieser Hütte entdeckt habe.«

Kurze Zeit später hörte Sheila das Rauschen des Meeres.

Sie hatten endlich den Strand erreicht.

4. Kapitel
Hundertkraft

Im Meer ging es Sheila sofort besser. Sie hatte den Eindruck, dass die Wellen sie umarmten. Es war wunderbar, sich wieder schwerelos zu fühlen. Ihre Flosse schmerzte kaum noch.

Spy freute sich, Sheila wiederzusehen. Er war völlig aus dem Häuschen, schwamm die ganze Zeit um sie herum und fragte ständig, ob sie sich auch wirklich wohlfühle.

»Was ist denn mit dir los, Spy?«, wollte Sheila wissen, die sich seine plötzliche Anhänglichkeit nicht erklären konnte. Sie lachte. »Hast du dich in mich verliebt oder was?«

»Verliebt? Ich?« Spy stieß überrascht ein paar Luftbläschen aus. »Wie kommst du denn darauf? Mein Meister hat gesagt, ich soll gut auf dich aufpassen. Wir brauchen euch beide, ihr seid nämlich Teil einer Prophezeiung ...«

»Eine Prophezeiung?«, wiederholte Sheila.

»So genau weiß ich es auch nicht«, sagte Spy. »Mein Meister ist jedenfalls davon überzeugt, dass nur ihr die Aufgabe lösen könnt. Das steht irgendwo geschrieben.«

»Dann sind wir ja ziemlich wichtig«, sagte Mario amüsiert und zwinkerte Sheila zu. Er glaubte Spy kein Wort.

»Wie geht es jetzt weiter?«, wollte er stattdessen wissen.

»Mein Meister meint, wir sollten die Suche im Atlantik fortsetzen«, erklärte Spy. »Wir müssen nach Westen schwimmen, durch die Straße von Gibraltar. Sobald wir im Atlantik sind, sollen wir versuchen, den Kanarenstrom zu benutzen.«

»Das sind ja Riesenentfernungen«, sagte Sheila und dachte an den Globus, der zu Hause in ihrem Zimmer stand. »Wir werden wochenlang unterwegs sein.«

Auch Mario schien alles andere als begeistert zu sein. »Zaidon ist ein gemeiner Betrüger! Bis wir zurück sind, hat er meine Mutter längst umgebracht.«

Spy verstand Marios Aufregung nicht. »Aber es gibt doch Magie«, blubberte er. »Ihr müsst nur eure Amulette einsetzen, damit die Strömung euch schneller vorwärtsbringt.«

»Ich spüre keine Strömung«, entgegnete Mario. »Und die großen Strömungen, die uns Fortunatus gezeigt hat, waren auch woanders. Nicht hier im Mittelmeer.«

Sheila dagegen wusste, dass es fast überall Strömungen gab. Sie hingen mit dem Salzgehalt des Wassers, seiner Temperatur und den Gezeiten zusammen. Erfahrene Seefahrer nutzten dieses Wissen, um schneller voranzukommen.

»Funktioniert die Magie denn bei *jeder* Strömung?«, fragte sie Spy.

»Ich glaube schon«, antwortete er.

Sheila versuchte sich zu erinnern. Das Mittelmeer war ein relativ ruhiges Gewässer. Es war warm, und viel Wasser verdunstete. Vom Atlantik im Westen strömte kühleres Meerwasser nach. Also musste es eine Strömung nach Osten geben. Aber zu fast jeder Strömung gab es eine Gegenströmung. Das hing mit der Erdrotation zusammen, die dafür sorgte, dass Strömungen kreisförmig verliefen. Sie mussten also versuchen, die Strömung zu erwischen, die nach Westen führte ...

»Kommt«, sagte sie und schwamm los, in der Hoffnung, bald einen der »Fahrstühle« zu entdecken, von denen Fortunatus gesprochen hatte.

»Und wie geht das dann mit der Magie?«, wollte Mario von Spy wissen, während die beiden Sheila folgten.

»Ach, ihr müsst nur die *Hundertkraft* in euren Amuletten aktivieren«, sagte Spy, so als gäbe es nichts Einfacheres. »Dann kommt ihr nicht nur hundertfach schneller vorwärts, sondern ihr könnt auch hundertfachen Druck aushalten und hundertmal länger unter Wasser bleiben als normal. Diese Kraft lässt euch auch eisige Temperaturen oder extreme Hitze ertragen. Ich wünschte, ich hätte auch so ein Amulett, aber mein Meister hat gesagt, dass ich von eurer Kraft profitieren kann. Ich muss mich dazu an einem von euch festklammern.«

»Na toll«, sagte Mario so leise zu Sheila, dass Spy ihn nicht hören konnte. »Das fehlt gerade noch. Ich finde auch so schon, dass er eine ausgesprochene Klette ist.«

Aber Sheila hörte ihm gar nicht richtig zu. Sie hielt inne, um auf Spy zu warten. »Das klingt ja interessant. Und *wie* aktiviert man diese *Hundertkraft*?«

»Mit einem Zauberspruch.«

»Und wie geht der?«

»Den darf ich euch leider nicht sagen«, antwortete Spy, und es war ihm anzumerken, dass er seine Macht genoss. »Anweisung von meinem Meister. Ich habe sogar den großen Kiemen-Eid ablegen müssen. Ihr habt die Amulette, aber ihr braucht mich, um damit zu zaubern.«

Mist, dachte Sheila. Es passte ihr nicht, dass sie so abhängig von Spy waren.

Spy konzentrierte sich unterdessen auf die Zauberformel. Er bewegte sein Maul und versuchte, die Worte möglichst lautlos auszusprechen. Trotzdem war ständig ein Blubbern und Zischeln zu

hören. Sheila bemühte sich, so viel wie möglich davon aufzu-
schnappen.

>………… *Sieben Meeren …*
……… … Anderswelt.
… Amulett … Urgestein,
… ungestüm … …
verleih … … Hundertkraft,
… … große Dinge schafft!«

Während Sheila sich jedes Wort genau einprägte, spürte sie,
wie das Amulett auf ihrer Brust zu pulsieren begann. Es war,
als würde sie lauter leichte elektrische Schläge bekommen – ein
unangenehmes Gefühl. Aber mit jedem Zucken des Amuletts
schien eine wunderbare Kraft in ihren Körper zu fließen.
Ihre verletzte Flosse, die sie beim Schwimmen unwillkürlich
geschont hatte, fühlte sich plötzlich kräftig und gesund an.
Eben noch hatte Sheila geglaubt, gleich zur Wasseroberfläche
schwimmen zu müssen, um Atem zu holen, aber dieses Bedürf-
nis war jetzt ebenfalls völlig verschwunden. Mit der *Hundertkraft* würden sie und Mario es stundenlang unter Wasser aushalten können!

»Unglaublich!«, sagte Mario und bewegte prüfend seine Schwanzflosse. Im nächsten Moment war Spy über ihm und biss sich an
Marios Rückenflosse fest.

»Ich wünschte, mein Meister würde mir auch ein Amulett geben,
dann bräuchte ich mich nicht an euch festzuhalten«, nuschelte
er. »Jetzt seht zu, dass ihr eine Strömung findet. Auf geht's!«

Nach einigem Herumsuchen fanden sie tatsächlich eine Strömung, die nach Westen in Richtung Atlantik führte. Fast hätten sie die Strömung gar nicht bemerkt. Mehr zufällig war Sheila aufgefallen, dass sie sich sachte von der Stelle bewegte, ohne etwas dazu zu tun. Sie stand ganz reglos im Wasser, und trotzdem zog unter ihr die Seegraswiese dahin, und Steine waren plötzlich an einem anderen Ort.

Sie hatten eine sehr langsame Strömung erwischt; ihre Fließgeschwindigkeit betrug nur ungefähr zwei Knoten. Unter normalen Umständen hätte die schwache Strömung sie etwas mehr als dreieinhalb Kilometer pro Stunde vorangebracht, aber nun setzte die *Hundertkraft* ein und beschleunigte ihr Tempo – genau, wie Fortunatus und Spy es vorausgesagt hatten.

Mario war einmal mit seiner Mutter im ICE im vordersten Wagen mitgefahren und hatte über den Kopf des Fahrers auf die Gleise sehen können. Ihm war fast schwindelig geworden, als der Zug mit hoher Geschwindigkeit dahinbrauste – und ein ganz ähnliches Gefühl hatte er jetzt.

Unter ihm flog der Meeresboden vorbei, die Felsen, Korallenriffe ... so schnell, dass er keine Einzelheiten wahrnehmen konnte. Auch das Sonar versagte bei dieser Geschwindigkeit; er war der magischen Strömung völlig ausgeliefert und konnte nur hoffen, dass er gegen keinen Felsen prallte, denn dies würde bei dem Tempo seinen sicheren Tod bedeuten. Aber die Strömung suchte sich den leichtesten Weg und teilte sich rechtzeitig, wenn ein Hindernis auftauchte. Mario musste sich nur der Strömung überlassen und durfte nicht gegensteuern, dann umfloss er zusammen mit dem Wasser alle Riffe und kam sicher über sämtliche Untiefen.

Nach einer Weile hatte er sich an die atemberaubende Geschwindigkeit gewöhnt und fing an, die abenteuerliche Art zu reisen zu genießen. Das Einzige, was störte, war Spy, der sich in seiner Rückenflosse festgebissen hatte und fast mit ihm zu verschmelzen schien.

»Wie in einer Achterbahn!«, rief Sheila ihm zu, die ein paar Meter vor ihm schwamm.

Er konnte ihre Worte kaum verstehen, denn der Lärm im Meer war mit einem Mal gewaltig; es schien fast so, als hätte er sich auch verhundertfacht.

»Acht…!«, schrie Sheila wieder.

»Ja, ja, schon gut!«, rief Mario. Er fand, dass sich Achterbahnfahren anders anfühlte.

Erst als er völlig unvorbereitet einen unglaublich hohen Tiefseewasserfall hinabstürzte, ging ihm auf, dass Sheila ihm wohl »ACHTUNG!« zugerufen hatte.

5. Kapitel
Hiobsbotschaft für Alissa

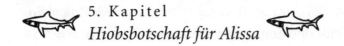

Alissa drehte sich um. Auf dem Gesicht ihres Mannes spiegelten sich Ungläubigkeit und Entsetzen.
»Was hast ... du ... eben getan?«, stammelte er.
Sie versuchte ruhig zu bleiben. Es war versehentlich passiert. Sie hätte es ihm schon viel früher sagen müssen, aber irgendwie war nie der richtige Zeitpunkt dafür gewesen.
»Ich kann mich in einen Delfin verwandeln, Roland«, sagte sie, als sei es das Normalste auf der Welt. »Das funktioniert, seit ich zwölf Jahre alt bin. Ich bin nämlich eine Meereswandlerin. Das ist aber nichts, wovor du Angst haben musst.«
Sie wollte ihn umarmen, doch er wich vor ihr zurück, als hätte sie eine ansteckende Krankheit.
»Fass mich nicht an!«
»Aber Roland!« Sie versuchte zu lachen. »Es ist nicht gefährlich, wirklich nicht.«
Er wich weiter zurück, die Augen vor Schreck geweitet.
»Du ... du ... Monster!«, rief er. »Du bist ein MONSTER!«
Jetzt warf der dreijährige Junge, der im Sand gespielt hatte, sein Eimerchen zur Seite, kam auf sie zu und umschlang ihre Beine.
»Papa ist böse!«, schluchzte er. »Du bist kein Monster, Mami!«
Alissa erwachte und blinzelte. Sie spürte, wie eine Träne über ihre Wange rollte. Wie oft hatte sie diesen Traum schon geträumt!
Der Glasdeckel über ihrem Körper wurde angehoben, und an der Seite erschien ein hässliches gelbes Fischgesicht. Alissa stöhnte, als die Erinnerung zurückkam. Sie war gefangen. Gefangen im

Bauch eines schwarzen Wals, in dem Zaidon hauste, der Lord der Tiefe – zusammen mit seinem abscheulichen Diener, dem Groll ...

»Schlauch wechseln«, sagte der Groll und begann an ihren Schläuchen herumzufummeln.

»Wie lange ... habe ich ... geschlafen?« Das Sprechen fiel Alissa schwer. Sie hatte das Gefühl, dass ihre Stimme und ihre Lippen regelrecht eingerostet waren. Als sie versuchte, den Arm zu heben, gelang es ihr nur unter Schmerzen. Der Arm fühlte sich matt und kraftlos an.

»Es waren fünf Tage, aber für dich sieben Jahre«, antwortete Zaidon von seinem Thronsessel aus.

Alissa schluckte und wischte sich die Träne ab. Sieben Jahre. Dann war sie inzwischen schon dreiundvierzig. Die Zeit schien ihr wie Sand zwischen den Fingern zu zerrinnen.

»Gnade«, sagte sie mit schwacher Stimme. »Lassen Sie mich frei.«

Zaidon lachte leise.

»Noch ein bisschen Geduld«, sagte er.

»Wie lange noch?«, fragte sie. »Waren Sie nicht mit zehn Jahren Lebenszeit einverstanden?«

»Das habe ich nicht gesagt«, antwortete Zaidon.

Ich hab es gewusst, dachte Alissa verzweifelt. Er nimmt mein ganzes Leben. Ich werde niemals zu Mario zurückkehren können.

»Ich habe aber eine Abmachung mit deinem Sohn getroffen«, sagte Zaidon, als hätte er ihre Gedanken gelesen.

Alissa spürte, wie sich ihr Magen zusammenzog. Sie hatte so sehr gehofft, dass Mario nicht mehr in Gefahr war. Schließlich war sie Zaidons Ruf gefolgt, um ihren Sohn zu schützen.

»Was für eine Abmachung?«, fragte sie. »Mit Mario?«

»Ja, mit Mario«, erwiderte Zaidon. »Ich lasse dich frei, sobald er eine Aufgabe für mich erledigt hat.«

»Aber …« Alissa hatte das Gefühl, dass eine große Faust ihr Herz zusammendrückte. »… Sie haben versprochen, dass Sie Mario in Ruhe lassen!«

»Ich mache grundsätzlich keine Versprechungen, Alissa«, sagte Zaidon. »Und außerdem ist Mario freiwillig zu mir gekommen. Er hat sich als Sucher zur Verfügung gestellt. Hätte ich sein Angebot etwa ablehnen sollen?«

Alissa schloss vor Entsetzen die Augen. Wenn es stimmte, was Zaidon sagte … Sie hätte wissen müssen, dass Mario dem Rat in ihrem Brief nicht folgen würde.

»Das hab ich alles nicht gewollt!«

Sie schlug die Hände vors Gesicht und schluchzte. Dann überließ sie ihren linken Arm dem Groll, der eine neue lange Nadel hineinstach und daran einen durchsichtigen Schlauch befestigte, mit dem weitere Lebensenergie an Zaidon übertragen werden konnte.

Als der gläserne Deckel sich über ihr schloss, weinte Alissa noch immer.

6. Kapitel
In der Tiefsee

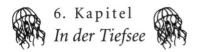

Der Sturz in die Tiefe war endlos. Sheila war überzeugt, dass dieser unterirdische Wasserfall das Ende all ihrer Abenteuer bedeutete.
Wie ein schwarzer Schlund, dachte sie, während es um sie herum dunkler und dunkler wurde. Das Sonnenlicht reichte nicht mehr in diese Tiefen.
In der Dämmerzone war es schon sehr unheimlich, aber der Sturz ging weiter, und Sheila erreichte die Dunkelzone – dort herrschte absolute Finsternis. Pechschwarze Nacht umgab sie, während der Wasserwirbel sie weitertrieb und sie hilflos seinen Kräften ausgeliefert war. Die Wassertemperatur war inzwischen sehr niedrig. Ohne den *Hundertkraft*-Zauber hätte Sheila die Kälte niemals aushalten können. Und erst recht nicht den ungeheuren Druck, der jetzt auf ihr lastete und sich als unangenehmes Beklemmungsgefühl bemerkbar machte.
Endlich verlangsamte sich das Tempo. Sheila schlug probeweise mit dem Schwanz und stellte fest, dass sie wieder selbst schwimmen konnte und sich nicht mehr in einem Strudel befand. Doch wo waren Mario und Spy? Hoffentlich hatte sie sie nicht verloren!
Sie benutzte ihr Sonar und schickte Ultraschallwellen aus. Kurz darauf empfing sie das Echo, und ihr fiel ein Stein vom Herzen. Mario und Spy waren etwa zweihundert Meter von ihr entfernt. Aber es gab hier noch mehr Lebewesen. Riesige Staatsquallen kreuzten ihren Weg, sie zogen ihre giftigen, vierzig Meter langen

Tentakel wie Netze hinter sich her. Ein Schwarm glänzender Faltbauchfische suchte eilig das Weite, als sie die Delfine bemerkten. Andere Fische hatten keine Angst, sondern verharrten im Schutz der Dunkelheit. Es waren Kreaturen mit furchterregenden Formen und gewaltigen Zähnen, die auf Beute lauerten. Zum Glück waren die meisten ziemlich klein – winzige Tiefseemonster – und für Delfine völlig harmlos.

Sheila beeilte sich, um Mario und Spy zu erreichen. Seite an Seite schwamm sie mit ihnen weiter.

»Alles okay, Sheila?«, fragte Mario und berührte sachte ihre Flosse. »Was macht deine Verletzung?«

»Ich spüre nichts mehr.«

»Pass trotzdem auf dich auf.« Seine Stimme klang besorgt.

»Und auf mich müsst ihr auch aufpassen«, verlangte Spy, der sich noch immer an Marios Rückenflosse festklammerte. »Ich seh überhaupt nichts! Alles stockdunkel! Ich bin blind! Und ich habe Angst! Hier ist es unheimlich!«

»Wie tief sind wir unten?«, fragte Mario.

»Keine Ahnung«, antwortete Spy.

»Hat Fortunatus dir denn keinen Tiefenmesser eingebaut?«, fragte Mario und tat verwundert. »Für dein Nachfolgemodell hätte ich wirklich ein paar Verbesserungsvorschläge.«

Leider gaben auch die Amulette keinerlei Signale von sich. Ihnen blieb also nichts anderes übrig, als einfach dem Schnabel nach durch die Tiefsee zu schwimmen.

Mit einem Mal begann Sheila sich dabei unbehaglich zu fühlen. Sie spürte das Gewicht des Wassers auf ihrem Körper, ihre Lunge schien zusammengepresst zu werden. Ihre Flosse fing wieder an zu schmerzen. Auch ihre Sinne schienen nicht mehr richtig zu funktionieren, das Gehör spielte ihr Streiche. Sie hörte plötzlich Geräusche, die es gar nicht gab – ein lang gezogenes Pfeifen ...

»Ich glaube, mir ist schlecht«, stöhnte Sheila.

Was war nur los? War das Wasser ringsum vergiftet? Hatte ein Schiff im Meer Öl oder Pestizide abgelassen?

»Mir geht's auch nicht besonders gut«, sagte Mario mit matter Stimme.

»Schlimm«, rief Spy aufgeregt. »Macht jetzt bloß nicht schlapp! – Oh, ich weiß! Die *Hundertkraft* lässt nach ...«

Obwohl es Sheila so miserabel ging, lauschte sie aufmerksam, als Spy nuschelte:

> *»Auch in den ... ... zählt*
> *die Kraftmagie der ...-welt.*
> *Du Amulett aus ...,*
> *wild ... und lupenrein,*
> *... dem Träger Hundert ...,*
> *damit er ... ... schafft!«*

Sheila prägte sich die Worte, die sie aufschnappte, wieder gut ein.

Die Beschwerden hatten tatsächlich an der nachlassenden *Hundertkraft* gelegen, denn kaum hatte Spy die Zeilen aufgesagt, fühlten sich Sheila und Mario schlagartig besser. Ihre Kraft schien zurückzukehren, und auch der Wasserdruck machte ihnen nichts mehr aus.

7. Kapitel
Schwarze Raucher

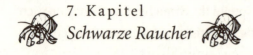

Mit neuer Energie schwammen sie durch die Tiefsee, als plötzlich Marios Amulett ein Zeichen gab. Sie orientierten sich daran und folgten dem Signal.

Dumpfes Grollen erfüllte das Wasser, es kam von unten und gleichzeitig von der Seite. Nach und nach wurde das unheimliche Rumpeln lauter. Es war, als würden sie einem Gewitter entgegenschwimmen. Sheila konnte sich das Unterwasserdonnern nicht erklären, bis sie schließlich merkte, wie sich der Boden unter ihnen veränderte.

Sie schwammen über tiefe Risse und rot glühende Spalten, die aussahen wie der Eingang zur Hölle. Feuer aus dem Innern der Erde! Flüssiges, heißes Magma!

Sie waren in einem Tiefseegraben – dort, wo die Erdkruste am dünnsten war und jederzeit auseinanderbrechen konnte, wo der Boden bebte und das glühende Erdinnere einen Weg nach oben suchte.

Der rötliche Lichtschein erhellte die Tiefe des Meeres, sodass auch Spy, der kein Sonar besaß, etwas sehen konnte. Das gespenstische Flackern – grell, dunkel, halbhell – ängstigte ihn.

»Müssen wir hier wirklich durch?«, jammerte er. »Lasst uns lieber umkehren.«

Sheilas Herz setzte einen Schlag aus, als vor ihnen die ersten unterirdischen Vulkane auftauchten – Unterwasserberge, aus denen feurige Flüsse quollen. Der Meeresboden vibrierte, und das Grollen war jetzt so laut und dröhnend, dass Sheila befürchtete, die

Erde könnte plötzlich aufreißen und ihnen eine Feuerfontäne aus Magma entgegenschleudern.

Doch nicht aus allen Vulkanen strömte dieses unheimliche tödliche Feuer. Aus manchen Bergen quoll dicker, dunkler Rauch – pechschwarz wie die Nacht. Die Wolken aus geschmolzenem Gestein und Mineralien breiteten sich weit im Wasser aus.

»Schwarze Raucher!«, rief Sheila.

Aus einigen Schloten kam die Asche stoßweise, andere Kamine rauchten unaufhörlich. Überall blubberte es wie in riesigen unterirdischen Kochtöpfen. Das Wasser war viermal so heiß wie normales kochendes Wasser, weil es sich hier unten nicht in Wasserdampf umwandeln konnte. Nur die magische *Hundertkraft* bewahrte die Delfine und Spy vor schlimmen Verbrennungen.

»Schrecklich«, wimmerte Spy. »Ich versteh nicht, wie es hier jemand aushalten kann.«

Trotz allem herrschte in dieser unwirtlichen Umgebung reges Leben. Bartwürmer lebten in armdicken Röhren direkt an den Schloten, und ihre roten Tentakel wippten herausfordernd im Wasser. Am Fuß der Schlote krabbelten Krebse herum. Es gab riesige Muscheln und sogar seltsame rosafarbene Fische.

Sheila und Mario hätten diesen Ort am liebsten verlassen, aber ihre Amulette hatten sie ausgerechnet hierhergeführt. Irgendwo zwischen den Vulkanen musste der zweite Splitter des Weltensteins liegen.

Sheila schwamm vorsichtig weiter, direkt auf einen Schwarzen Raucher zu. Mit einem Mal hatte sie den Eindruck, dass die Rauchwolke größer und größer wurde und die Form eines Drachen annahm.

Jetzt streckte er sogar seine Klauen nach ihnen aus!

KOMMT SCHON, IHR BEIDEN!
Sheila konnte die Stimme ganz deutlich hören.
KOMMT IN MEIN REICH! JA, KOMMT ...
Zwei Sekunden später waren sie völlig von schwarzem Rauch umhüllt, als wollte die dunkle Wolke sie verschlingen.
ICH FRESSE EUCH ... IHR SEID IN MEINEM REVIER! ENDLICH FETTE BEUTE, HA!
»NEIN!« Mit Mühe versuchte Sheila sich zu beruhigen. Das war kein Ungeheuer, sondern es waren hydrothermale Quellen ... Unterwasservulkane ... Sie hatte davon gelesen.
Es gibt keinen Drachen, nein! Es ist eine Rauchwolke, nichts weiter ... Rauch, Rauch, Rauch!
»Weg von hier!«, rief Sheila Mario zu.
Spy, der sich mit aller Kraft an Mario festhielt, jammerte laut und schloss vor Entsetzen die Augen.
Mit kräftigen Flossenschlägen schwamm Sheila vorwärts. Ihr Sonar funktionierte nicht, das verstärkte ihre Angst. In der Aschenwolke war sie wie blind, wusste kaum noch, wo oben und unten war ... Der Drache griff nach ihr! Sie glaubte, schon die Klauen auf ihrer Haut zu spüren.
»NEIN!«
Da erkannte sie, wer sie wirklich berührt hatte. Mario! Er schwamm ganz dicht neben ihr.
»Wir schaffen es, Sheila! Wir müssen zusammenbleiben, sonst verlieren wir uns.«
Sie hasste den schwarzen Qualm und das heiße Wasser. Die winzigen Mineralienteilchen prickelten auf ihrer Haut wie Nadelstiche. War es der Feueratem des Drachen?
»Komm, Sheila! Ich glaube, wir sind bald draußen.«

»Hoffentlich!«

Sie hätte nicht mehr sagen können, ob sie nicht versehentlich im Kreis schwammen. Ihr Kopf dröhnte. Das Grollen des Schlots klang wie ein gemeines Lachen.

Es war wie ein Wunder, als sich die Aschenwolke endlich lichtete. Sie waren draußen, hatten es tatsächlich geschafft!

Sheila sah sich ängstlich um, weil sie befürchtete, dass der Drache sie verfolgte. Doch hinter ihr war nur eine dicke Rauchwolke, die keinerlei Ähnlichkeit mit einem Ungeheuer hatte.

Hatte sie sich etwa alles nur eingebildet?

Egal – nichts wie weg von hier!

Es kostete die beiden Delfine sehr viel Energie, aber endlich hatten sie die Region mit den Vulkanen hinter sich gelassen.

»Mann«, stöhnte Mario, als das Blubbern und Grollen leiser wurde. »Ich dachte schon, wir sind verloren. Hast du den Drachen auch gehört?«

»Ich war überzeugt, ich hätte mir die Stimme nur eingebildet«, gestand Sheila.

Spy traute sich endlich, wieder die Augen aufzumachen.

»Bin ich tot?«, nuschelte er.

»Bist du nicht«, beruhigte Sheila ihn. »Und das ist auch gut so, denn wir brauchen dich noch.«

»Überleg dir noch mal, ob du uns nicht doch den Zauberspruch verrätst«, sagte Mario. »Wir hätten dich gerade verlieren können, und was dann?«

Spy schwieg.

Vielleicht überlegt er es sich wirklich, dachte Sheila. Aber möglicherweise kriegen wir auch ohne Spy den Zauberspruch zusammen.

Sie versuchte, sich an die Worte zu erinnern, aber ihr Amulett lenkte sie ab. Die Signale, die es von sich gab, waren noch stärker geworden.

»Der Stein muss hier irgendwo sein!«, rief Mario.

Das Meer war noch immer erleuchtet von einem matten rötlichen Schein. Sie schwammen nun durch eine bizarre Landschaft voller unterirdischer Täler und Berge. Säulen aus erkalteter Lava ragten vor ihnen auf – erloschene Vulkane. Sheila und Mario kamen sich vor wie auf einem fremden Planeten.

»Das Signal ist jetzt ganz stark«, sagte Mario. »Wir müssen dicht am Ziel sein.«

Sie benutzten immer wieder ihr Sonar, konnten aber nur kalte Lava spüren – kein ungewöhnliches Gestein.

»Vielleicht ist der Stein in einem der Schlote versteckt?«, sagte Sheila. Ihr Amulett pulsierte wie verrückt, als sie über einen der erloschenen Kegel schwebte und von oben in den Schlot hineinspähte.

Nur Schwärze. Abgrundtiefe Dunkelheit. Sie konnte absolut nichts erkennen.

Sie setzte ihr Sonar ein, und diesmal signalisierte es ihr, dass sich ein fremdartiges Material im Innern des Kamins befand – glatt, oval, so groß wie eine Kinderfaust.

»Hier drin ist er«, verkündete sie aufgeregt.

Mario war sofort neben ihr.

»Warte«, sagte er. »Ich schlüpfe in den Schlot und hole den Stein!«

Sheila war dankbar, dass er es machen wollte, denn es graute ihr davor, in den engen Schlot hinabzutauchen.

Aber Spy klebte noch immer an Marios Rückenflosse, und der

Schlot war zu eng für den Delfin und den Fisch. Mario sah ein, dass er so nicht sehr weit kommen würde.

»Kannst du die Klette mal übernehmen?«, fragte er.

Sheila hätte es gerne gemacht, aber Spy sträubte sich.

»Wenn ich loslasse, bin ich tot«, jammerte er. »Der Druck ... Die *Hundertkraft* schützt mich ...«

»Du kannst nicht einmal eine Sekunde loslassen?«, fragte Sheila verwundert.

Spy schüttelte den Kopf. Ein Wechsel in dieser Tiefe sei zwar grundsätzlich möglich, erklärte er, aber wenn er auch nur für den Bruchteil einer Sekunde den Kontakt mit einem der Amulett-Träger verlor, dann würde der gewaltige Wasserdruck ihn sofort umbringen.

Obwohl Sheila und Mario Spy versicherten, dass sie bestimmt aufpassen würden, weigerte sich der Fisch, Mario loszulassen. Alle Versuche, Spy zu überreden, waren nutzlos.

»Lass ihn«, sagte Sheila schließlich zu Mario. »Dann tauche ich eben in den Schlot. Das ist einfacher, als hier noch länger rumzudiskutieren.«

»Okay, du hast recht«, meinte Mario.

Sheila nahm all ihren Mut zusammen und glitt hinab ins Dunkel.

Der Stein ... ich will nur den Stein ...

Die Röhre war eng. Und so schwarz. Sheila kam sich vor wie das einsamste Wesen auf der Welt. Sie hatte den Eindruck, dass es endlos tief hinunterging. Die Wände streiften immer wieder ihre Haut.

Und wenn der Drache wiederkommt?

Sie schob den Gedanken beiseite. Nur noch ein kleines Stück.

Sheila benutzte ihr Sonar und war verwirrt von dem irreführenden Echo. Aber der Stein musste ganz nah sein. Das Amulett pulsierte hell.

Endlich stieß sie auf den Grund. Als sie den Stein dort fand, durchströmte sie ein Glücksgefühl. Sie klemmte ihn in den Schnabel.

Jetzt nichts wie raus hier!

Die Röhre war zu schmal, um zu wenden. Sheila musste sich mühsam rückwärts herausschieben. Ihre Brustflossen stießen mehrmals gegen die Wand. Ihre verletzte Flosse fing wieder an zu schmerzen, aber schließlich hatte Sheila es geschafft.

»Super!«, sagte Mario, als sie draußen war. Er nahm ihr den Stein ab, und dann begannen sie aufzusteigen.

8. Kapitel
Begegnung mit Hairy Harry

Sie befanden sich noch in der Dunkelzone, in die niemals Sonnenlicht drang. Auch das rötliche Licht aus dem Erdinnern hatte inzwischen seine Kraft verloren. Es herrschte stockfinstere Nacht.

Spy jammerte ein bisschen, aber weder Mario noch Sheila schenkten ihm große Beachtung.

Sheila war einfach nur glücklich, weil sie den Stein so problemlos gefunden hatte. Keine Piraten, keine Haie. Der Stein schien dieses Mal nicht bewacht gewesen zu sein.

Plötzlich flammte direkt vor ihnen ein blaues Licht auf.

Mario, der vor Sheila schwamm, stockte.

»Was, zum Teufel, ist das?«

Seine Worte waren undeutlich, weil er den Stein im Schnabel hielt.

Über ihnen im Wasser hing eine Laterne – einfach so, als hätte sich irgendjemand einen Scherz erlaubt.

»Kann ja eigentlich nicht sein«, sagte Sheila ungläubig. Was für eine Bedeutung sollte diese Laterne haben – hier mitten in der Tiefsee? »Ich sehe ein Kabel«, rief sie dann, froh, eine Erklärung gefunden zu haben. Wahrscheinlich war ein Forschungstauchboot in der Nähe, um Filmaufnahmen oder Fotos zu machen. Besonders hell leuchtete das Licht allerdings nicht.

Mit einem Mal fühlte Sheila sich beobachtet und wandte sich langsam um.

Es war kein Kabel, sondern eine lange Angel, und sie wuchs aus der Stirn eines riesigen Fischs hervor! Er sah furchterregend aus.

149

Sein Körper war mit meterlangen, haarigen Fühlern bedeckt, die jede Bewegung im Wasser wahrnahmen. Seine scharfen, gebogenen Zähne waren so groß, dass er das Maul nicht einmal schließen konnte. Bösartig glitzerten die winzigen Augen, als er Sheila und Mario hungrig ansah. Sheila erschauderte. Es war das hässlichste Wesen, dem sie je begegnet war.

»Wer bist du?«, krächzte sie.

»Man nennt mich Hairy Harry«, zischte das Tiefseemonster und schwenkte seine Angel mit der Laterne. »Hier ist mein Revier! Keiner darf durch, ohne mir Wegzoll zu geben.«

»Ein riesiger Anglerfisch«, japste Spy und hätte vor Schreck fast Marios Rückenflosse losgelassen. »Oh, wie schrecklich!«

Sheila versuchte, ruhig zu bleiben, obwohl sie sich gar nicht wohl in ihrer Haut fühlte. Hairy Harry sah nicht so aus, als wäre mit ihm zu spaßen.

»Entschuldigung, wir wollten nicht in dein Revier eindringen«, sagte sie höflich. »Tut uns leid.«

»Ihr habt was, das ich haben will«, zischte der Riesenfisch und bewegte sein großes Maul mit den spitzen Zähnen.

»Was denn?«, fragte Sheila und dachte an den Stein, den Mario trug. Bestimmt wollte die Bestie den Weltensteinsplitter!

»Ich habe Hunger«, knurrte der Fisch. Seine Augen glänzten voller Gier, während er seinen Blick auf Mario heftete. »Ich will etwas zu fressen. Du hast da eine sehr leckere Last, Delfin! Her damit!«

Er schnellte auf Mario zu und schnappte nach Spy.

Mario reagierte rasch, wich zur Seite aus, und Harrys Zähne bissen ins Leere.

Spy wimmerte vor Angst. »Nicht mich! NICHT!«

Hairy Harry stieß ein zweites Mal zu. Mario schlüpfte unter ihm durch, aber diesmal verlor er bei seinem Ausweichmanöver den Stein.

Sheila tauchte eilig ab und fing den sinkenden Stein auf.

Als sie wieder hochkam, sah sie, wie Mario und Hairy Harry sich tänzelnd umkreisten. Sobald Harry eine Bewegung machte, schwamm Mario mit Spy ein Stück zur Seite. Beim nächsten Vorstoß ging es wieder zurück. Die Gegner fixierten sich unablässig wie zwei Boxer im Ring.

Ich muss Mario helfen, dachte Sheila fieberhaft. Bloß wie?

Die Angel mit der Laterne!

Sheila nahm den Stein ganz in den Mund, um ihre Kiefer bewegen zu können. Als Harry das nächste Mal auf Spy losgehen wollte, schnellte sie schräg von der Seite dazwischen, stürzte sich auf die Angel und biss zu, so fest es ging.

Die Angel knickte ab und das Licht erlosch. In der Dunkelheit heulte Hairy Harry vor Schmerzen auf.

»Ich kann nichts mehr sehen! Wo ist meine Laterne?«

Sheila spürte ein unangenehmes Kitzeln an ihrer Flanke. Die haarigen Fühler von Hairy Harry!

»Ah, da!«

Sie brachte sich mit einem raschen Schlenker in Sicherheit. Mit ihrem Sonar konnte sie den Anglerfisch jetzt genau orten – ohne dass er wusste, wo sie sich befand. Und links neben ihr war Mario mit Spy.

»Kommt«, flüsterte sie ihnen zu. »Nichts wie weg!«

Sie stiegen nach oben, bemüht, so wenig wie möglich mit den Flossen zu schlagen, damit ihnen Hairy Harry nicht durch die Wasserbewegung auf die Spur kam. Solange es so dunkel war, benutzte Sheila immer wieder Ultraschallwellen, um rechtzeitig mögliche Gefahren aufzuspüren. Ein meterlanger Pelikanaal zog in einiger Entfernung vorbei, aber obwohl er auch Tiere fraß, die größer waren als er selbst, schenkte er den Delfinen keine Beachtung.

Nachdem Sheila und Mario genügend Abstand zwischen sich und Hairy Harry gebracht hatten, schossen sie so rasch wie möglich weiter nach oben. Sheila sehnte sich danach, aus der Dunkelheit herauszukommen.

Hoffentlich hilft die *Hundertkraft* auch gegen die Taucherkrankheit, dachte sie, während sie ihre Fluke bewegte. Sie wusste, wie gefährlich es für Taucher war, zu schnell an die Oberfläche zu kommen. Wenn man die Ruhepausen nicht einhielt, bildeten sich im Blut Stickstoffbläschen, die zum Tod führen konnten.

Erst als das Wasser heller wurde und sie die Dämmerzone erreichten, verlangsamten sie ihr Tempo. Sheila hielt inne und vergewisserte sich, dass das Tiefseemonster ihnen nicht gefolgt war. Keine Spur von Hairy Harry!

Vielleicht kann er ja ohne sein Licht nicht schwimmen, dachte Sheila. Oder er verträgt den Druckunterschied nicht.

»Kommt er uns nach?«, fragte Spy jammernd.

»Alles in Ordnung«, beruhigte Mario ihn. »Er ist uns nicht gefolgt. Keine Sorge, Sackfisch, du wirst nicht gefressen!«

»Glück gehabt«, sagte Sheila erleichtert. Sie schüttelte sich vor Ekel, als sie sich daran erinnerte, wie die haarigen Fühler des Ungeheuers sie gestreift hatten.

Ohne weiteren Zwischenfall erreichten sie die Meeresoberfläche.

Sheila war froh, als sie wieder einen tiefen Atemzug nehmen konnte. Es war inzwischen Abend geworden. Der Himmel hatte sich rötlich verfärbt, und Sheila musste an das Feuer der unterirdischen Vulkane denken.

Spy ließ Marios Rückenflosse los.

»Endlich!«, sagte Mario erleichtert, sprang in die Luft und machte während des Sprungs eine Schraube. »Du bist ganz schön schwer, Spy! – Eigentlich hätten wir dich ja jetzt gut loswerden können! Hairy Harry hätte ein prima Abendessen gehabt.«

»Das stimmt überhaupt nicht, Spy«, beteuerte Sheila schnell. »Du gehst uns zwar manchmal auf die Nerven, aber deswegen wünschen wir dir noch lange kein Unglück!«

Spy sah nicht so aus, als ob er ihnen glauben würde. »Schleim hier nicht rum, sondern gib mir den Stein«, verlangte er.

Sheila tat es. Einen Augenblick lang sah sie, wie der Stein im schwindenden Licht grünlich aufblitzte, dann verschwand er in Spys Maul. Der Fisch schluckte ein paarmal, bis der Stein sicher in seinem Bauch gelandet war.

»So, jetzt kann ich meinem Meister melden, dass wir den zweiten Stein haben«, murmelte Spy zufrieden.

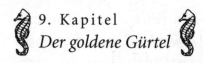

9. Kapitel
Der goldene Gürtel

Fortunatus hatte sich eine Fertigpizza in der Mikrowelle heiß gemacht und wollte gerade anfangen zu essen, als der Computer ein akustisches Signal gab.
»Ausgerechnet jetzt!«
Verärgert über die Störung schob er den Teller zurück, stand auf und schaltete den Monitor ein.
»Ich bin's, Meister«, sagte Spy.
Auf dem Monitor schwappten Wellen. Es war schon ziemlich dunkel.
»Wird auch Zeit«, sagte Fortunatus mürrisch. »Hatten wir nicht abgesprochen, dass du dich einmal pro Tag meldest, damit ich weiß, was los ist?«
»Es tut mir leid.« Spy klang zerknirscht. »Ich hab's ein paarmal versucht, aber ich hab keine Verbindung gekriegt. Wir waren ganz unten.« Er berichtete, wie sie die *Hundertkraft* eingesetzt hatten und dann durch den Tiefseewasserfall und den großen Wasserwirbel in den Atlantik gebracht worden waren.
»Mein Zeitgefühl ist dabei etwas durcheinandergeraten, Meister. Am Schluss sind wir einem furchtbaren Ungeheuer begegnet, Hairy Harry ...«
Fortunatus schnitt Spy ungeduldig das Wort ab. »Habt ihr was gefunden?«
»Ja, wir haben den zweiten Stein«, sagte Spy. »Er ist sicher in meinem Bauch.«
»Gut gemacht, Spy«, sagte Fortunatus.

»Wie geht es jetzt weiter?«, fragte Spy.

»Benutzt den Golfstrom«, antwortete Fortunatus. »Dieser warme Strom bringt euch in den Nordatlantik. Euer Ziel ist das Nordpolarmeer. Dort müsste sich nach meinen Kenntnissen ein weiterer Stein befinden. Aber Achtung, es kann kalt werden!«

»Bei den Tiefseefischen ist uns ziemlich warm geworden«, sagte Spy kichernd.

»Passt auf euch auf«, verabschiedete sich Fortunatus. »Viel Glück!«

Er wollte die Verbindung unterbrechen.

»Kann ich?«, fragte da eine andere Stimme. Auf dem Bildschirm war plötzlich ein Delfin zu sehen, der Fortunatus direkt anzublicken schien.

Das muss Mario sein, dachte Fortunatus. Er schaut in Spys Kameralinsen.

»Gute Leistung, Mario«, sagte er aufmunternd. »Schon zwei Erfolge. Weiter so. Ihr schafft es!«

»Bitte ...«

»Was gibt's noch?«

»Wie – wie geht es meiner Mutter?«, fragte Mario.

»Sie lebt, und es geht ihr den Umständen entsprechend gut«, antwortete Fortunatus zögernd.

»Wenn wir alle Steine finden, wird Zaidon dann auch ganz bestimmt meine Mutter freilassen?«

Fortunatus hörte die Sorge in Marios Stimme. Darum sagte er:

»Zaidon wird zu seinem Wort stehen, da bin ich sicher. Aber du kennst ja das Problem.«

»Die Zeit«, murmelte Mario. »Kann Zaidon nicht ... nicht machen, dass meine Mutter nicht so schnell altert? Bitte!«

Er ist richtig verzweifelt, dachte Fortunatus. Kein Wunder, ihm läuft die Zeit davon.

»Ich fürchte, daran hat Zaidon kein Interesse«, antwortete er.

»Aber können Sie nicht mit ihm reden? Bitte! Tun Sie es für meine Mutter! Sie soll langsamer altern. Fünf Jahre pro Woche, nicht zehn! Bitte!« Mario flehte regelrecht.

Fortunatus' Augenlid zuckte nervös. »Es tut mir leid, mein Junge.«

»BITTE!«

Fortunatus seufzte. »Ich werde mit Zaidon reden, aber ich kann dir nichts versprechen!«

»Danke! Danke!«

Fortunatus unterbrach die Verbindung. Mit einem Mal fühlte er sich sehr müde.

Die Pizza war inzwischen kalt geworden. Sie schmeckte außerdem fad. Angewidert schob Fortunatus den Teller weg.

Alle Tiefkühlpizzen schmeckten in der letzten Zeit fad. Er hatte sie satt. Er hatte es auch satt, dass er seine Mahlzeiten immer allein verzehren musste.

Viele Jahre lang hatte ihm das nichts ausgemacht. Er hatte sich angewöhnt, beim Essen nebenher zu lesen oder sich Notizen zu machen.

Aber nun spürte Fortunatus immer öfter die Einsamkeit. Früher hatte er die Einsamkeit manchmal gesucht. Jetzt suchte sie ihn heim, tagsüber und besonders in der Nacht. Es gab niemanden, der ihn noch vermisste. Nicht nach so langer Zeit. Das war der Preis gewesen für sein neues Leben.

Womöglich ein zu hoher Preis?

Ärgerlich stand Fortunatus auf und ging an den Schrank, um sich ein Glas Wasser einzuschenken. Dann überlegte er es sich anders, änderte seine Richtung und steuerte auf das große Gemälde über der Couch zu. Das Bild zeigte das Nordkap. Doch diesmal hatte Fortunatus keinen Blick für die Landschaft. Er hängte das Gemälde einfach ab.

In der Wand war ein Tresor eingelassen. Fortunatus tippte den Geheimcode ein, und die Tür sprang auf. Fortunatus griff in die Öffnung, ertastete Papiere und eine Kassette. Dann schlossen sich seine Finger um den Gegenstand, den er gesucht hatte. Es war ein Gürtel aus Gold.

Der Schlüssel zu dem größten Geheimnis der Welt.

Der goldene Gürtel klirrte leise, als Fortunatus ihn vorsichtig auf die Couch legte und die schweren Glieder der Länge nach ausbreitete. Der Gürtel reichte fast von einem Ende der Couch bis zum anderen. Die goldenen Glieder funkelten. Als Fortunatus mit den Fingerkuppen über die Ornamente strich, glaubte er die magische Kraft zu spüren, die schon jetzt in dem Gürtel steckte. Behutsam, fast mit Andacht, berührte er die leeren Fassungen, in denen einst die sieben Steine geruht hatten, bis Irden den Siebenmeerzauber angewandt hatte.

Mein Schatz.

Fortunatus schluckte. Sein Herz schlug schneller.

Der Preis war keineswegs zu hoch. Er besaß den Gürtel. Er hatte die Prophezeiung gefunden. Und es würde ihm gelingen, eine unglaubliche Entdeckung zu machen.

Noch unglaublicher als Zaidon und sein Weltenstein.

Und das bald.

Sehr bald.

10. Kapitel
Die Reise nach Norden

Mario machte sich Sorgen. Das Gespräch mit Fortunatus hatte ihn aufgewühlt. Würde der Wissenschaftler wirklich mit Zaidon reden und ein gutes Wort für Marios Mutter einlegen?
Er wurde das Gefühl nicht los, dass Fortunatus etwas vor ihnen verbarg.
Kilometer um Kilometer durchpflügten die beiden Delfine das offene Meer. Spy hatte Mühe, ihnen zu folgen. Nirgends war eine Insel oder ein Schiff zu sehen. Der Atlantik reichte bis zum Horizont, er schien keinen Anfang und kein Ende zu haben. Die ganze Welt bestand nur aus Wasser.
Stunden waren vergangen, seit Spy das letzte Mal mit Fortunatus gesprochen hatte. Seither dachte Mario unablässig an seine Mutter. Immer wieder sah er den gläsernen Sarg vor sich, in dem Alissa lag – reglos, bleich wie der Tod. Er hatte Angst um sie, große Angst. Mario konnte sich gar nicht darüber freuen, dass sie so erfolgreich gewesen waren. Die Zeit verflog rasend schnell. Und sie hatten erst zwei der sieben Splitter. Alissa hatte keine Chance – außer, wenn Fortunatus eingriff.
»Jetzt macht doch mal 'ne Pause«, beschwerte sich Spy. »Ich verhungere gleich.«
»Mann, wir müssen weiter«, sagte Mario nervös.
»Ich brauche jetzt aber was zu essen«, wiederholte Spy vorwurfsvoll. »Ich werde meinem Meister sagen, dass ihr mir nie Zeit zum Essen lasst!«
»Dann warten wir eben«, lenkte Sheila ein. Sie verlangsamte ihr

Tempo. »Ich brauche auch mal eine Pause. Meine Flosse tut weh.«

Notgedrungen hielt auch Mario inne.

»Mahlzeit«, blubberte Spy zufrieden und tauchte ab.

»Ich kann ihn einfach nicht ausstehen«, gestand Mario, nachdem Spy verschwunden war. »Der Kerl müsste uns doch dankbar sein, dass wir ihn gerettet haben. Aber stattdessen kommandiert er uns genauso herum wie vorher. Und den Zauberspruch verrät er uns auch nicht, der blöde Sackfisch!«

»Ich weiß, wie der Spruch geht«, sagte Sheila.

»Du weißt ihn?« Mario war überrascht. »Hat Spy ihn dir gesagt?«

»Nein, aber ich hab genau aufgepasst, wie er ihn zweimal gemurmelt hat. Der Zauberspruch reimt sich nämlich. Ich hab die fehlenden Worte ergänzt und so lange herumprobiert, bis der Spruch einen Sinn ergab.« Sheila sah Mario triumphierend an.

> »Auch in den Sieben Meeren zählt
> die Kraftmagie der Anderswelt.
> Du Amulett aus Urgestein,
> wild, ungestüm und lupenrein,
> verleih dem Träger Hundertkraft,
> damit er große Dinge schafft!«

Mario konnte spüren, wie die Kraft in seinem Amulett aktiviert wurde. Heiß und schwer lag das Schmuckstück auf seiner Brust.

»Super!« Er war sehr beeindruckt. »Der Spruch funktioniert! – Das wird Spy aber bestimmt nicht gefallen!«

»Wir brauchen es ihm ja nicht gleich zu verraten«, meinte Sheila listig.

Einen Moment lang schwiegen sie und blickten auf das Riff unter ihnen.

»Weißt du, was mich stutzig macht?«, fragte Sheila nach einer Weile.

»Was?«

»Der erste Splitter, den wir gefunden haben, ist blau. Und der zweite ist grün.«

»Na ja, der Weltenstein kann unterschiedliche Farben annehmen.«

»Und dann sind die Splitter vollkommen glatt. Ich hab mir ein Bruchstück immer irgendwie zackig vorgestellt.«

»Die Splitter liegen schon seit einer Ewigkeit im Meer. Die Wellen haben sie glatt geschliffen.«

»Hm. Und dann –«

»Was?«

»Sie sind so groß wie eine Kinderfaust. Stell dir die sieben Steine nebeneinander vor. Zusammen sind sie viel größer als das Stück, das vom Weltenstein abgebrochen ist.«

»Du weißt doch gar nicht, ob die anderen Splitter auch so groß sind«, gab Mario zu bedenken. »Worauf willst du eigentlich hinaus?«

»Ich weiß nicht«, sagte Sheila zögernd. »Irgendwas stimmt da nicht …«

Ihr Gespräch wurde unterbrochen, weil Spy zwischen ihnen auftauchte.

»Wir können weiter, der Golfstrom müsste ganz in der Nähe sein«, verkündete er. Seine Linsenaugen funkelten.

Als sie untertauchten, schwamm Sheila dicht neben Spy und fing an, sich mit ihm zu unterhalten.

»Erzähl doch mal, Spy«, hörte Mario Sheila zu Spy sagen, »was warst du eigentlich früher?«

»Was meinst du denn mit früher?«, fragte Spy.

»Bevor du verändert worden bist«, erwiderte Sheila. »Du hast doch nicht immer Augen aus Kameralinsen gehabt.«

Spy zögerte. »Ich kann mich an mein früheres Leben nicht mehr gut erinnern«, gestand er dann. »Alles ist verschwommen. So, als hätte mir nur jemand davon erzählt.«

»Und was ist nach deiner Veränderung passiert?«

»Ich bin aufgewacht – und war *ich*.«

»Und wo bist du aufgewacht?«

»Neben der Jacht von meinem Meister.«

»Aha«, sagte Sheila.

In diesem Moment spürte Mario, dass sie in eine warme Strömung gerieten. Der Golfstrom! Fast augenblicklich setzte die *Hundertkraft* ein, und Mario wurde mit einem heftigen Ruck nach vorne geschleudert.

Spy schaffte es gerade noch, sich an Sheilas Fluke festzuklammern. Mit magischer Kraft und höchster Geschwindigkeit ging es nach Norden.

Alles flitzte und wirbelte vorbei, die Farben der Umwelt mischten sich zu einem bunten, flimmernden Band. In Mario blitzte eine Erinnerung auf. *Eine Karussellfahrt vor vielen Jahren ... Die Umgebung ein einziges Muster aus Farben ... Er hörte wieder einen Jungen schreien – das war er selbst, drei Jahre alt; er klammerte sich voller Angst an seinen Vater, der neben ihm auf dem Sitz saß ...*

»Ich will runter! Runter!« Aber sein Vater hatte nur gelacht, und das Karussell hatte sich weitergedreht, immer weiter ...

Sein Vater! Die Erinnerung machte Mario wieder wütend. Er war zwar oft neidisch, wenn andere Jungs über ihren Vater redeten. Nichts tat ihm mehr weh, als wenn sie erzählten, dass sie mit ihrem Vater auf dem Fußballplatz gewesen waren, dass er ihr Fahrrad repariert hatte oder dass sie am Wochenende einfach nur zusammen auf der Couch gelümmelt hatten. Mario sehnte sich danach, auch einen Vater zu haben, der diese Dinge mit ihm unternahm.

Aber nicht seinen Vater.

Der allein war schuld, dass sie keine normale Familie sein konnten.

Sheila spürte Spys Kiefer an ihrer Fluke und hoffte, dass sich der Fisch gut genug festhalten würde, um die wirbelnde Reise zu überstehen. Während sie von den Wasserfluten hin und her gerissen wurde, dachte sie über den Weltenstein und die Magie in den Amuletten nach. Irgendwie wurde sie den Verdacht nicht los, dass da ein Zusammenhang bestand. Das Material des Weltensteins und das der Amulette ähnelten sich sehr … Ob in den Amuletten noch andere Magie als die *Hundertkraft* verborgen lag? Das Thema faszinierte Sheila immer mehr. Und sie war sich sicher, dass Fortunatus mehr darüber wusste, als er vorgab. Offenbar war Spy von ihm magisch verändert worden, nicht von Zaidon! Aber wodurch war Fortunatus so stark? Und wie gut kannte er sich mit Magie aus?

»Komisch, komisch, ich hatte doch noch gar nicht die *Hundertkraft* aktiviert«, murmelte Spy und schreckte Sheila aus ihren Gedanken. »Oder etwa doch? Werde ich vergesslich?«

Er nuschelte nicht mehr, weil er Sheilas Schwanzflosse losgelassen hatte. Sheila merkte, dass sich die Reise verlangsamt hatte.

Neugierig tauchte sie zur Wasseroberfläche empor. Vor ihr erstreckte sich das Meer. Zur Rechten lag eine Steilküste. Die Luft war klar und kühl. Gelbe und weiße Blumen blühten auf den Felsen, der Himmel war leuchtend blau. Seevögel flogen über Sheila hinweg. Sie erkannte Möwen und unzählige Dickschnabellummen, die auf dem Felsen nisteten und dort einen unglaublichen Lärm veranstalteten.

Sie mussten demnach schon ziemlich hoch im Norden sein, denn Dickschnabellummen waren eine Art arktisches Gegenstück zu den Pinguinen, die am Südpol lebten. Im Unterschied zu Pinguinen konnten die Lummen aber hervorragend fliegen.

»Hör mal«, quengelte Spy plötzlich neben ihr, »hab ich den Spruch vor unserer Reise nun gesagt oder nicht? Die *Hundertkraft* hat funktioniert, also muss ich es wohl getan haben. Aber furchtbar, furchtbar, ich kann mich gar nicht daran erinnern!« Er schien sich große Sorgen zu machen.

Er wollte gerade weiterjammern, als das Meer ihnen plötzlich merkwürdige Töne zutrug. Sheila und Mario tauchten unter, denn im Wasser breiten sich Geräusche viel weiter aus als in der Luft.

Es war eine Art Gesang, der von ziemlich weit weg kam.

»Wale«, sagte Mario aufgeregt.

Sheila konzentrierte sich. Die Melodie bestand aus hohen und tiefen Tönen und hatte einen eigenwilligen Rhythmus.

>*Siebenmeer, ach, Siebenmeer!*
>*Das Tor, das gibt es nimmermehr.*
>*Die Steine sind verstreut im Meer.*
>*Ins Paradies kommt keiner mehr.*«

11. Kapitel
Der Gesang der Wale

Das Lied war so faszinierend, dass Mario und Sheila sofort losschwammen, um herauszufinden, wer da sang. Spy paddelte ihnen emsig hinterher und quengelte so lange, bis er sich wieder an Marios Finne hängen durfte.

Sie schwammen weiter nach Norden. Die Wassertemperatur sank immer mehr, aber das störte sie nicht, weil sie durch die *Hundertkraft* extreme Kälte aushalten konnten.

Es war ein vielstimmiger Gesang, eine Art Unterwasserchor, der von Soloeinlagen unterbrochen wurde.

Sheila konnte es gar nicht glauben, was sie da hörte. Es war eine Ballade, und sie erzählte von Zaidon, dem Lord der Tiefe …

Zaidon stahl den Weltenstein,
floh aus dem Paradies,
schon bald ein neues Reich war sein,
das Volk er leiden ließ.

Delfin ward Mensch, Mensch ward Delfin,
es knechtete der Stein.
Steinhüter Irden zog dahin,
zu helfen in der Pein.

Siebenmeer, ach, Siebenmeer!
Das Tor, das gibt es nimmermehr.
Die Steine sind verstreut im Meer.
Ins Paradies kommt keiner mehr.

Damit er konnt das Volk befrein
von aller Qual und Not,
zerstörte er den Weltenstein,
doch er fand selbst den Tod.

Verschlossen ist durch Irdens Tun
das Tor zum Paradies.
Jahrtausendlang die Steine ruhn,
dort, wo er sie verließ.

Siebenmeer, ach, Siebenmeer!
Das Tor, das gibt es nimmermehr.
Die Steine sind verstreut im Meer.
Ins Paradies kommt keiner mehr.

Doch eines Tages, irgendwann,
geht auf erneut das Tor,
und Irden nun vollenden kann,
was offen blieb zuvor.

Sheila wurde immer neugieriger. Was wussten die Wale über Zaidon? Vielleicht konnten sie ihnen ja bei ihrer Suche weiterhelfen. Sheila konnte es gar nicht abwarten, auf die Sänger zu treffen und mit ihnen zu reden.

Das Meer war inzwischen eisig kalt. Gelegentlich trieben Eisschollen auf dem Wasser. Einige Vögel ruhten sich darauf aus. Sheila erkannte beim Auftauchen Eissturmvögel und Seeschwalben. Auch Kormorane waren dabei, die sich kopfüber ins Wasser stürzten, um Fische zu fangen. Nach dem Fischfang hockten manche der dunklen Vögel auf dem Eis und ließen ihre ausgebreiteten Flügel von der Sonne trocknen.

Spy war entzückt, denn das Wasser war voller winziger Ruderfußkrebse – Krill!

Sheila hatte beim Tauchen jede Menge Muscheln entdeckt, und
es gab wunderschöne rot und orange leuchtende Seesterne.

Nachdem Spy eine Pause gefordert hatte, um sich den Bauch mit
Ruderfußkrebsen vollzuschlagen, schwammen sie weiter nach
Norden, immer dem Gesang nach. Nach etlichen Kilometern
stießen sie auf eine Ansammlung von Weißwalen. Es war eine
Gruppe von ungefähr hundert Belugas, Walkühe mit ihren Jun-
gen, darunter etliche Neugeborene.

Sheila und Mario hielten zunächst respektvoll Abstand, um die
Weißwale nicht zu erschrecken oder zu reizen. Die Wale ver-
stummten, drängten sich dichter zusammen und nahmen die
Jungen in ihre Mitte. Eine Zeit lang herrschte Stille, man beob-
achtete sich gegenseitig, und Sheila spürte das Misstrauen der
Tiere.

Schließlich löste sich ein älteres Weibchen aus der Gruppe und
schwamm auf die Ankömmlinge zu. Klicklaute ertönten, und
Sheila nahm die Ultraschallwellen wahr, mit denen das Weibchen sie abtastete.

»Ihr seid keine echten Delfine«, sagte die Walkuh dann mit me-
lodiöser Stimme. »Wer seid ihr, und was wollt ihr?«

Das Tier war ganz weiß. Es war gedrungener als die Delfine
und maß mehr als vier Meter. Das Beluga-Weibchen hatte einen
runden Kopf mit auffällig gewölbter Stirn, hinter der das Sonar-
Organ saß. Die Augen waren klein und lagen direkt hinter
den Mundwinkeln. Trotz seiner Unförmigkeit strahlte das Tier
Würde und Anmut aus. Sheila fiel auf, wie vernarbt die weiße
Haut war.

»Wir sind Meereswandler«, sagte sie. »Wir haben euren Gesang gehört und sind ihm gefolgt. Ich bin Sheila, und neben mir schwimmt Mario. Spy begleitet uns, er ist ein Sackf... äh, ... er ist ein Fisch.«

Fast hätte sie sich verplappert. Es war ihr peinlich, dass sie sich den Ausdruck *Sackfisch* schon so angewöhnt hatte.

»Ich bin Boga«, antwortete die Walkuh, und Sheila merkte, wie sich die anderen Wale hinter ihr entspannten. Anscheinend war Boga eine Art Anführerin, und von ihrer Entscheidung hing es ab, ob die Wale ihnen freundlich oder feindlich begegneten. »Ihr seid die ersten Meereswandler, die ich kennenlerne. Also gibt es wirklich solche Zwitterwesen. Ich war mir nicht sicher, ob sie nicht nur ein Märchen sind – wie so vieles.«

Ein paar Jungtiere streckten neugierig ihre Köpfe nach vorne, und Sheila spürte einen Schwall von tastenden Schallwellen. Die Jungen waren noch nicht so weiß wie die älteren Tiere, ihre Haut schimmerte graublau.

»Wovon habt ihr gesungen?«, fragte Mario. »Zaidon kam darin vor. Wisst ihr mehr über ihn?«

»Es ist nur eine von vielen Geschichten, die wir unseren Jungen erzählen«, sagte Boga und schwamm dichter zu Sheila und Mario. »Geschichtenerzählen hilft gegen die Angst«, fuhr sie mit gedämpfter Stimme fort. »Bald wird nämlich wieder der *Sommertod* kommen, und die Jungen fürchten sich davor.«

»Der *Sommertod*?«, wiederholte Sheila fragend. War der *Sommertod* eine ansteckende Krankheit, die alljährlich die Weißwale befiel?

»Das große Sterben«, flüsterte Boga. »Im letzten Jahr hat es meinen Jungen getroffen, Ribo. Er war noch ein Blauling, aber die

Jäger haben ihn trotzdem nicht verschont.« Ihre Stimme war voller Trauer.

Es schnürte Sheila die Brust zusammen. Jäger! Sie erinnerte sich an die Sendungen über den Walfang, die sie im Fernsehen gesehen hatten. Ihr war jedes Mal fast schlecht geworden, als sie mitverfolgen musste, wie die Walfänger große und kleine Wale gejagt hatten. Gegen die schnellen Hightech-Fangschiffe hatten die Tiere keine Chance. Es gab immer wieder weltweite Proteste gegen das blutige Schlachten, aber die Jagd auf die Wale ging dennoch weiter.

»Hast du … hast du davon deine Narben?«, fragte Sheila gepresst.

Boga verneinte. »Die stammen von einem Eisbären. Er hat mich im letzten Winter fast erwischt. Alles war vereist, und unsere Gruppe hat mühsam ein Loch frei gehalten, damit wir Luft holen können. Der Winter war lang und dunkel, und unser Loch wurde immer kleiner und kleiner. Da sind wir eine leichte Beute für Eisbären. Ich konnte ihm zum Glück unter Wasser entkommen.«

»Aber jetzt ist Sommer«, quiekte eines der Jungen dazwischen und drängte sich vor. »Es gibt massenweise Futter, und unsere Mütter erzählen uns Geschichten, und es wird überhaupt nicht mehr dunkel, und wir können die ganze Zeit spielen …«

Eine Walkuh schubste das Junge zu den anderen zurück. »Sei nicht so vorlaut«, sagte sie. »Pass lieber besser auf, sonst erwischt dich noch der *Sommertod*.«

Sheila war so fasziniert von den Belugas, dass sie fast vergessen hätte, warum sie gekommen waren. Dann erinnerte sie sich wieder.

»Gibt es noch mehr Lieder über Zaidon?«, fragte sie. »Es ist sehr wichtig für uns. Wir wollen alles über ihn erfahren!«

»Es ist leider unser einziges Lied vom Siebenmeer«, sagte die Walkuh bedauernd. »Vielleicht können euch die *Grauen Giganten* weiterhelfen. Sie haben ein viel längeres Leben als wir und kennen auch viel mehr Geschichten und Lieder. Wir haben nur einen kleinen Teil von ihnen übernommen, für unsere Kinder.«

Sheila begriff, dass mit den *Grauen Giganten* wahrscheinlich die großen Grönlandwale gemeint waren, die sich vorwiegend in der Arktis aufhielten.

Das vorlaute Junge war schon wieder neben ihnen. »Ich hab einen *Grauen Giganten* als Freund«, blökte es. »Der hat mir sogar mal den roten Kristall gezeigt.«

»Schschsch«, machte seine Mutter. »Du weißt, es bringt Pech, darüber zu reden.«

»Der rote Kristall?« Sheila horchte auf. Sie wechselte einen schnellen Blick mit Mario.

»Einer der Steine aus dem Siebenmeer-Lied«, sagte Boga. »Die *Grauen Giganten* verehren den Platz.«

»Könnt ihr uns die Stelle zeigen?«, fragte Sheila aufgeregt.

»Nein!«, antwortete Boga überraschend scharf.

Die ganze Walherde wurde auf einmal unruhig, die Mütter schoben ihre Jungen in die Mitte.

»Der Platz ist den *Grauen Giganten* heilig«, sagte Boga. »Fremde bringen an solchen Orten nur Unglück.«

12. Kapitel
Sommertod

Das Wetter war herrlich, der Himmel blau und das Wasser warm. Fortunatus kletterte über die schmale Leiter an Bord und griff nach dem bereitliegenden Handtuch. Er war im Meer geschwommen, um sich zu entspannen. Doch seine Stimmung hatte sich kaum gebessert.

Barfuß, noch tropfend, ging Fortunatus in die Kajüte, weil er hoffte, dass sich Spy vielleicht inzwischen gemeldet hatte. Er war längst überfällig.

Am Computer blinkte ein rotes Lämpchen, als Fortunatus den Raum betrat. Eine Nachricht! Sofort stürzte Fortunatus an das Gerät, um den Monitor einzuschalten.

Doch es war nicht Spy. Auf dem Bildschirm erschienen zwei wohlbekannte Glupschaugen: der Groll.

»Was ist los?«, fragte Fortunatus gereizt.

»Meister ruft«, sagte der Groll mit seiner knarrenden Stimme. »Gleich sprechen, ja?«

»Stell durch«, murmelte Fortunatus. Es passte ihm gar nicht, dass Zaidon ein Gespräch mit ihm führen wollte. Nervös rieb er mit dem Handtuch seinen Nacken trocken und warf das Tuch dann auf die Couch.

Kurz darauf tauchte auf dem Bildschirm Zaidons mumienhaftes Gesicht auf.

»Ich grüße Sie, Lord der Tiefe.« Fortunatus neigte den Kopf. »Ich hoffe, Sie sind wohlauf. Was kann ich für Sie tun?«

»Gibt es schon Nachricht von den beiden Suchern?«, fragte Zaidon. Er verzog keine Miene, aber Fortunatus sah, wie die Smaragdaugen neugierig leuchteten.

»Äh … leider nein, mein Lord«, sagte Fortunatus. »Das heißt, mein Spionfisch macht mir natürlich regelmäßig Meldung, aber die Suche war bisher erfolglos.«

Zaidons Mundwinkel sanken nach unten.

»Wie schade«, murmelte er enttäuscht.

»Es tut mir leid, mein Lord, dass ich keine bessere Nachricht habe«, sagte Fortunatus. »Man kann den Suchern keinen Vorwurf machen. Sie strengen sich wirklich an. Es sind eben Kinder, ehrwürdiger Herrscher. Begeisterungsfähig und mit Feuereifer bei der Sache.«

»Aber wenn sie keinen Erfolg haben …« Zaidon beendete den Satz nicht.

Doch Fortunatus wusste, was gemeint war. Er hatte es schon oft genug miterlebt. Zaidon würde einen Fluch aussprechen. Dann würde ein Blitz wie eine Harpune aus dem Weltenstein schießen, sich in die Meereswandler bohren und alle Lebensenergie aus ihnen herausziehen, bis sie zu Stein geworden waren.

Fortunatus schluckte. Als er redete, war seine Stimme belegt.

»Mir ist klar, was dann geschieht. Ich bitte auch gar nicht um Milde. Sie haben Ihre Prinzipien, großer Lord. Wenn die Kinder scheitern, dann werden auch sie zu Steinen auf dem *Friedhof des Vergessens*. Es gibt keine Ausnahmen.«

Zaidon lächelte unmerklich. »Ich sehe, wir verstehen uns.«

»Es wäre nett, wenn ihr nun unseren Versammlungsplatz verlassen würdet«, sagte Boga jetzt höflich zu den Delfinen. »Wir wünschen euch eine gute Heimreise.«

Sheila spürte, wie Ärger in ihr aufstieg. Das war deutlich. Sie waren hier nicht erwünscht. Dabei hatten sie nur eine Bitte vorgebracht.

»Okay«, sagte sie und stieß Mario an, der ziemlich finster dreinschaute. »Keine Sorge, wir gehen schon! Leb wohl, Boga. – Komm, Mario.«

Mario machte stumm kehrt. Erst als sie ein Stück geschwommen waren, rutschte es ihm heraus: »So eine dumme Kuh!«

»Mist«, sagte Sheila. »Warum sind die Wale auf einmal so merkwürdig? Es wäre ja wirklich nichts dabei gewesen, wenn sie uns den roten Kristall gezeigt hätten.«

»Und was machen wir jetzt?«, fragte Spy, der die ganze Zeit keinen Ton gesagt hatte – entgegen seiner sonstigen Gewohnheit.

»Keine Ahnung«, murmelte Sheila dumpf. Sie musste diesen Rückschlag erst verdauen.

»Warum knöpft ihr euch nicht den Jungen vor, der den roten Kristall gesehen hat?«, schlug Spy vor. Seine Kameralinsen schimmerten listig. »Ihr könntet ihn entführen und ihm ein bisschen Angst einjagen, dann zeigt er euch bestimmt den Platz. Wetten?«

Sheila war ganz entschieden gegen Spys Plan. Wütend fuhr sie ihn an: »Kidnapping kommt nicht infrage! Und ich werde einem kleinen Wal keine Angst einjagen! Du bist wirklich der allerstumpfsinnigste, dickschädeligste, egoistischste Fisch, den es gibt!«

Während Spy beleidigt auf Abstand paddelte, drang ein vertrautes Geräusch an Sheilas Ohr – das Stampfen eines Schiffsmotors. Das Schiff war noch ziemlich weit weg. Sheila wunderte sich. Was machte ein Schiff hier oben im hohen Norden, wo Teile des Meeres noch immer von Packeis überzogen waren und viele Eisschollen im Wasser trieben?

War es ein Fischkutter? Ein Forschungsschiff?

»Hörst du das auch?«, fragte sie Mario.

Mario nickte. »Ein Schiff.«

Und sie waren nicht die Einzigen, die das Geräusch vernommen hatten. Während das Schiff weiter auf sie zufuhr, verbreitete das Meer einen anderen Laut. Er kam aus großer Ferne.

Es war der Warnruf eines mächtigen Wals.

Sommertod!

Passt auf, Sommertod!

Walfänger waren unterwegs! Sheila begriff sofort, dass sich die Belugas in großer Gefahr befanden. Das Schiff schien schnurstracks auf ihren Versammlungsort zuzusteuern. Die Walfänger wussten wahrscheinlich genau, wo die Lieblingsplätze der Belugas lagen. Die Weißwale mussten alljährlich flaches Gewässer aufsuchen, um ihre alte Haut loszuwerden. Es gab Küsten, die sich für die Wale besonders gut eigneten; der sandige Untergrund half, die lästige Haut durch Scheuern und Kratzen abzulösen. Wenn das Wasser zu flach war, bestand die Gefahr, dass die Wale strandeten und dann elend zugrunde gingen. Nach der Häutung blieben die Weibchen und Jungen noch eine Zeit lang zusammen, während die Männchen in Gruppen weiterzogen. Die Walfänger kannten die Gewohnheiten der Wale.

»Wir müssen die Belugas warnen!«, rief Sheila besorgt und vergaß, dass sie sich noch kurz zuvor über die weißen Wale geärgert hatte. »Die Walfänger wollen sie umbringen!«

Ohne zu überlegen, schoss sie los. Mario hatte Mühe, ihr zu folgen. Spy konnte gerade noch nach seiner Finne schnappen und ließ sich im Schlepptau mitziehen.

»Was willst du tun?«, fragte Mario. »Gegen die Walfänger haben wir doch überhaupt keine Chance!«

Er hatte zweifellos recht, aber damit gab sich Sheila nicht zufrieden. Sie überlegte fieberhaft. Sie konnten doch nicht zulassen, dass den Belugas etwas zustieß! Aber wie sollten sie das Unglück verhindern? Sie waren nur zwei Delfine … Sheila versuchte sich daran zu erinnern, wie Tierschützer gegen Walfangboote vorgingen. Mit Feuerlöschpumpen erzeugten sie einen feinen Wassernebel und nahmen den Harpunieren auf diese Weise die Sicht, sodass die Jäger nicht richtig auf die Wale zielen konnten.

Aber Mario und sie hatten überhaupt keine Hilfsmittel! Oder? Sheila stutzte.

Die Amulette! Sie steckten voller Zauberkraft! Wenn Sheila nur wüsste, wie man sie benutzte!

Sheila stoppte so heftig, dass Mario auf sie aufschwamm.

»Hoppla! Sorry, tut mir leid.«

Sheila wandte sich an Spy. »Was kann unser Amulett noch? Kann es Wellen erzeugen? Oder einen Sturm?«

Spy ließ Marios Flosse los. »Ich weiß es nicht«, antwortete er. »Ich kenne nur den Spruch für die *Hundertkraft*. Aber ich könnte meinen Meister fragen.«

Sheila wusste, dass es meistens ewig dauerte, wenn Spy mit Fortunatus redete. Inzwischen würde das Schiff näher und näher kommen.

»Nein«, entschied Sheila. »Für lange Rückfragen ist jetzt keine Zeit.«

Während sie weiterschwamm, zermarterte sie sich den Kopf. Wie konnten sie die Walfänger nur ablenken? Sie überlegte, ob sie und Mario sich in Menschen verwandeln und so tun sollten, als

seien sie Schiffbrüchige. Aber würde die Besatzung sie wirklich retten? Vielleicht würde das Schiff einfach weiterfahren ...
Außerdem war das Wasser eiskalt, und Mario und sie würden es in Menschengestalt sicher nicht lange aushalten können ... Der Plan war zu gefährlich.

Als sie sich dem Versammlungsplatz der Belugas näherten, hatte Sheila noch immer keine rettende Idee.

Die Weißwale schwammen unruhig durcheinander. Sie hatten den Warnruf des Wals ebenfalls vernommen und waren noch unschlüssig, ob sie fliehen oder bleiben und abwarten sollten. Es herrschte große Aufregung in der Herde; einige Tiere waren bereits in Panik.

»Der *Sommertod*, der *Sommertod*!«

»Er kommt über uns!«

»Wie viele von uns müssen wohl diesmal sterben?«

Boga tauchte aus der Menge auf. In ihren Augen stand die Angst geschrieben.

»Wir können euch nicht schützen«, rief sie Sheila und Mario zu. »Wir haben genug damit zu tun, auf unsere Jungen aufzupassen.«

»Ihr müsst so schnell wie möglich von hier weg«, sagte Sheila. »Das Schiff ist sicher bald da.«

»Ihr müsst euch in zwei Gruppen aufteilen«, schlug Mario den Walen vor. »Die Walfänger können nur einer folgen. Dann ist eure Chance größer, dass ihr entkommt.«

Sheila fand die Idee gut, aber die Wale waren anderer Ansicht.

»Wir teilen uns auf gar keinen Fall auf«, sagte Boga. »Nur wenn wir alle zusammenbleiben, können wir unsere Jungen schützen.«

Weil das Geräusch des Schiffsmotors lauter geworden war, setzte sich die Herde schließlich in Bewegung. Die Belugas schwammen in Richtung Norden. Sheila war froh, dass sie jetzt wenigstens flohen und sich nicht einfach wehrlos in ihr Schicksal ergaben. Doch nachdem sie einige Kilometer zurückgelegt hatten, stellten Sheila und Mario mit Schrecken fest, dass Boga die Wale in eine Sackgasse geführt hatte. Die Wasserrinne zwischen den Eisblöcken wurde nämlich immer schmaler. Irgendwann würden sie überhaupt nicht mehr vorankommen!

»Mist!«, rief Mario. »Falscher Weg! Wir müssen umkehren!«

Doch dazu war es zu spät. Das Schiff war ihnen gefolgt und versperrte jetzt den Fluchtweg.

Boga hatte ihren Fehler inzwischen erkannt und begann laut zu klagen.

»Der *Sommertod*! Ich wusste, dass er kommt!«

Die anderen Wale fielen in ihr Klagelied ein. Die Jungen fiepten ängstlich. Der kleine Blauling, der den Kristall gesehen hatte, drängte sich an seine Mutter.

Sheila fühlte sich zugleich hilflos und wütend. Dieser Kampf war so unfair!

Jetzt kam das Schiff in Sicht. Sheila erkannte, dass an Bord eine Kanone angebracht war. Darin steckte eine Harpune.

Sheila wusste, dass die Wale bei dieser Fangmethode keine Chance hatten. Eine Harpune, die mit einer Kanone abgefeuert wurde, hatte eine enorme Reichweite. Die Jäger konnten damit sehr gut treffen. Am Ziel explodierte eine Granate, die Widerhaken der Harpune wurden ausgefahren, und das Schicksal des Wals war besiegelt. Das Seil an der Harpune sorgte dafür, dass man das erlegte Tier an Bord ziehen konnte.

Sheila hörte, wie die Männer an Bord sich etwas zuriefen, was sie nicht verstand – Worte in einer fremden Sprache. Die roten Flecken am Schiffsrumpf bewiesen, dass die Walfänger bei anderer Gelegenheit bereits erfolgreich gewesen waren.

Nun trat ein Mann an die Kanone.

Die Angst schnürte Sheila die Brust zusammen.

Da spürte sie plötzlich ihr Amulett pulsieren.

Ich muss etwas tun! Jetzt oder nie!

Voller Wut und Verzweiflung versuchte sie, Magie heraufzubeschwören. Vielleicht konnte sie den Zauberspruch für die *Hundertkraft* einfach abwandeln. Nebel! Das war es, was sie jetzt brauchten! Sheila konzentrierte sich.

>*»Auch in den Sieben Meeren zählt*
>*die Kraftmagie der Anderswelt.*
>*Du Amulett aus Urgestein,*
>*wild, ungestüm und lupenrein,*
>*verleih dem Träger Zauberkraft,*
>*damit er dichten Nebel schafft!«*

Sheila hatte die Augen geschlossen. Sie hörte, wie Spy vor Überraschung japste. Gleich würde er mit seiner nörgeligen Stimme fragen, woher sie den Spruch für die *Hundertkraft* wusste, selbst wenn sie diesmal einige Worte geändert hatte.

Aber stattdessen vernahm sie Marios fassungslosen Ausruf:

»Das gibt's ja nicht!«

Sheila machte die Augen langsam wieder auf.

Dicke Nebelschwaden schwebten über dem Wasser.

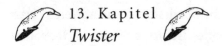

13. Kapitel
Twister

Lautlos glitten sie im Schutz des Nebels an dem Walfangschiff vorbei – eine stumme Schar. Die weißen Wale verhielten sich mucksmäuschenstill. Selbst die geschwätzigen Jungen hatten begriffen, dass sie jetzt ganz ruhig sein mussten. Wie ein Geisterzug bewegten sich die Belugas unter Wasser, schwammen mit sachten Bewegungen am Schiffsrumpf entlang, vorsichtig und darauf bedacht, keine verräterischen Wellen zu verursachen.

Sheila hörte, wie die Schiffsbesatzung über ihnen fluchte, weil der plötzliche Nebel ihre Absichten durchkreuzte. Die Sichtweite war so gering, dass man an Bord kaum noch seine eigene Hand erkennen konnte. Der weiße Dunst hüllte alles ein und verbarg die Wale vor den Blicken der Jäger.

Sheila triumphierte. Sie wusste nicht, worüber sie sich mehr freuen sollte – dass sie die Wale gerettet hatte oder dass sie anfing, die Magie des Amuletts zu beherrschen. Ihr Zauber hatte jedenfalls funktioniert! Das Glücksgefühl berauschte sie.

»Achtung!« Mario schubste Sheila zur Seite. »Die Schiffsschraube!«

Seine Warnung riss Sheila aus ihren Träumen. Im letzten Moment machte sie einen Schlenker und wich der gefährlichen Schraube aus.

»Mann«, raunte Mario, »hast du das Ding denn nicht gesehen?«

Sheila war sehr erschrocken. »Danke«, murmelte sie und schwamm eilig den Walen hinterher, um einen möglichst großen Abstand zwischen sich und das Schiff zu bringen.

Der Nebel lag wie eine Watteschicht auf dem Wasser. Die Belugas zogen nach Süden. Manchmal tauchten sie unter Eisschollen durch, schwammen ein Stück unter der geschlossenen Schicht und kamen an anderer Stelle wieder an die Oberfläche, um Luft zu holen.

Jetzt erst fiel Sheila auf, dass die Weißwale gar keine Rückenflosse besaßen. Praktisch, dachte sie, da schrammen sie nicht am Eis entlang.

Sie selbst war mit ihrer Finne bei den Tauchmanövern ein paarmal schmerzhaft von unten gegen die Eisdecke gestoßen, weil sie sich verschätzt hatte. Zum Glück war die Haut nicht eingerissen.

Endlich waren die Belugas weit genug vom Schiff entfernt und in Sicherheit. Die Jungen tauten langsam wieder auf, sie fingen an zu schnattern und sich gegenseitig von ihrer Angst zu erzählen.

Boga schwamm zu Sheila und Mario.

»Ich danke euch«, sagte sie. »Ich weiß zwar nicht, wie ihr den Nebel herbeigerufen habt, aber damit habt ihr uns und unseren Jungen das Leben gerettet.«

»Ja, wie hast du das eigentlich gemacht?«, fragte Spy neugierig. »Und wie hast du überhaupt den Spruch für die *Hundertkraft* rausgekriegt?«

»Das sag ich nicht«, antwortete Sheila. »Ich hab auch meine Geheimnisse. Du erzählst uns ja auch nicht alles.«

Spys Augen funkelten. »Hab ich etwa im Schlaf geplappert?«

»Nicht dass ich wüsste.« Sheila lachte. »Aber das würde zu dir passen.«

»Oder hab ich dir den Spruch gesagt und es vergessen?«

»Auch nicht.«

»Dann musst du wohl Gedanken lesen können.« Spy seufzte.

»Das wäre manchmal praktisch«, sagte Sheila.

Inzwischen hatte Boga sich mit einigen anderen älteren Walkühen unterhalten und einen Entschluss gefasst.

»Weil ihr uns gerettet habt, werden wir euch euren Wunsch erfüllen«, verkündete sie. »Ich zeige euch den roten Kristall.«

Sheila und Mario waren überrascht und freuten sich sehr, dass Boga ihre Meinung geändert hatte.

Die Walkuh wollte gleich aufbrechen. Die Delfine hatten nichts dagegen. Spy schloss sich notgedrungen an, obwohl er am liebsten erst wieder eine ausführliche Mahlzeit gehalten hätte. Aber Mario drängte, und Spy gab nach.

Sie verabschiedeten sich von den Belugas. Einige Mütter dankten Sheila noch einmal persönlich für die Rettung, und das Junge, das den roten Kristall gesehen hatte, fragte Sheila, ob sie ihm nicht beibringen könnte, wie man Zaubernebel machte.

»Jetzt lass sie doch in Ruhe mit deinen dummen Fragen«, wurde das Junge von seiner Mutter ermahnt. »Du siehst doch, die Delfine sind in Eile und wollen los.« Sie wandte sich an Sheila. »Viel Glück!«

»Danke«, antwortete Sheila. »Das können wir brauchen.«

Als sie davonschwammen, hörten sie, wie die Wale hinter ihnen wieder zu singen anfingen:

> »Siebenmeer, ach, Siebenmeer!
> Das Tor, das gibt es nimmermehr.
> Die Steine sind verstreut im Meer.
> Ins Paradies kommt keiner mehr.«

Sheila wunderte sich, wie gut sich Boga im Eismeer auskannte. Dabei sahen die verschiedenen Rinnen im Eis ganz ähnlich aus! Sie hätte sich hoffnungslos verirrt!

Aber die Walkuh zögerte keinen Augenblick. Sie tauchte unterm Eis durch, bog zielstrebig nach links ab und dann wieder zweimal nach rechts.

Sie schwammen nach Norden, und das Meer wurde immer kälter. Unter Wasser war eine Landschaft aus fantastischen Skulpturen entstanden – eine verzauberte Welt aus Eis. Staunend folgten die Delfine und Spy der weißen Walkuh unter Bögen und zwischen Säulen hindurch, passierten Eishallen und Unterwassergrotten und kamen an bizarren Figuren vorbei, die die Kälte geschaffen hatte. Manchmal sah es aus, als sei ein großer Wal zu Eis erstarrt, dann wiederum glaubte Sheila, die Form eines Drachen zu erkennen, der in dieser unterirdischen Eiswüste seine Flügel ausbreitete und damit ein großes Dach bildete, unter dem die Delfine hindurchschwimmen konnten.

Sheila fing an, sich in dieser Eiswelt unbehaglich zu fühlen. Mario schien es ähnlich zu ergehen.

»Wir sind gleich da«, verkündete Boga. »Es dauert nicht mehr lange.«

»Was macht dein Amulett?«, flüsterte Mario Sheila zu. »Zeigt es etwas an?«

»Nein. Und wie ist es bei deinem?«

»Bei meinem tut sich auch nichts. Kein Leuchten, kein Pulsieren. Das Ding ist wie tot.«

»Ob die Amulette kaputt sind?«, fragte Sheila besorgt. »Vielleicht habe ich sie ja durch den Nebelzauber beschädigt.«

Schweigend schwammen sie weiter.

Endlich verkündete Boga, dass sie ihr Ziel erreicht hatten.

Vor ihnen erhob sich ein mächtiger Eisberg. Die Walkuh umrundete den Berg und betrachtete immer wieder die eisige Wand, die majestätisch vor ihnen aufragte – eine glatte Eisfläche, die glänzend weiß schimmerte, als sei sie poliert. Der Eisberg hatte die Form einer abgerundeten Pyramide, und die Spitze ragte hoch über die Wasserfläche hinaus. Sheila war von der Größe beeindruckt. Aber wo war der Kristall?

Auch Boga wunderte sich.

»Warum sehe ich kein Licht?«, murmelte sie. »Der rote Kristall hat sonst immer geleuchtet.«

»Heißt das, dass der Kristall im Eisberg eingeschlossen ist?« Sheila seufzte. Wenn es wirklich der gesuchte Stein war, wie sollten sie ihn da herausbekommen?

»Ja«, sagte Boga. »Aber man konnte sein rotes Licht schon von Weitem sehen. Das verstehe ich nicht.«

Sie schwamm weiter. Plötzlich stieß sie einen lauten Klagelaut aus.

»Da! Nein!«, rief sie entsetzt. »Das kann nicht sein! Der Platz ist entweiht!«

Als Sheila und Mario Boga erreichten, sahen sie, was passiert war. Ein kleiner dunkler Gang führte tief in den Eisberg hinein. Das Eis war an dieser Stelle weggeschmolzen.

»Der Kristall ist nicht mehr da«, jammerte Boga. »Jemand hat ihn aus dem Berg gestohlen! Weh! Die *Grauen Giganten* werden außer sich sein!«

»Vielleicht ist der Kristall doch noch irgendwo dadrin«, sagte Sheila und steckte ihren Kopf vorsichtig in den Gang. »Könnte ja sein. Von hier aus kann man es nicht sehen. Oder der

Dieb hat Spuren hinterlassen. Komm, Mario, lass uns nachschauen.«

Boga weigerte sich strikt, in die Öffnung zu schwimmen. Sie wollte schnell zu ihrer Herde zurückkehren und ihr von den schlimmen Ereignissen berichten. Spy kämpfte mit sich. Sheila sah ihm an, dass er am liebsten auch draußen geblieben wäre. Doch dann entschloss sich Spy, ihr und Mario durch den schmalen Gang zu folgen. Natürlich nicht, ohne unablässig zu schimpfen.

Der Gang führte tiefer und tiefer in den Eisberg. Bald sahen sie nichts mehr. Mario und Sheila mussten ihr Sonar einsetzen, um herauszufinden, wie der Gang verlief und wohin er führte.

Er endete auf einem kreisrunden Platz. In der Mitte war eine kleine Vertiefung im Eis. Dort hatte der rote Kristall offenbar die ganze Zeit gelegen. Bis vor Kurzem ...

»Der Kristall ist tatsächlich weg«, sagte Sheila enttäuscht. »Jemand ist uns zuvorgekommen!«

Mario wollte sich nicht damit abfinden, dass sie den ganzen Weg umsonst gemacht haben sollten, und begann, die Vertiefung mit seinem Schnabel genauer zu untersuchen. Als er die Eiskuhle berührte, fing der Berg jedoch plötzlich an zu beben. Kleine Eissplitter lösten sich von der Decke, und ein dumpfes Dröhnen hallte durch die Höhle.

Sheila merkte, wie ihr Amulett verrückt spielte und in allen Farben leuchtete.

»Raus hier!«, schrie sie voller Panik. »Der Ort ist verhext!«

Doch bevor sie zum Ausgang gelangen konnten, entstand am Rand der Eishöhle eine feurige Spirale. Sie war erst klein, dann wurde sie immer größer. Sie zuckte und glitzerte wie ein Sprühfeuerwerk aus Wunderkerzen und wirbelte über den Delfinen und Spy in die Höhe.

»Hilfe, ein Eisgeist!«, rief Spy entsetzt.

Die Spirale zischelte und flüsterte undeutlich, während sie ihre Funken versprühte; dazwischen ertönte immer wieder ein bedrohliches Gurgeln.

Sheila und Mario waren ganz verwirrt von den zuckenden Lichtreflexen; sie konnten den Bewegungen der feurigen Linien kaum folgen. Wie ein glühendes Wiesel huschte der Lichtstreif hin und her. Jetzt verstanden sie auch die Worte, die der Eisgeist zischte; seine Stimme war gleichzeitig über ihnen, unter ihnen, um sie herum und in ihren Köpfen. Sheila hatte das Gefühl, dass der Geist versuchte, in sie einzudringen und Macht über sie zu erlangen.

»Ihr elenden Diebe! Ihr wagt es, wieder in TWISTERS Reich einzudringen? Ich bin der Wächter des Eisbergs! Fort mit euch – und zwar jetzt-zt-zt-zt!«

Bei »jetzt-zt-zt-zt!« durchfuhr sie ein schneidender Schmerz, wie ein eiskalter Wind, der sich in jede Pore bohrte. Die Stimme des Eisgeists wurde zu einem lauten Heulen.

> *»So weit es geht,*
> *der Wind euch weht!*
> *Nur fort, nur fort*
> *von diesem Ort!«*

Und eine magische Kraft hob die Delfine und Spy in die Höhe und wirbelte sie herum, immer schneller und schneller. Der Lichtstreif wurde zu einem Feuerkreis, und in diesem glühenden Wirbel schmolzen und zerflossen die Ränder des Eisbergs.

Sheila war es heiß und kalt zugleich, sie wurde abwechselnd gequetscht und auseinandergezerrt. Ihre Körpermasse schien sich auf wenige Millimeter zu verdichten, dann wiederum hatte sie den Eindruck, einen kilometerlangen Schweif hinter sich herzuziehen und wie ein Komet durchs Weltall zu fliegen ...

Der Berg verschwand, es verschwand das Meer, es verschwand das Feuer – bis nur noch tiefschwarze Dunkelheit herrschte.

»Sheila? He! Hallo! Sheila!«

Jemand zupfte zuerst an ihrer Schwanzflosse, dann an ihrem linken Flipper. »Sheila? Kannst du mich hören?«

Die Quengelstimme gehörte Spy.

»Komm, wach auf!«

Jetzt zupfte er an ihrer rechten Flosse. Sheila spürte wieder die Verletzung, die ihr der Geisterpirat zugefügt hatte.

»Autsch! Pass doch auf!«

Sie öffnete die Augen. Es war, als erwachte sie aus einem tiefen, bleiernen Schlaf. »Wo sind wir?«

»Das weiß ich nicht, aber hier ist jedenfalls jede Menge Eis«, sagte Spy. Ihm schien es gut zu gehen, er war ganz der Alte. »Du und Mario – ihr könnt hier nicht ewig liegen. Ich hab schon einmal die *Hundertkraft* beschworen, aber wenn ihr euch nicht bewegt, dann ... dann friert ihr an!«

Jetzt erst bemerkte Sheila, dass sie auf einer Eisplatte ruhte. Auch ringsum war alles voller Eis – genau wie Spy gesagt hatte. Dabei hätte Sheila jeden Eid geschworen, dass sie die Eiswelt weit hinter sich gelassen hatten. Es war ihr vorgekommen, als hätten sie eine Reise durch die Ewigkeit gemacht – eine endlose Strecke durchs Nichts.

Neben ihr lag Mario, der genauso erschöpft und matt wirkte wie sie. Aber zumindest schien er nicht ernsthaft verletzt zu sein.

»Was ist überhaupt passiert?«, fragte Sheila. »Es ging alles so schnell!«

»Dieser Eisgeist namens TWISTER hat uns für Diebe gehalten und vertrieben«, antwortete Spy. »Wahrscheinlich hat er uns mit dem Dieb verwechselt, der den roten Kristall geklaut hat. Offenbar ist TWISTER so eine Art Schutzeinrichtung für den magischen Stein.«

Sheila überlegte.

»Es muss der richtige Ort gewesen sein, die anderen Stellen waren schließlich auch bewacht«, meinte sie dann. »Aber diesmal haben wir Pech gehabt, weil jemand vor uns da war.«

»Jetzt müssen wir nicht nur die restlichen Steine, sondern auch den Dieb finden«, flüsterte Mario.

»Ihr müsst trotzdem von hier weg«, wiederholte Spy und schwamm aufgeregt um sie herum. »Sonst werdet ihr erfrieren.«

Spy hatte recht. Sheila versuchte, sich vom Untergrund zu lösen. Ihre Glieder waren steif, jede Bewegung tat weh und kostete Kraft.

Auch Mario stöhnte, als er sich von der Scholle abrollte.

Sie schwammen weiter durch das düstere Eiswasser, diesmal mit Spy an der Spitze, der sie ständig ermunterte und antrieb. Schließlich fanden sie wieder eine Stelle, wo sie gut auftauchen konnten. Als die Delfine Luft holten, pfiff ein eisiger Wind über ihre Köpfe hinweg. Es war der ungemütlichste Ort, den man sich vorstellen konnte, und dazu noch dunkel. Der Sturm heulte und peitschte die Wellen, sodass Mario und Sheila froh waren, wieder abtauchen zu können.

Spy suchte sich einen einigermaßen geschützten Platz und versuchte, mit Fortunatus Verbindung aufzunehmen, was erst nach mehreren Versuchen gelang.

»Wo, zum Teufel, hast du gesteckt, Spy?«

Spy zuckte ein wenig zusammen. Noch nie hatte die Stimme seines Meisters so verärgert geklungen wie jetzt.

»Ich wollte mich ja längst melden, aber es ist so viel passiert, Meister!«

»Habt ihr den nächsten Stein?«

»Leider nein, Meister. Anscheinend ist uns jemand zuvorgekommen.«

»Zuvorgekommen? Was soll das heißen?«

»Der Stein war nicht mehr da. Und dann kam TWISTER und hat uns –«

»Stopp, ganz langsam! Wo seid ihr überhaupt?«

»Wir sind im Nordpolarmeer, Meister, wie es uns aufgetragen worden ist.«

»Erzähl keinen Unsinn, Spy! Ihr seid im Südpolarmeer, das sehe ich hier ganz deutlich auf meinem Computer! Seit wann verwechselst du die Antarktis mit der Arktis?«

Spy schwieg. Seine Linsenaugen blinkten.

»Bist du noch da, Spy?«

»Natürlich, Meister, wo soll ich sonst sein?«

»Ich dachte schon, die Verbindung sei abgerissen. Also erzähl noch mal, Spy. Was war mit dem Stein?«

»Aber warum sind wir auf einmal im Südpolarmeer, Meister? Wir haben doch weiße Wale gesehen, und Boga hat von Eisbären geredet ...«

»Wer ist Boga?«

»... und dann ist ein Walfängerschiff gekommen, aber Sheila hat zum Glück den Nebel –«

»WAS IST MIT DEM STEIN, SPY?«

Spy zitterte. Der Schrei seines Meisters ging ihm durch und durch.

»Der Stein war weg«, flüsterte Spy. »Der Eisberg war leer. Und TWISTER hat uns ans andere Ende der Welt geschleudert ...«

14. Kapitel
Die Macht des Amuletts

Sheila war nicht überrascht, sondern eher fasziniert, als sie erfuhr, dass sie durch TWISTER im Südpolarmeer gelandet waren. »Wir sind um die halbe Welt gereist! Stellt euch das vor!« Sie schwamm aufgeregt hin und her. »Was ist das für eine Zauberkraft? Der rote Kristall muss ungeheuer stark sein, wenn TWISTER solche Macht hat! Ich wette, die beiden anderen Steine, die wir schon gefunden haben, stecken auch voller Magie. Und bestimmt auch alle weiteren, die wir noch suchen sollen. Wenn wir nur wüssten, wie diese Magie funktioniert! Stell dir vor, was wir alles damit machen könnten …«

»Wir sollten vorsichtig mit Magie sein«, sagte Mario, dem das seltsame Funkeln in Sheilas Augen nicht entgangen war.

Sheila erinnerte sich an das Triumphgefühl, als es ihr gelungen war, den Nebel herbeizuzaubern. Es reizte sie sehr, auszuprobieren, was das Amulett noch alles konnte. Aber wie setzte man den Zauber in Gang? Sie überlegte, was sie genau getan hatte. Sie hatte den Spruch von der *Hundertkraft* abgewandelt, aber gleichzeitig hatte sie von ganzem Herzen den Nebel herbeigewünscht. Die akute Notlage der Wale war ihr natürlich zu Hilfe gekommen, es hatte nur diesen einen Ausweg gegeben.

Man muss das, was man zaubern möchte, mit aller Kraft wollen!

»Hörst du mir überhaupt zu?«, fragte Mario.

Sheila schreckte hoch. Er hatte ihr gerade etwas erzählt, aber sie hatte nichts davon mitbekommen.

»Entschuldige. Was hast du eben gesagt?«

»Ich sagte, dass man nicht weiß, welche Folgen Zauberei hat. Deswegen würde ich lieber die Finger davon lassen.«

Sheila sah ihn von der Seite an. »Ja, ja.« Was für Folgen sollten das denn schon sein? Mario nervte sie ziemlich. Er hatte eben keine Ahnung von der Bedeutung der Magie. Vielleicht war er sogar neidisch, dass sie inzwischen schon ein bisschen damit umgehen konnte. Sie würde sich die Zauberei von ihm jedenfalls nicht verbieten lassen!

Sheila war noch immer etwas verstimmt, als sie auf einmal fühlte, wie es an ihrer Brust warm wurde. Das Amulett!

Ja! Genau! Da war es wieder, dieses wunderbare Gefühl.

»Dein Amulett«, rief Mario und deutete mit dem Schnabel auf Sheilas Brust. »Es glüht!«

Ja, *mein* Amulett glüht, und nur meins!, dachte Sheila triumphierend. Es ist nämlich meine Magie.

Doch dann sah sie einen schwachen Lichtschimmer an Marios Brust. Sein Amulett pulsierte ebenfalls.

»Der nächste Stein«, rief Mario aufgeregt. »Er muss hier irgendwo sein!«

Während sie dem Signal folgten, wirbelten in Sheilas Kopf alle möglichen Gedanken. Sie konnte gar nicht fassen, dass sie den nächsten Stein so schnell gefunden hatten – beinahe ohne Mühe, ohne langes Herumirren.

Wie im Nordpolarmeer schwammen sie durch bizarre Eislandschaften, aber hier schien das Eis noch viel mächtiger zu sein. Es bildete hohe Berge mit schroffen Kanten, zerschnitten von Eistälern, manche sanft gerundet, manche kantig mit übereinandergeschichteten Eisplatten. Sie glitten durch riesige Eishöhlen,

190

bei denen Sheila unwillkürlich an Kathedralen denken musste. Einmal passierten sie eine mächtige Eisschlucht, in der sie sich klein und verloren vorkamen, so schwindelerregend ragten die Wände links und rechts von ihnen in die Höhe!

Die Delfine mussten ständig ihr Sonar benutzen, denn es war fast vollständig dunkel, und obwohl sie Stunden unterwegs waren, wurde es nicht heller, sondern es herrschte ewige Nacht.

Sheila erinnerte sich, dass sie sich jetzt auf der Südhalbkugel befanden; also war derzeit tiefster Winter, und dass es nicht hell wurde, lag vermutlich an der Polarnacht. Ab einem bestimmten Breitengrad ging im Winter die Sonne nicht mehr auf, sondern es blieb immer dunkel. Im Nordpolarmeer hingegen war die Sonne überhaupt nicht mehr untergegangen, denn dort war ja Sommer gewesen. Das wurde Sheila erst jetzt im Nachhinein bewusst; die fehlende Nacht war ihr überhaupt nicht aufgefallen; ihr Zeitempfinden war ohnehin völlig durcheinander.

»Wie lange dauert es denn noch?«, fragte Spy ungeduldig, der sich an ihre Rückenflosse gehängt hatte. »Diese Dunkelheit macht mich wahnsinnig!«

»Geduld«, sagte Sheila. »Wir müssen bald da sein.«

Die Amulette gaben ruhig und gleichmäßig Signale von sich, ein zuverlässiger Kompass. Ab und zu mussten Sheila und Mario auftauchen, um Luft zu holen.

Einmal nahmen sie dabei eine Kolonie Pinguine wahr, die auf dem Eis standen, dicht aneinandergedrängt, um der Kälte zu trotzen. Ein einzelner Pinguin hatte gerade gefischt, landete mit einem riesigen Sprung auf dem vereisten Ufer und watschelte dann eilig zu seinen Kameraden, die ihn mit aufgeregten Piepslauten empfingen.

»Der hat ganz schön Angst vor uns.« Mario lachte. »Dabei essen wir doch gar keine Pinguine.«

»Vielleicht hat er uns für einen Orca gehalten«, sagte Sheila. »Guck mal, siehst du das auch, dort drüben am Himmel? Diesen Lichtschein? Was ist das?«

Im ersten Moment hätte man an ein Ufo glauben können. Ein wunderbares sphärisches Licht war am nachtschwarzen Himmel aufgetaucht, es schillerte grün und blau und dazwischen zeigte sich ein gelber Streifen. Es sah aus, als sei der Himmel verzaubert. Einen Augenblick lang vergaß Sheila, warum sie unterwegs waren, und starrte fasziniert auf das Lichterspiel.

»Polarlicht«, murmelte Mario andächtig.

Wahrscheinlich hätten sie noch länger dieses seltsame Naturschauspiel betrachtet, wenn Spy sie nicht von unten gezupft hätte.

»Was war denn dort oben los?«, wollte er wissen, als sie wieder untergetaucht waren. »Habt ihr den Mond angeheult, oder was?«

»Am Himmel war ein riesiger Sackfisch, der die Sterne eingesammelt hat«, antwortete Mario. »Wir haben ihm mit unseren Flippern zugewinkt, er hat zurückgewinkt und lässt dir schöne Grüße bestellen.«

Spy kapierte nicht gleich, dass Mario nur scherzte. Als Sheila ihm dann erklärte, dass es gar keinen Himmelsfisch gab, sondern dass sie das Südlicht bewundert hatten, war Spy wieder einmal eingeschnappt und redete eine Zeit lang kein Wort mehr mit Mario – was diesen allerdings nicht sonderlich störte.

Als sie schließlich auf den Eingang zu einer Eishöhle stießen, pulsierten die Amulette auf einmal so heftig, dass Spy sein Schweigen vergaß.

»Hier muss der Stein sein!«, rief er und schwamm aufgeregt vor dem ovalen Loch hin und her. »Hier, in der Höhle! Hoffentlich kommen wir nicht wieder zu spät!«

Der Lichtschein der Amulette reflektierte gespenstisch auf der weißen Wand links und rechts des Eingangs.

»Wollen wir alle reinschwimmen?«, fragte Mario. »Wer weiß, welche Überraschung uns dieses Mal erwartet.«

Auch Sheila fühlte ein nervöses Kribbeln im Bauch.

»Also, wenn es euch nichts ausmacht, dann würde ich dieses Mal lieber hier draußen warten«, sagte Spy.

»Okay«, erwiderte Mario. »Du bewachst den Eingang und verteidigst ihn mit deinen Linsenaugen und deiner Antenne gegen alle Meeresungeheuer. Sheila und ich schwimmen in die Höhle und holen den Stein.«

Sheila merkte, wie unbehaglich Spy sich fühlte.

»In O-Ordnung«, bibberte er. »Aber ihr b-b-beeilt euch, ja?«

»Los«, sagte Sheila zu Mario, »bringen wir es hinter uns.«

Der Eingang zur Höhle war ziemlich schmal, sie passten gerade hindurch. Vorsichtig schwammen sie ins Innere und untersuchten die Umgebung.

Eis, nur Eis ... eine Halle ... dann eine hohe Wand mit Durchlass ... dahinter der Stein. Sonst nichts.

Obwohl ihr Sonar meldete, dass sich nichts Ungewöhnliches in der Höhle befand, war Sheila aufmerksam.

Vorsichtig, die Sinne aufs Äußerste gespannt, bewegten sie sich vorwärts. Als sie in den hinteren Teil der Höhle kamen, sahen sie den Stein. Er lag in der Mitte des Raums auf einer Säule und schimmerte orange, wie ein glühendes Stück Kohle. Sein Licht war warm und friedlich – ein gleichmäßiges, ruhiges Leuchten ohne ein einziges Flackern.

»Keine Gefahr«, sagte Mario.

»Abwarten«, gab Sheila zurück.

Ihr Herz klopfte heftig, als sich Mario streckte und den Stein mit dem Schnabel von der Säule nahm. Sheila befürchtete, dass die Säule plötzlich lebendig werden könnte oder dass die Wände zum Leben erwachten.

Aber nichts geschah. Es blieb vollkommen ruhig.

Trotzdem waren Sheila und Mario weiterhin vorsichtig, als sie langsam zurückschwammen.

Stille.

Unheimlich.

»Vielleicht haben wir diesmal einfach Glück, und es passiert nichts«, murmelte Mario.

Sheila sagte nichts. Sie traute der Sache nicht. In der Tiefsee war Hairy Harry erst aufgetaucht, nachdem sie den Stein schon eine Weile hatten. Die Gefahr konnte noch jederzeit kommen.

Doch sie erreichten den Ausgang der Höhle ohne Zwischenfall. Mario wollte zuerst hindurchschlüpfen. Sheila sah sich noch einmal um und prüfte alles mit ihrem Sonar. Niemand außer ihnen war in der Höhle.

»Alles in Ordnung«, sagte sie.

»Nichts ist in Ordnung«, kam es von Mario. Seine Stimme klang gequält. »Ich stecke hier fest, verdammt! Der Eingang ist seit vorhin enger geworden!«

»Das gibt's doch nicht!« Sheila drückte von hinten – ohne Erfolg. Mario war tatsächlich eingeklemmt und konnte sich weder vorwärts- noch rückwärtsbewegen. Ungeduldig wand er sich hin und her und schrammte dabei seine empfindliche Delfinhaut auf.

»Es muss doch gehen, verflixt!«

Während er sich noch bemühte, hatte Sheila den Eindruck, dass sich das Loch weiter verengte. Das Eis schien Mario regelrecht im Klammergriff zu haben!

»Verhext!«, rief Sheila. »Der Eingang ist verhext!«

Jetzt war guter Rat teuer. Sie malte sich schon Schreckensbilder aus. Im Moment wirkte noch die *Hundertkraft*, sie würden es also noch eine Zeit lang unter Wasser aushalten können, ohne Luft holen zu müssen. Aber irgendwann mussten sie trotzdem wieder nach oben!

Es galt, rasch zu handeln. Das Loch würde immer kleiner werden ... Was tun?

Das Amulett, dachte Sheila. Ich brauche den richtigen Zauberspruch.

Sie musste den Spruch für die *Hundertkraft* wieder abwandeln. Sie hatten jetzt am nötigsten ... Muskelkraft!

> *»Auch in den Sieben Meeren zählt*
> *die Kraftmagie der Anderswelt.*
> *Du Amulett aus Urgestein,*
> *wild, ungestüm und lupenrein,*
> *verleih dem Träger Muskelkraft,*
> *damit er's aus dem Loch raus schafft!«*

Das Amulett an ihrer Brust glühte.

Es tut sich was, jubelte Sheila innerlich, als sie merkte, wie sie anfing, vor lauter Muskelkraft zu strotzen. Ihr Brustkorb wurde breiter, ihre Schwanzflosse kräftiger. Sie hatte das Gefühl, Bäume ausreißen zu können.

Auf Mario wirkte der Zauber auch. Seine Muskeln wuchsen ebenfalls – leider. Dadurch vergrößerte sich nämlich sein Umfang – und er steckte erst recht in dem enger werdenden Loch fest. Er wimmerte vor Schmerz.

»Bist du wahnsinnig geworden? Was hast du eben getan? Ich werde noch mehr eingequetscht … Mach das sofort wieder rückgängig!«

»Mist!«, sagte Sheila laut. »Es tut mir leid.« Sie versuchte, mit ihrer Körperkraft die Eiswand wegzudrücken, aber nach wenigen Anläufen war ihr klar, dass die magische Wand keinen Millimeter weichen würde.

Erschöpft hielt Sheila inne und dachte nach. Was konnte sie tun, um Mario aus seiner misslichen Lage zu befreien?

Ein Schrumpfzauber! Ja, das war es. Damit würden sie mühelos durch das Loch passen.

Doch dann zögerte Sheila. Was, wenn der Zauber am Ende wieder schiefging und sie ganz winzig wurden?

Plötzlich hatte sie den rettenden Einfall.

»Kannst du mich hören, Mario?«

Mario stöhnte. »Ja.«

»Verwandele dich in einen Menschen! Dann passt du durchs Loch!«

»Das ist Selbstmord!«, protestierte Mario. »Das Wasser ist eisig!«

»Solange wir das Amulett tragen, schützt uns die *Hundertkraft*«, rief Sheila. Hoffe ich wenigstens, fügte sie in Gedanken hinzu.

Mario schien noch einen Augenblick zu überlegen. Dann begriff er, dass sie keine andere Wahl hatten. Sheila beobachtete, wie sich

seine Schwanzflosse veränderte und in zwei schlanke Jungen-
beine verwandelte. Auch der restliche Körper wurde menschlich,
aus den Flippern wurden Arme, die Finne verschwand, und Marios sehniger Leib passte mühelos durch das Loch – genau, wie
Sheila es vorausgesagt hatte. Sie sah, wie er nach draußen verschwand. Jetzt kam sie an die Reihe. Von ganz allein formten sich
in ihrem Kopf die richtigen Worte.

Mein Zuhaus' sind Land und Wind!
Ach, wär ich wieder Menschenkind!

Sheila spürte plötzlich überall am Körper die schneidende Kälte.
Sie sah nichts mehr, weil sie kein Sonar mehr hatte, und musste
sich mit den Händen nach vorne tasten. Das Amulett drohte
ihr über den Kopf zu rutschen, sie hielt es fest, während sie sich
durch das Eisloch zwängte.
Vor ihr leuchtete ein orangefarbenes Licht. Es stammte von dem
Stein, den Mario in einer Hand hielt. Mit der anderen griff er
nach Sheila, und gemeinsam strampelten sie nach oben, um auf-
zutauchen und Luft zu holen.

Sheila war sich nicht sicher, ob die Amulette sie tatsächlich noch
beschützten. Vielleicht hatten sich die Zaubersprüche auch gegenseitig aufgehoben – *Hundertkraft* und Muskelkraft und zuletzt
noch die Verwandlung in Menschen. Jedenfalls froren Mario und
Sheila erbärmlich.
Die Luft über dem Wasser war schneidend, die Kälte fuhr in ihre
Lungen.
Mit letzter Kraft schaffte Sheila es, sich wieder in einen Delfin zu
verwandeln, aber die Kälte steckte noch immer in ihren Glie-

dern. Als sie abtauchte, war sie erschöpft und ausgelaugt. Sie sehnte sich nach ihrem Bett.

Stattdessen schwammen sie aber hier im Eismeer. Es war noch immer finster, keine Spur von Tageslicht. Nur der Stein leuchtete nach wie vor gleichmäßig orange, als Mario ihn an Spy weitergab.

Wie eine Unterwasserfackel, dachte Sheila müde. Sie kämpfte gegen das Verlangen, den Stein zu berühren und seine Kraft zu erspüren. Traurig sah sie zu, wie er in Spys Maul verschwand und das Licht erlosch.

Spy rülpste zufrieden. »Ich werde meinem Meister sagen, dass wir den nächsten Stein gefunden haben«, kündigte er an.

»Nicht jetzt!«, protestierte Mario sofort. »Zuerst suchen wir uns einen Platz, an dem es wärmer ist, bevor wir hier noch zu gefrorenen Fischstäbchen werden.«

»Ein Delfin ist kein Fisch«, korrigierte Spy besserwisserisch.

»Aber du bist einer«, entgegnete Mario. »Komm mit, du Sackfischstäbchen! Ich hab echt genug von all dem Eis hier! Los, nach Norden!«

15. Kapitel
Mario in Gefahr

Nach einer Weile behauptete Mario, das Meer sei nicht mehr so kalt, aber Sheila konnte keinen großen Unterschied feststellen. Sie fror noch immer.

Spy hielt Ausschau nach Krill, aber die Ausbeute war nicht besonders üppig.

Alle drei hatten das Südpolarmeer ziemlich satt.

Sie waren weit nach Norden geschwommen, und allmählich konnten sie wieder einen Unterschied zwischen Tag und Nacht feststellen. Packeisschollen türmten sich übereinander – schroffe Gebilde –, aber die freien Wasserflächen zwischen dem Eis wurden immer größer.

Mario und Sheila überlegten, ob sie wieder ein paar Fische jagen sollten. Sheila befürchtete jedoch, dass ihnen die eiskalten Tiere wie Kälteklumpen im Magen liegen könnten.

»Ich hab mal gelesen, dass manche Fische in der Antarktis eine Art Frostschutzmittel im Blut haben, damit sie nicht gefrieren«, sagte sie zu Mario.

»Echt?«, sagte Mario überrascht, der immer wieder begeistert war, wie viel Sheila wusste. »Das ist mir neu. Die Natur lässt sich ja wirklich ein paar tolle Tricks einfallen.«

Spy wollte nun endlich seinem Meister die Nachricht über den neuen Fund übermitteln und hielt nach einem ungestörten Platz Ausschau. Gerade als er sich unter eine Eisscholle zurückziehen wollte, glitt ein langer dunkler Schatten im Wasser auf ihn zu.

Sheila dachte zunächst, es sei eine der Weddellrobben, die hier

199

im Eis zu Hause waren. Sie hatten unterwegs schon ein paarmal solche Robben gesehen, es waren graue Tiere mit weißen Flecken. Sie hatten einen relativ plumpen Leib mit einer dicken Speckschicht und konnten ausgesprochen tief tauchen. Mit ihren Zähnen nagten sie Löcher ins Eis, um selbst im tiefsten Winter ein Luftloch zu haben. Manche dieser Luftlöcher hatten auch Mario und Sheila benutzt, und einmal wäre es fast zu einer Rangelei zwischen ihnen und einer Weddellrobbe gekommen. Dann hatte sich die Robbe jedoch zurückgezogen.

Das Tier im Wasser kam flink näher. Es bewegte sich mit schlängelnden Bewegungen, hatte ziemlich lange Brustflossen und sah so nett aus wie ein Seehund.

»Wir kriegen Besuch«, sagte Mario.

Sheila blickte dem Ankömmling neugierig entgegen. Bisher waren die Tiere der Antarktis sehr scheu gewesen, wenn die Delfine aufgetaucht waren. Aber vielleicht hatte diese Robbe ja Lust auf ein Gespräch.

Als das Tier nur noch wenige Meter entfernt war, erkannte Sheila ihren Irrtum.

Es war ein Seeleopard, das gefährlichste Raubtier der Antarktis – das Gegenstück zum Eisbär in der Arktis!

Sie wollte Mario noch warnen. Zu spät! Ein Seeleopard sah zwar aus wie eine Robbe, aber er war ein erbarmungsloser Jäger, der manchmal auch größeren Tieren nachsetzte. Eine Begegnung mit ihm konnte tödlich verlaufen!

Angriffslustig stürzte sich der Seeleopard auf den Delfin, das Maul weit aufgerissen.

Sheila sah seine spitzen Zähne. Sie reagierte blitzschnell, indem sie den Seeleoparden sofort von der anderen Seite bedrängte.

Der Seeleopard fuhr mit gebleckten Zähnen herum, versetzte Sheila einen Stoß und wandte sich dann wieder Mario zu, der gerade noch ausweichen konnte.

Es war ungewöhnlich, dass der Seeleopard einen Delfin angriff; normalerweise waren Pinguine seine Lieblingsbeute.

Vielleicht hat ihn etwas gereizt, dachte Sheila. Möglicherweise waren Mario und sie in sein Revier eingedrungen, das er verteidigen wollte. Es konnte aber auch sein – und Sheila war sich fast sicher, dass die dritte Möglichkeit richtig war –, dass der Seeleopard etwas mit dem magischen Stein zu tun hatte.

Mit unglaublicher Wut und Energie setzte der Seeleopard Mario nach und griff ihn immer wieder an. Mario wand sich, wich aus, tauchte ab und flüchtete, aber der Jäger verfolgte ihn unermüdlich, trieb ihn in die Enge und versuchte zuzubeißen.

Sheila hielt es kaum aus. Immer wieder mischte sie sich ein, ging dazwischen und wollte die Aufmerksamkeit des Raubtiers auf sich ziehen, damit Mario eine Verschnaufpause bekam. Aber der Seeleopard beachtete sie kaum. Er schien es nur auf Mario abgesehen zu haben – wie ein Killer, der unbedingt seine Mission erfüllen wollte. Wahrscheinlich war er mit einem bösen Zauber belegt und hatte den Auftrag, den zu bekämpfen, der den Stein weggenommen hatte.

Sheila wurde mit Schrecken klar, dass Mario diese Auseinandersetzung wahrscheinlich verlieren würde. Die Kälte und das gerade erst überstandene Abenteuer in der Eishöhle hatten ihn schon viel Kraft gekostet.

Zauber gegen Zauber, dachte Sheila. Das war die einzige Chance.

Im Nordpolarmeer hatte sie es geschafft, Nebel herbeizubeschwören. In der Eishöhle hatte sie allerdings den falschen Zauber angewandt. Jetzt durfte sie um Himmels willen keinen Fehler machen …

>>*Auch in den Sieben Meeren zählt*
die Kraftmagie der Anderswelt.
Du Amulett aus Urgestein,
wild, ungestüm und lupenrein,
bewahr den Träger vor dem Tod,
verschaff ihm Heil und keine Not!<<

Während sie diese Worte aussprach, konzentrierte sie sich mit aller Kraft auf das Bild in ihrem Kopf. Sie stellte sich vor, wie der Seeleopard von Mario abließ und davonschwamm.

Doch der Kampf tobte weiter. Die Energie des Seeleoparden schien überhaupt nicht nachzulassen, und Sheila fragte sich verzweifelt, ob ihr Zauber diesmal komplett versagt hatte. Immer wieder stürzte sich der Seeleopard mit gebleckten Zähnen auf Mario, der jedes Mal rasch auswich.

Anfangs hatte Mario noch versucht, dem Seeleoparden den Kopf in die Seite zu rammen, aber jetzt schien er dafür keine Kraft mehr zu haben. Auch seine Ausweichmanöver wurden zusehends langsamer.

Plötzlich hörte Sheila Spy wimmern. Der Fisch hatte sich beim Auftauchen des Seeleoparden gleich in eine Eisnische zurückgezogen und sich dort mucksmäuschenstill verhalten, um keine Aufmerksamkeit zu erregen. Sheila ärgerte sich über sein feiges Verhalten, auch wenn Spy wahrscheinlich ohnehin nichts hätte ausrichten können. Aber warum winselte er jetzt vor Angst?

Da bemerkte Sheila, wie sich das Wasser teilte und ein riesiges dunkles Etwas heranglitt. Im ersten Augenblick war sie überzeugt, es sei Zaidons schwarzer Wal, der da herbeischwamm; groß genug kam ihr der Schatten in diesem Moment vor. Doch dann erkannte sie den weißen Bauch und die weißen Flecken an der Seite.

Ihr stockte das Herz.

Ein Orca!

»Wir sind verloren«, wimmerte Spy und presste sich unter die Eisplatte.

Sheila zögerte. Was tun? Sollte sie sich einen Unterschlupf suchen wie Spy? Aber sie konnte Mario doch nicht einfach im Stich lassen!

Der Delfin kämpfte noch immer verbissen mit dem Seeleoparden. Mit letzter Kraft rammte er ihn nochmals in die Seite, was die Wut des Raubtiers jedoch nur noch anstachelte. Die beiden Kämpfenden hatten den Orca noch nicht bemerkt.

Sheila stieß einen Warnschrei aus, so laut und schrill, wie sie noch nie im Leben geschrien hatte.

»ORCA! ORCA!«

Jetzt schwamm der große Schwertwal direkt auf sie zu. Vor lauter Angst war Sheila wie gelähmt und konnte keine Flosse bewegen. Wie hypnotisiert starrte sie dem großen Räuber entgegen, sah seinen riesigen Kopf, sein großes Maul, seine Zahnreihen … Sie schloss vor Entsetzen die Augen.

Die Sekunden schienen endlos zu sein. Bestimmt steckte sie schon halb im Maul des Orcas. Jeden Moment würde er zubeißen …

Doch nichts geschah.

Als Sheila die Augen zaghaft aufmachte, sah sie, dass der Orca an ihr vorbeigezogen war und Kurs auf den Seeleoparden nahm, der endlich von Mario abgelassen hatte. Mit einer gewaltigen Bewegung des Schwanzes – der Wasserdruck schmetterte Sheila gegen die nächste Eisscholle – stürzte sich der Orca auf Marios Peiniger.

Der Seeleopard quiekte vor Angst. Er tauchte blitzschnell nach unten und ergriff die Flucht. Aber der Orca war genauso schnell, trotz seiner Größe. Schon hatte er gewendet und die Verfolgung aufgenommen. Eine Zeit lang sah Sheila nur aufgewühltes Wasser und Luftblasen und hörte die Angstschreie des Seeleoparden. Allmählich entfernten sich die Geräusche und wurden leiser. Dann vernahm Sheila ein letztes schrilles Quieken.

»Bist du okay?«, fragte eine Stimme neben Sheila.

Sie schaute zur Seite. Mario war neben ihr aufgetaucht.

»O Mario!«, rief sie erleichtert.

»Nichts wie weg von hier«, sagte Mario gepresst. »Komm, Spy!«

Mario hatte beim Kampf ein paar Verletzungen abbekommen. Seine Haut war an manchen Stellen aufgerissen und blutete.

»Tut es sehr weh?«, fragte Sheila mitfühlend.

»Ach was. Geht schon«, behauptete Mario.

Sheila ahnte, dass er große Schmerzen haben musste, denn die Delfinhaut war sehr empfindlich, das wusste sie aus eigener Erfahrung. Aber Mario versuchte, sich nichts anmerken zu lassen. Seine größte Sorge war, dass durch das Blut wieder Jäger angelockt werden könnten, doch diesmal hatten sie Glück, und es ließ sich kein Angreifer mehr blicken.

Dank des *Hundertkraft*-Zaubers, den sie jetzt erneuerten, ging es Mario bald wieder besser, und auch Sheila fühlte sich danach voller Energie.

Sheila überlegte, ob der Orca vielleicht durch ihren Zauberspruch angelockt worden war. Hatte sie Mario damit das Leben gerettet?

Der Gedanke ließ ihr einfach keine Ruhe.

Ich kann wirklich zaubern!

»Wir müssen eine Strömung erwischen, die uns von hier wegbringt«, plapperte Spy in ihre Überlegungen hinein. Er hatte mit Fortunatus gesprochen und setzte jetzt eine wichtige Miene auf. »Mein Meister sagt, wir müssen den *antarktischen Zirkumpolarstrom* nehmen.«

»Super«, entgegnete Mario. »Ich hoffe, es ist im Meer auch alles schön ausgeschildert, damit wir nicht mit der falschen Strömung reisen.«

Spy war schon wieder ein bisschen beleidigt; schließlich hatte er es nur gut gemeint und den Hinweis von Fortunatus weitergegeben.

»Macht, was ihr wollt«, brummelte er. »Ist mir doch egal, ob wir unterwegs Zeit verplempern. *Meine* Mutter liegt jedenfalls nicht im Sarg und verliert ihr Leben.«

Er grummelte einen Moment vor sich hin. Dann fiel ihm etwas ein.

»Ja, und mein Meister will unbedingt, dass ihr nach dem Dieb Ausschau haltet«, berichtete er. »Er braucht nämlich alle sieben Steine.«

Sieben Steine, dachte Sheila, als sie weiterschwammen. Sieben Splitter des Weltensteins, hm … Und Siebenmeer …

Ihr kam der Refrain aus dem Lied der Belugas in den Sinn.

Siebenmeer, ach, Siebenmeer!
Das Tor, das gibt es nimmermehr.
Die Steine sind verstreut im Meer.
Ins Paradies kommt keiner mehr.

Die Steine waren im Meer verstreut. Das passte. Doch was war mit dem Paradies gemeint? Etwa Atlantis?
Atlantis ist zerstört, überlegte Sheila. Also gibt es auch kein Tor mehr ...
Trotzdem hatte sie das Gefühl, dass noch etwas anderes dahintersteckte.
Was hatten die Weißwale noch gesungen? Sie versuchte, sich zu erinnern.

Zaidon stahl den Weltenstein,
floh aus dem Paradies ...

Warum hatte Zaidon den Weltenstein gestohlen und war dann aus Atlantis geflohen? Das ergab keinen Sinn. Sheila strengte ihr Gedächtnis an. Wie war die Strophe weitergegangen? Schließlich fiel es ihr ein.

... schon bald ein neues Reich war sein,
das Volk er leiden ließ.

Das klang doch eher so, als hätte sich Zaidon unrechtmäßig den Weltenstein angeeignet und wäre damit aus seinem Land geflohen. Dann hatte er sich irgendwo niedergelassen und ein neues Reich gegründet: Atlantis. Wenn es dem Volk aber schlecht ging, dann hatten in Atlantis offenbar auch keine paradiesischen Zustände geherrscht.

Was also war das Paradies? Und wer war dieser Steinhüter Irden, von dem die Wale auch gesungen hatten? Hatte Zaidon etwa ihm den Weltenstein geraubt?

Sheila kam nicht mehr dazu, diesen Gedanken weiterzuverfolgen, denn in diesem Augenblick klammerte sich Spy an ihrer Flosse fest und schrie:

»Los geht's!«

Sie hatten eine Strömung erreicht, und die *Hundertkraft* schleuderte sie in neue, unbekannte Gewässer.

16. Kapitel
Skyllas Labyrinth

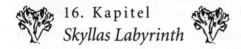

Es war tatsächlich der *antarktische Zirkumpolarstrom*, mit dem sie reisten, viele, viele Kilometer weit. Fortunatus hatte recht gehabt, sie konnten diese Meeresströmung nicht verfehlen.

Wieder hatte Sheila den Eindruck, jedes Gefühl für Zeit und Entfernungen zu verlieren. Als der Strom sie irgendwann ausspuckte, hatte sie keine Ahnung, wo sie sich befanden. Das Wasser war wesentlich wärmer und angenehmer, sie passierten Korallenriffe und schwammen über Seegraswiesen. Es gab jede Menge Fische, und auf dem Meeresboden tummelten sich bunte Krebse und Seesterne.

»Wir sind im Indik«, sagte Spy. »Das hat mir mein Meister soeben bestätigt.«

»Im *was*?«, fragte Mario nach.

»Im Indik«, wiederholte Spy. »Indik – Indischer Ozean. Atlantik – Atlantischer Ozean. Pazifik – Pazifischer Ozean. Alles klar?«

Mario stöhnte. »Hat dir dein Meister auch gesagt, wo wir den nächsten Stein finden?«

»Das konnte er mir natürlich nicht sagen«, antwortete Spy. »Aber weil der Indische Ozean zu den fünf großen Weltmeeren gehört, ist es ziemlich wahrscheinlich, dass hier ein Stein versteckt ist.«

»Moment mal«, sagte Sheila und schwamm direkt vor Spys Nase hin und her. »Du hast eben gesagt, dass der Stein *versteckt* ist. Wer hat ihn versteckt? Ich dachte, die Splitter des Weltensteins seien beim Untergang von Atlantis in alle Meere verstreut worden. Verstreut worden – das heißt, sie sind unabsichtlich dorthin gelangt. Wenn sie versteckt worden sind, dann hat es jemand mit Absicht getan. Verstehst du? Da stimmt irgendwas nicht.«

Spy stieß nur ein paar Luftblasen aus. »Was soll daran nicht stimmen? Ich hab mich halt versprochen, weiter nichts. – Oh, was für ein leckerer Krill!« Er wollte abtauchen.

»Halt, hiergeblieben! Du bist uns einige Anworten schuldig.« Sheila versperrte ihm den Weg. »Wenn du uns schon nichts über die Steine erzählen willst, dann erkläre uns zumindest mal, wie Fortunatus dich zu dem gemacht hat, was du bist.«

»Mit dem Weltenstein. – Lass mich durch, der Krill schwimmt sonst weg … oh … oh …«

»Hat sich Fortunatus den Weltenstein von Zaidon geliehen?«, bohrte Sheila nach.

»Das … das weiß ich nicht, keine Ahnung, damals war ich ja noch nicht da, jedenfalls nicht richtig … Jetzt schwimm mir aus dem Weg! ICH BIN HUNGRIG!«

Sheila ließ Spy vorbei.

»Da wirfst du mir immer vor, ich würde Spy piesacken, und jetzt machst du es selbst«, sagte Mario amüsiert. »Was sollte eigentlich diese Fragerei?«

»Vielleicht hältst du mich jetzt für verrückt«, entgegnete Sheila. »Aber ich glaube, dass Fortunatus das abgebrochene Stück vom Weltenstein besitzt. Und er lässt uns nicht sieben Splitter des Weltensteins suchen, sondern sieben andere magische Steine, die aus irgendeinem Grund furchtbar wichtig für ihn sind.«

»Du meinst, Fortunatus hat das Bruchstück längst gefunden und es Zaidon verheimlicht?« Mario starrte sie an.

»Genau.«

»Aber dann würde er ja gegen Zaidon arbeiten.«

209

»Vielleicht hofft Fortunatus, dass er mit den sieben Steinen
mächtiger wird als der Herrscher von Atlantis.«

Mario schwamm unruhig hin und her. »Wenn du recht hast,
dann muss meine Mutter ganz umsonst leiden!«

»Ja, stimmt«, gab Sheila leise zu.

»Dieser Schuft!« Zornig schoss Mario an die Wasseroberfläche
und tauchte mit einem Riesensprung wieder in die Tiefe. »Er be-
trügt uns. Er benutzt uns für seine Zwecke! Wir müssen sofort
umkehren! Komm, Sheila!«

»Stopp, halt!« Sheila versuchte, Mario zu bremsen. »Wir dürfen
nichts überstürzen. Wie gesagt, es ist nur eine Vermutung. Aber
wenn mein Verdacht stimmt, dann haben wir nur eine Chance
gegen Fortunatus, wenn wir sein Spiel noch eine Zeit lang mit-
spielen. Im Moment können wir wenig gegen ihn oder Zaidon
ausrichten, das weißt du.«

»Wir sollen also einfach weitermachen?«, fragte Mario.

»Hast du einen besseren Vorschlag?«, gab Sheila zurück.

Den hatte Mario nicht.

Schweigend schwammen sie weiter.

Dem Sonnenstand nach war es früher Nachmittag, als die Amulette wieder zu blinken anfingen. Zuerst hielt Sheila es nur für
Reflexe des Sonnenlichts, doch als sie unter Wasser tauchte, wo
es etwas dunkler war, sah sie, dass der magische Stein tatsächlich
leuchtete. Und wie! Das Signal war viel stärker als sonst; das
Amulett schien regelrecht zu vibrieren.

Spy kam heran und betrachtete die Amulette prüfend mit seinen
Linsenaugen.

»Sehr starke Magie«, stellte er dann fest.

Mario und Sheila waren gespannt und aufgeregt, als sie den Signalen folgten. Bald veränderte sich die Unterwasserlandschaft, und sie stießen nach einer Seegraswiese auf einen großen Kelpwald.

Fast hundert Meter hohe Braunalgen wuchsen vom Meeresgrund aus dem Licht entgegen. Dicht an dicht standen die Stängel mit ihren breiten Blättern – ein Dschungel aus Braun- und Grüntönen, in dem Licht und Schatten eine verzauberte, aber auch unheimliche Atmosphäre schufen.

»Müssen wir da wirklich rein?«, fragte Spy schaudernd. Er hätte lieber einen Umweg in Kauf genommen, statt durch diesen merkwürdigen Wald zu schwimmen.

»Meinem Amulett nach ist der Stein dadrin«, sagte Mario.

Auch Sheila hatte ein ungutes Gefühl. Man konnte nur wenige Meter in den Wald hineinsehen.

»Na, los!«, rief Mario und schwamm mutig voraus.

Sheila folgte ihm, und in ihrem Fahrwasser paddelte Spy, emsig darauf bedacht, dicht hinter ihr zu bleiben.

Es wurde dunkler und düsterer, die Blätter streiften raschelnd ihre Körper, die hohen Stängel wiegten sich im Wasser, und Sheila hatte den Eindruck, als rückten die riesigen Algen zusammen, um ihnen das Durchkommen zu erschweren.

Mario schob mit dem Schnabel die Kelpstängel beiseite, bahnte sich einen Pfad durch den Wald und glitt mit langsamen Flossenschlägen hindurch. Sheila benutzte ihr Sonar, um das Blättergestrüpp zu durchdringen und auf mögliche Überraschungen vorbereitet zu sein.

Doch die Echos, die zurückkamen, waren sehr seltsam. Zuerst entstanden nur einige wenige Hörbilder in ihrem Kopf, zu lückenhaft und verschwommen, um wirklich aussagekräftig zu sein. Dann wurden die Bilder deutlicher – aber sie ergaben keinen Sinn. Die Dinge, die sie wahrnahm, konnten nämlich gar nicht da sein.

Sie sah deutlich die Mauern einer prächtigen Stadt vor sich. Die Türme schimmerten golden, aber beim Näherkommen zerflossen die Umrisse.

Eine Unterwasser-Fata-Morgana, dachte Sheila verwirrt. Was ist das? Etwa Atlantis?

Sie schwamm weiter, sehr verunsichert, denn bisher hatte sie sich meistens auf ihr Sonar verlassen können.

Wenige Meter später tauchte schon das nächste Trugbild auf. Diesmal waren es ein Mann und eine Frau, die im Kelpwald umherschwammen. Sie trugen Badekleidung, so als seien sie eben vom Strand ins Meer gesprungen. Übermütig und lachend hielten sie sich an den Händen und schienen sehr verliebt. Irgendetwas an den beiden kam Sheila vertraut vor, und als die Frau ihr das Gesicht zuwandte, erkannte sie ihre Mutter. Sie sah jünger und fröhlicher aus als zuletzt und winkte Sheila mit einer Hand zu.

»Mama!« Sheila wollte auf ihre Mutter zuschwimmen, obwohl ihr der Verstand sagte, dass es gar nicht Sabrina sein konnte.

Dann drehte sich der Mann um. Es war Gavino, Sheilas Vater. Er sah genauso aus wie auf dem Foto, das Sheila in der Nachttischschublade gefunden hatte. Sheila starrte ihn verblüfft an. Er lächelte ihr zu, und sie erkannte, wie ähnlich sie ihm sah. Dann lösten sich die beiden Gestalten auf.

Plötzlich schwebte Zoe zwischen den Stängeln; sie rekelte sich im Wasser. Ihr Blick streifte Sheila, und ein spöttisches Lächeln kräuselte ihre Lippen.

Hey, Sheila, Baby, jetzt bist du in deinem Element, wie? Ich hab mir immer gedacht, dass du eigentlich ins Wasser gehörst. Hast du schon Schwimmhäute?

Das ärgerte Sheila. Es nützte nichts, sich zu sagen, dass es nur ein weiteres Trugbild war – der Zorn auf Zoe war real. Zoe grinste ihr noch einmal zu, winkte überheblich mit der Hand und wurde durchsichtig.

»Wo ist Mario?«, fragte Spy hinter Sheila, und erst da merkte sie, dass sie ihren Gefährten im Unterwasserdschungel verloren hatte.

»Ich ... ich weiß nicht ...«, stammelte sie. Laut rief sie: »Mario! Mario!«

Keine Antwort. Die Schatten der Blätter wirkten immer bedrohlicher – wie Gestalten, nein, wie große Hände, die sich nach ihr ausstreckten. Streichelten sie nicht schon ihren Rücken?

Sheila schnellte herum, schnappte nach den Stängeln, die sie bedrängten, und schüttelte sie ab.

Spy schaute ihr verwirrt zu. »Was ist los?«

Sie musste sich zusammennehmen. Nur nicht durchdrehen!

»Nichts«, murmelte sie. »Das Gestrüpp ist lästig.«

»MARIO!«, rief sie wieder.

Ma-rio, Ma-rio, wisperte es da höhnisch zurück, *hast ihn verloren, verloren! Jetzt bist du allein in diesem verhexten Wald, und keiner kann dir helfen!*

Ich darf mich nicht einschüchtern lassen, dachte Sheila, doch es fiel ihr schwer, keine Angst zu haben. Außerdem bin ich nicht allein, sondern Spy ist bei mir.

Spy ist ein Verräter, flüsterte die geheimnisvolle Stimme, *ein Verräter ... Er steht mit Fortunatus im Bunde, und sie werden euch töten, töten, sobald sie die sieben Steine haben, sieben Steine, sieben, sieben, sieben ...*

Es flüsterte vor ihr, es flüsterte hinter ihr, es flüsterte aus jedem Stängel. Sheila drehte sich im Kreis, zornig, verwirrt, weil sie niemanden sehen konnte, dem die Stimme gehörte. Das Geflüster machte sie verrückt; es war, als würde die Stimme alle Energie und Zuversicht aus ihr heraussaugen.

Die Stimme verhext mich, dachte Sheila und nahm all ihre verbliebene Konzentration zusammen. Ganz klar, ein Schutzzauber. Der Flüsterer will nicht, dass wir in seinen Wald eindringen und den Stein holen!

Sie versuchte, sich der Stimme zu verschließen und einfach nicht darauf zu achten, wie sie es manchmal bei Zoe getan hatte, wenn diese wieder endlos über Klamotten geredet hatte.

Doch die Flüsterstimme war noch hartnäckiger als Zoe.

Du wirst alles verlieren, wisperte sie. *Deine Familie, deinen Gefährten, dein Leben. Du wirst diesen Dschungel nie verlassen. Und wenn du stirbst, wirst du ganz allein sein ...*

Mario hatte nicht bemerkt, dass Sheila nicht mehr hinter ihm schwamm. Er konzentrierte sich ganz auf das Signal seines Amuletts. Heiß pulsierte der Anhänger auf seiner Brust. Der Stein konnte nicht mehr weit entfernt sein.

Mit seinem Schnabel stieß Mario ein paar Blätter zur Seite, die ihm im Weg waren. Im Dschungel war es nun so finster, dass das Amulett in der Dunkelheit leuchtete wie eine Kerze.

Plötzlich nahm Mario noch einen anderen Lichtschein wahr – das Schimmern unzähliger Seesterne, die durchs Wasser schwebten oder an den Blättern klebten. Sie bildeten einen Pfad aus grüngoldenem Licht, als wollten sie Mario den Weg weisen. Wie Irrlichter tanzten sie umher. Gleichzeitig vernahm Mario einen leisen, feinen Gesang, ein geheimnisvolles Raunen der Wellen.

»Sieben Steine im Meer, von Irden verteilt,
sieben Steine im Meer verschlafen die Zeit.
Sieben Steine im Meer haben große Macht,
wenn endlich der Siebenmeerzauber erwacht.«

Mario spürte, wie der Gesang ihn einhüllte und von ihm Besitz ergriff. Er fühlte sich leicht und frei. Alle Sorgen und Ängste fielen von ihm ab. Er ließ sich von den Stimmen und den Lichtern führen und drang tiefer und tiefer in den Dschungel ein. Er wusste, dass in der Mitte etwas auf ihn wartete, das ihn anlockte und das unbedingt wollte, dass er kam, aber Mario fürchtete sich nicht.

Der Kelpwald schien ihm jetzt bereitwillig den Weg frei zu machen; die Blätter wichen zurück, bevor Mario sie berührte, die Seesterne tanzten über seinem Kopf und fügten sich zu Mustern zusammen wie bei einem Kaleidoskop. Schließlich konzentrierten sich die Sterne auf zwei Stellen vor ihm und wurden zu leuchtenden Spiralen; zwei Feuerräder, die sich schneller und schneller drehten, bis es Mario ganz schwindelig wurde.

Wie hypnotisiert starrte er auf die glühenden Scheiben, dann merkte er, dass es die Augen eines riesigen Seeungeheuers waren.

Sein Schädel mit den dreieckigen Ohren ähnelte einem Pferdekopf. Jetzt bog es seinen langen, grüngoldenen Hals und stemmte seine beiden Vordertatzen in den Meeresboden, um den Oberkörper ein Stück aufzurichten. Der Leib war schlank wie der einer Schlange und mindestens fünfzehn Meter lang. Doch die Tatzen mit den klauenartigen Krallen schienen eher zu einem Drachen zu gehören als zu einer Schlange.

»Schön, sssehr schön!«, zischte die Seeschlange ihn an, und Mario sah ihre gespaltene Zunge. »Ssskylla freut sssich über Besuch!« Mario war vor Schreck wie gelähmt.

Der Kopf schwebte über ihm. Mario spürte die bohrenden Blicke. Die Schlange schien ihn genau zu betrachten.

Wie in Trance nahm Mario wahr, dass auf ihrem Rücken zwei kleine, dunkelrote Flügel saßen, die sich jetzt entfalteten. Sie waren viel zu winzig, um den mächtigen Körper durch die Luft zu tragen.

»Was willst du von mir?«, fragte Mario. Er hatte sich von der ersten bösen Überraschung erholt und nahm nun all seinen Mut zusammen.

»Du hast was, das Ssskylla will«, säuselte Skylla. »Ssskylla kann es riechen.« Sie beugte sich vor und tat so, als schnuppere sie an seiner Haut.

Mario zuckte unwillkürlich zusammen. »Da irrst du dich.« Er konnte sich nicht vorstellen, was Skylla von ihm wollte.

Aus Skyllas Nasenlöchern stiegen ein paar Luftblasen auf. Sie beäugte Marios Amulett, das noch immer wie verrückt pulsierte.

»Hübsches kleines Sss-steinchen, das du da hast, Ssskylla liebt Sss-steine«, flüsterte sie.

Sie verlagerte einen Teil ihres Gewichts auf ihre Vordertatzen, und ihr Leib hob sich noch weiter an.

Mario konnte kaum glauben, was er nun sah: Unter ihr im Sand lagen drei funkelnde Steine – ein roter, ein dunkelblauer und ein violetter. Alle drei waren faustgroß und verbreiteten einen geheimnisvollen Lichtschein.

Drei der gesuchten Zaubersteine, die die Schlange hortete, als seien es Dracheneier!

»Da ssstaunst du, was?«, zischte die Schlange, die Marios Blick bemerkt hatte. »Ssskylla hat einen hübschen Schatz!«

»Dann hast du den roten Kristall gestohlen«, rutschte es Mario heraus.

»Gestohlen?«, fauchte sie. »Ssskylla hat die Sss-steine gefunden! Und sssie will noch mehr, sssie will alle sssieben!«

Mario war so neugierig, dass er alle Vorsicht vergaß. »Was weißt du über die sieben Steine?«

»Ssso, das interessiert dich?«, zischte die Schlange. »Dann pass auf, was Ssskylla dir zeigt!«

Sie öffnete ihr Maul und stieß eine milchige Flüssigkeit aus, die sich im Wasser verteilte. Ihr Kopf verschwand im Nebel.

Mario traute seinen Augen kaum, als in der Nebelwolke ein verschwommenes Bild erschien.

Eine Schlange, die aussah wie Skylla – allerdings viel kleiner –, schlängelte sich über ein Korallenriff. Ein bunter, karierter Fisch passte nicht auf und zappelte gleich darauf in Skyllas Maul.

»Lass mich frei!«, bettelte der kleine Fisch. »Ich verrate dir auch ein großes Geheimnis.«

»Ach, was kannst du jämmerlicher Wicht denn schon wissen?«, spottete die Schlange.

Der Fisch plusterte sich ein bisschen auf. »Ich bin ein Korallenwächter«, erklärte er. »Was du hier siehst, ist nämlich kein normales Korallenriff. Das ist in Wirklichkeit eine Bibliothek. Hier ist alles Wissen der Meere gespeichert, es ist der Platz aller Antworten.«

»Und deswegen soll Ssskylla dich nicht fressen?«

»Genau. Sonst kann ich dir ja nicht das große Geheimnis verraten.«

»Ein faires Angebot. Also, schieß los.«

»Du weißt bestimmt noch nicht, dass es in den Meeren sieben Zaubersteine gibt«, sagte das Fischlein und wand sich nervös hin und her. »Du musst sie nur finden, dann hast du dein Glück gemacht. Es heißt nämlich:

Wer einen hat, hat große Macht,
wer drei besitzt, hat's klug gemacht.
Bei fünf das Glück ist fast in Sicht,
der sechste Stein reicht leider nicht!
Du brauchst auch noch den siebten Stein,
erst dann kommst du zum Tor hinein.«

»Danke für die Auskunft«, sagte Skylla. »Das war wirklich äußerst interessant!« Und dann verschlang sie den Fisch mit einem großen Happs.

Mario zuckte zusammen. Der Nebel um Skyllas Kopf verschwand, und er blickte wieder in die goldglänzenden Augen des Ungeheuers.

»Ssskylla machte sssich auf die Sssuche«, erzählte die Seeschlange. »Als Ssskylla im Chinesischen Meer den ersten Sss-stein fand, wurde sssie groß und sss-stark wie ein Drache.« Sie rollte den violetten Stein zärtlich hin und her. »Als Ssskylla im Nordpolarmeer den zweiten Sss-stein fand, konnte sie die Welt viel besser verstehen.« Sie schubste den roten Kristall an. »Und als

Ssskylla hier im Indischen Ozean den dritten Sss-stein fand, wusste sssie, dass sssie nie mehr krank sein würde.« Sie liebkoste den dunkelblauen Zauberstein.

Dann zischte sie Mario an: »JETZT WILL SSSKYLLA ALLE SSS-STEINE!« Und sie spie ihm eine Ladung grünes Gift ins Gesicht.

17. Kapitel
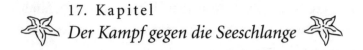
Der Kampf gegen die Seeschlange

Noch war Sheila zuversichtlich. Sie hatten Mario zwar im Dickicht des Kelpwaldes verloren, aber Spy brauchte nur seinen inneren »Sucher« einzuschalten, um herauszufinden, in welche Richtung Mario geschwommen war.

»Das wird schon«, blubberte der Fisch. »Keine Sorge, wir finden ihn.«

Sheila drückte sich an Spy und fühlte seinen kalten Körper. Es half ihr, in die Wirklichkeit zurückzukehren. Noch immer vernebelten Trugbilder ihr Gehirn und überschwemmten Sheila mit allerlei Ängsten und Gefühlen, aber langsam wurde ihr Kopf wieder klarer.

Vielleicht war eine Art magisches Gift im Wasser, dachte sie. Und dieses Gift hat all die Bilder hervorgerufen.

Spy schwamm nach links, dann wieder nach rechts. Einmal schwamm er sogar eine Spirale, bis er wieder die richtige Richtung gefunden hatte. Sheila hütete sich, sich darüber lustig zu machen. Hauptsache, sie fanden Mario! Und es konnte ja auch sein, dass das Zaubergift im Wasser Spys »Kompass« etwas durcheinanderbrachte.

»Mann«, sagte Spy plötzlich. »Guck dir mal diesen dicken Baumstamm an, der da zwischen den Stängeln liegt. Ganz mit Muscheln bewachsen und mit leckeren Seepocken. Die muss ich jetzt unbedingt mal probieren.«

»Ich dachte, du frisst nur Krill oder Ruderfußkrebse«, sagte Sheila erstaunt.

»Ach, ein bisschen Abwechslung schadet nichts«, erwiderte Spy. Und schon tauchte er ein Stück hinab und fing an, an dem Stamm herumzuknabbern.

»Aber mach schnell«, murmelte Sheila. »Wir müssen Mario finden. Wer weiß, was mit ihm passiert ist.« Sie merkte, dass ihr Amulett glühend heiß war. Der magische Stein musste ganz in der Nähe sein, irgendwo versteckt im Unterwasserdschungel.

Da schrie Spy auf. Der Baumstamm war plötzlich lebendig geworden und peitschte durchs Wasser. Spy wurde durch die Druckwelle in die Höhe geschleudert und wirbelte wie ein hilfloses Stück Papier herum. Der Baumstamm flog zur Seite, die Kelpstängel wurden weggedrückt, und das Wasser geriet in Bewegung. Sheila sah mit Entsetzen, dass der vermeintliche Baumstamm der Schwanz eines grässlichen Ungeheuers war, das sich jetzt wütend zu ihnen umdrehte.

»Wie – noch mehr Besucher?«, fauchte das Ungeheuer, und seine goldenen Augen funkelten. »Ssskylla ist noch mit dem ersten beschäftigt!«

Es war eine riesige Seeschlange, aber sie hatte mächtige Tatzen und zwei winzige Flügel. Spy hatte sie durch seine Berührung auf sich aufmerksam gemacht.

Der andere Besucher muss Mario sein, dachte Sheila hoffnungsvoll. Sie benutzte ihr Sonar. Ja – richtig! Direkt hinter Skylla schwebte ein Delfin im Wasser.

»Mario!«, rief Sheila. »Ist alles in Ordnung?«

Gerade, als sie eine schwache Antwort vernahm, schrie Spy laut um Hilfe. Der schuppige Kopf des Ungeheuers schwebte über ihm und erwischte seine Rückenflosse. Spy versuchte verzweifelt, sich aus dem Maul des Ungeheuers zu befreien.

»Hilfe, Hilfe, tu mir nichts, es war ein Versehen! Ich wollte doch nur ein paar Seepocken ...«

»Ssskylla hat gern Besucher, vor allem wenn sie Geschenke bringen!«, zischte die Seeschlange. Dabei öffnete sie ihr Maul, und Spy kam frei. Doch bevor sich der Fisch in Sicherheit bringen konnte, schnellte eine Tatze hervor und drückte ihn zu Boden. Dann wandte sich die Seeschlange an Sheila und streckte gierig ihren Kopf vor.

»Du hast auch ssso einen schönen Sss-stein wie der andere Delfin«, säuselte das Ungeheuer und schnupperte an Sheilas Amulett. Sheila wurde steif vor Angst. »Ssskylla liebt Sss-steine sssehr ...«

Einen Zauberspruch, dachte Sheila verzweifelt. Mir muss unbedingt etwas einfallen, sonst sind wir verloren.

Aber ihr Gehirn war wie leer gefegt, solange sie in die goldenen Augen starrte.

> »*Du Amulett ... aus Urgestein,*
> *wild und rein ... schütze mich ...*«

Spy jammerte, eingezwängt zwischen Tatze und Meeresboden.

»Lass mich los, bitte, bitte!«

Die Schlange wandte sich wieder Spy zu. Sie bog ihren langen Hals und schnupperte an seinem Leib. Ihre Augen begannen, gierig zu funkeln.

»Du riechst gut! In deinem Bauch sssind Zzzaubersteine! Ssskylla sssammelt Sss-steine! Sssoll Ssskylla einen Schlitz in dich machen?«

»Nein, nein«, wimmerte Spy. »Tu mir nichts! Wenn du willst, spuck ich die Steine aus, aber bitte, bitte, tu mir nichts!«

»Aber Ssskylla hat Hunger, und du sssiehst lecker aus …«

»Neinneinneinnein!«

»Sssehr lecker!« Die Schlange öffnete ihr Maul, und Sheila sah zwei lange Giftzähne aufblitzen.

Gleich würde Skylla zustoßen!

»Nein!«, schrie Sheila, schoss vor und rammte ihr den Kopf in den Hals.

Skylla schwankte, Schlamm wirbelte vom Meeresboden auf, und Spy konnte sich befreien. Gleichzeitig spritzte aber eine Wolke grünes Gift ins Wasser. Sheila spürte, wie ihre Augen brannten. Schreckliche Bilder ergriffen wieder von ihr Besitz, viel deutlicher als vorher. Sie sah den Drachen aus dem Tiefseevulkan, der seine Klauen nach ihr ausstreckte, Blitze schossen aus den Krallen hervor. Neben dem Drachen öffnete sich ein neuer Feuerschlund wie der Eingang zur Unterwelt.

Es sind nur Bilder in meinem Kopf, nichts als Bilder …

Ich brauche den Zauberspruch, dachte Sheila verzweifelt. Er muss mir einfallen, er muss einfach!

Sie fühlte Skyllas Tatzen auf ihrem Leib. Gleich würde die Schlange mit ihren Giftzähnen zubeißen.

Den Spruch, den Spruch!

> *»Auch in den Sieben Meeren zählt*
> *die Kraftmagie der Anderswelt.*
> *Du Amulett aus Urgestein,*
> *mach schnell das Monster klitzeklein!*
> *Bewahr den Träger vor dem Tod,*
> *verschaff ihm Heil und keine Not!«*

Ein stechender Schmerz durchzuckte Sheila, als die Zähne der Schlange ihre Haut durchbohrten. Sie fühlte, wie das Gift in ihren Körper rann, eine eiskalte, tödliche Flüssigkeit. In wenigen Minuten würde sie Sheila völlig lähmen ...

»Hilf mir, Spy«, presste sie noch hervor, bevor ihr schwarz vor Augen wurde. »Hol Mario!«

Mario kämpfte noch immer gegen die Bilder in seinem Kopf an. Er hatte das Gift der Seeschlange in die Augen bekommen. Fast sofort hatte die unheilvolle Wirkung eingesetzt und in seinem Gehirn grässliche Fantasien erzeugt.

Er stand vor dem gläsernen Sarg und schaute hilflos auf seine Mutter herunter. Er war zu spät gekommen.

Alissa lag reglos da. Sie sah klein und zusammengeschrumpft aus. Die Augen waren eingesunken und lagen in tiefen Höhlen. Strähniges weißes Haar bedeckte ihre Schultern. Die runzelige Haut war dünn wie Pergament. Dünn und spitz ragte die Nase aus ihrem Gesicht hervor.

Zu spät. Sie war tot.

»Mama! Nein!«

Verzweifelt beugte er sich zu ihr herab.

Halt! Rief da nicht jemand nach ihm? Das war doch Sheilas Stimme!

»Mario? Ist alles in Ordnung?«

»Nichts ist in Ordnung!«, antwortete er leise.

Er kam wieder zu sich. Seine Augen brannten noch immer, aber er konnte erkennen, dass er sich nicht in einem Wal befand, sondern in einem Kelpwald. Ein Sarg war auch nirgends zu sehen. Waren es etwa nur Fantasiebilder gewesen?

Langsam kehrte sein Wahrnehmungsvermögen zurück. Er hörte Geräusche in der Nähe – ein Kampf? Wimmerte da nicht jemand?

Plötzlich war Spy neben ihm. Der Fisch war ganz aufgeregt und zerrte ungeduldig an Marios Brustflosse.

»Komm schnell! Sheila ... ich glaube, sie stirbt!«

Marios Denken funktionierte noch langsam. Sheila? Warum sollte Sheila sterben? Es war doch Alissa, die im Sarg gelegen hatte ...

»Komm, Mario«, bettelte Spy. »Sheila hat mit der Schlange gekämpft, und sie ist gebissen worden.«

»Gebissen?« Schlagartig kehrte Marios Erinnerung zurück. Skylla, das Seeungeheuer! Die Schlange, die ihm das Amulett rauben wollte!

Doch er spürte, dass er es noch trug, es glühte und pulsierte auf seiner Brust. Nun sah er vor sich auf dem Meeresboden auch die drei Steine, die Skylla gehortet und bewacht hatte. Sie leuchteten rot, indigo und violett – drei magische Flammen, ein Farbenspiel, so faszinierend wie das Polarlicht neulich am Himmel. Skylla musste durch Sheila abgelenkt worden sein, sonst hätte sie ihre Steine bestimmt nicht unbeaufsichtigt gelassen.

Besorgt folgte Mario dem Fisch. Der Kelpwald war an dieser Stelle besonders dicht. Nur wenige Meter entfernt trieb ein Delfin im Wasser.

»Sheila!«

Sie reagierte kaum auf Marios Ruf. Es schien ihr wirklich sehr schlecht zu gehen. An ihrer Rückenflosse hing eine Schlange, die sich dort festgebissen hatte. Sie war kaum größer als ein fetter Regenwurm und schillerte grüngolden.

Mario konnte es kaum glauben. War das alles, was von dem grässlichen Ungeheuer übrig geblieben war?

»Sheila hat die Schlange im letzten Moment winzig klein gezaubert«, haspelte Spy. »Aber ich fürchte, sie hat trotzdem genug Gift abbekommen ...«

Mario überlegte nicht lange. Er schoss auf Sheila zu und riss ihr die Schlange vom Rücken. Die Schlange wand sich hilflos in seinem Schnabel. Dann gelang es ihr, mit einer schnellen Drehung zu entschlüpfen, und sie schwamm hastig durchs Wasser. Doch bevor sie sich im Dunkel des Kelpwaldes verstecken konnte, schnellte zwischen den Stängeln ein braunweiß gefleckter Fisch hervor und verschlang die kleine Schlange mit einem einzigen Biss.

Mario starrte einen Moment auf den Fisch mit den fedrigen Brustflossen. Würde sich der Fisch jetzt verwandeln oder verändern? Aber nichts geschah. Die Schlange war offenbar zu klein und schwach, um noch irgendeinen Schaden anrichten zu können, und der braune Fisch schwamm davon, um nach weiterer Nahrung Ausschau zu halten.

»Sheila, hörst du uns?« Spy schubste den treibenden Delfin immer wieder an.

Mario schlüpfte unter Sheila und brachte sie erst einmal an die Wasseroberfläche, um zu verhindern, dass sie erstickte. Dabei dachte er fieberhaft nach. Wie konnte er ihr nur helfen?

Sheila bewegte matt ihre Brustflossen.

»Sag doch was, Sheila, ... bitte!«

»Ma-rio ...«

»Halte durch, Sheila! Kämpf gegen das Gift an!« Marios Stimme klang immer verzweifelter.

Plötzlich erinnerte er sich an das, was die Schlange über die

Steine erzählt hatte. Hatte sie nicht gesagt, der dritte Stein sorge dafür, dass man nie mehr krank wird? Welcher Stein war der dritte gewesen? Mario glaubte, dass Skylla den dunkelblauen Zauberstein gemeint hatte, aber ganz sicher war er sich nicht. Doch er musste es versuchen.

»Spy!«

Schon war der Fisch zur Stelle und schaute Mario mit seinen Linsenaugen erwartungsvoll an.

»Bring den blauen Stein herauf. Schnell!«

Spy gehorchte, ohne Fragen zu stellen. Kurze Zeit später war er wieder da und hatte den magischen Stein im Maul.

»Gib mir den Stein, und sorg dafür, dass Sheila nicht absinkt«, wies er Spy an.

Spy übergab Mario behutsam den Zauberstein, tauchte ab und stemmte sich von unten gegen den fast bewusstlosen Delfin, damit dieser nicht sank.

Mario klemmte den Zauberstein in seinen Schnabel und umrundete Sheila. Sachte strich er mit dem Stein über die Stelle, an der sich Skylla zuvor festgebissen hatte. Dann streichelte und berührte er Sheila weiter mit dem Zauberstein, am Rücken, am Bauch, am Kopf.

Hoffentlich hilft es!

Mario hatte keine Ahnung, ob es richtig war, was er da tat. Er konnte nur hoffen. Vielleicht war der Zauberspruch, den er dabei murmelte, auch zu einfach, aber ein besserer Reim fiel ihm nicht ein.

»Bitte, bitte, blauer Stein,
setze deine Heilkraft ein.«

Immer wieder umkreiste er Sheila. Es kam ihm wie eine Ewigkeit vor.

Er war nahe daran aufzugeben, als Sheilas Flossenbewegungen endlich deutlicher wurden und Spy den Delfin nicht mehr von unten stützen musste.

»Mannmannmann«, blubberte Spy erschöpft. »Ich kann echt nicht mehr. Kommt sie endlich zu sich?«

Mario war ungeheuer erleichtert, als er sah, dass Sheilas Blick klarer wurde.

»Was … was ist passiert?«, murmelte sie träge. »Hab ich was verpasst?«

»Verpasst?«, wiederholte Spy. »Du bist fast gestorben!«

18. Kapitel
Spys Geständnis

Sheila erholte sich rasch. Mario erzählte ihr, was geschehen war und dass sie von Skylla nichts mehr zu befürchten hatten.

»Sie hat mit ihrem Gift Trugbilder erzeugt«, sagte Sheila. »Wahrscheinlich habe ich deswegen vorhin lauter Dinge gesehen, die gar nicht da waren. Das hat mich ganz schön durcheinandergebracht. Ich hab auch den Drachen wiedergesehen, der mir schon bei dem Tiefseevulkan begegnet ist.«

»Offenbar hat Skylla überall nach den Steinen gesucht – genau wie wir«, überlegte Mario laut. »Den Stein in dem erloschenen *Schwarzen Raucher* hat sie nicht gefunden, aber im Nordpolarmeer ist sie uns zuvorgekommen.«

»Ich bin mir jetzt ganz sicher, dass das hier keine Splitter des Weltensteins sind«, sagte Sheila und schwamm um die beiden Zaubersteine herum, die noch auf dem Meeresgrund lagen. »Das sind andere Zaubersteine, und Fortunatus will sie unbedingt haben – genau, wie ich es vermutet habe.«

»Es gibt einen Spruch über die sieben Steine.« Mario erzählte Sheila von Skyllas Lied. »Jeder Stein hat eine andere Zauberwirkung, aber man muss alle sieben haben, wenn sich irgendein Tor öffnen soll. Was das für ein Tor ist, weiß ich allerdings nicht.«

»Vielleicht das Tor zu einem Schatz«, vermutete Sheila. »Aber der Weltenstein ist doch auch ein besonderer Stein. Wenn man damit einen Wal in ein U-Boot verwandeln und aus Fischen Spione machen kann, dann ist der Stein doch wertvoller als alles Gold der Welt.«

229

»Vergiss die Unsterblichkeit nicht«, sagte Mario. Nachdenklich fügte er hinzu: »Hinter dem Tor muss mehr sein als Gold.«

Sie hatten während ihrer Unterhaltung nicht auf Spy geachtet, aber jetzt fiel ihnen auf, dass sich der Fisch etwas merkwürdig benahm. Er wich ihnen aus, guckte sie nicht richtig an und knabberte verlegen an einigen Algenblättern. Ganz offensichtlich fühlte er sich nicht besonders wohl in seiner Haut.

»Hey, Spy, was ist los?«, fragte Mario.

»Ihr wisst es also«, murmelte Spy nervös und rutschte bäuchlings auf dem Meeresboden entlang, sodass eine Wolke Staub aufstieg. »Ich hab aber nichts von dem goldenen Gürtel gesagt. Weh, o weh! Mein Meister darf mich nicht bestrafen, ich hab geschwiegen wie ein Grab.«

Mario und Sheila wechselten einen vielsagenden Blick.

»Okay, Spy.« Sheila wählte ihre Worte sehr vorsichtig. »Du hast recht, wir haben alles rausgekriegt. Auch … ähem … die Sache mit dem goldenen Gürtel. Deswegen kannst du uns jetzt ruhig alles erzählen, was du weißt.«

Spy zögerte. Er schien mit sich zu kämpfen. »Mein Meister hat mir aber gedroht, dass er Dosenfisch aus mir macht, wenn ich euch auch nur ein Sterbenswörtchen verrate«, plapperte er.

»Das macht er bestimmt nicht«, versicherte Sheila ihm.

»Und wenn mein Meister jetzt gerade zuhört?«, bibberte Spy.

»Der Blätterwald ist hier so dicht, dass die Verbindung bestimmt ganz schlecht ist«, sagte Sheila, die vor Ungeduld fast platzte.

»Na gut«, meinte Spy. »Ich werde alles sagen. Aber nur, weil … weil du mir das Leben gerettet hast, Sheila. Dieses scheußliche Untier wollte mir den Bauch aufschlitzen!« Er wimmerte. »Mir wird jetzt noch ganz schlecht, wenn ich daran denke. Aber du warst total mutig und hast dich auf die Schlange gestürzt ... Das war echt toll von dir, Sheila. Du ... du bist eine richtige Freundin. Ihr beide seid meine Freunde. Ich hab noch nie Freunde gehabt, seit ... seit ... na ja, ihr wisst schon, seitdem ich so bin, wie ich bin.«

Er war sehr aufgeregt, und Sheila tätschelte ihn mit ihrer Brustflosse, um ihn zu beruhigen.

»Du bist auch unser Freund, Spy. – Nicht wahr, Mario?«

»Klar bist du unser Freund«, sagte Mario. »Und deswegen kannst du uns ruhig alles sagen, was du über die Steine weißt.«

»Also gut. Hm ... Womit soll ich anfangen?« Spy überlegte, dann begann er zu erzählen. »Nachdem mich mein Meister *verändert* hatte, durfte ich ihn oft bei seinen Tauchgängen begleiten. Ich sollte Bilder auf den Computer übertragen und so. Eigentlich fand ich es ziemlich langweilig, dass wir immer zwischen den alten Ruinen herumtauchen mussten.«

»Die Ruinen von Atlantis?«, fragte Mario.

»Ja«, antwortete Spy. »Ihr könnt euch nicht vorstellen, wie weit diese Ruinen auf dem Meeresgrund verstreut sind. Meistens waren wir nachts unterwegs, um anderen Tauchern oder Wissenschaftlern nicht in die Quere zu kommen. Brrr, es war für mich anfangs total scheußlich, dauernd im Dunkeln herumzuschwimmen, ich war früher vermutlich kein nachtaktiver Fisch.«

»Armer Spy«, sagte Sheila mitfühlend. »Wie habt ihr dann überhaupt etwas gesehen?«

»Mein Meister hatte natürlich immer starke Taucherlampen dabei, er war ja super ausgerüstet«, berichtete Spy. »Wir fanden auch eine Menge Zeug – Teller, Krüge und so, aber das meiste war zerbrochen oder stark beschädigt. Doch eines Nachts fand mein Meister etwas Besonderes: einen Gürtel aus purem Gold.«

Spy machte eine kurze Pause. Sheila und Mario warteten gespannt darauf, dass er weiterredete.

»Von Schmuck verstehe ich nicht viel, ich bin ja nur ein Fisch. Ich dachte, dass der Gürtel wegen des Goldes wertvoll ist. Doch dann kapierte ich, dass es ein magischer Gürtel ist, aber er entfaltet seine Zauberkraft erst, wenn die sieben Zaubersteine wieder in den Fassungen stecken. Die Fassungen waren nämlich leer, als wir den Gürtel fanden. Seitdem will mein Meister unbedingt die sieben Steine finden, die irgendwo in den Meeren versteckt sind.«

»Und sechs davon haben wir jetzt«, murmelte Sheila. »Aber warum hat uns Fortunatus angelogen? Warum hat er uns nicht gesagt, was er wirklich sucht?«

»Es ist wegen Zaidon«, sagte Spy. »Schon seit vielen Jahren schickt Zaidon Meereswandler aus, um das fehlende Stück des Weltensteins zu suchen. Mein Meister tut so, als würde er die Meereswandler in ihre Aufgabe einweisen, aber in Wirklichkeit benutzt er sie für seine eigene Suche.«

»Weil Fortunatus den Weltenstein längst hat«, fügte Mario hinzu.

»Oh, oh, das wisst ihr auch schon«, jammerte Spy. »Zaidon ahnt nichts davon, dass mein Meister das fehlende Stück des Weltensteins schon sehr lange besitzt. Mein Meister fand den Stein, kurz nachdem er die Ruinen von Atlantis entdeckt hatte. Er wusste jedoch nicht, welche Macht in ihm steckte. Erst als er Zaidon traf, ahnte er, dass es eine Menge Dinge gibt, die sich mit wissenschaftlichen Methoden nicht erklären lassen. Zaidons langes

Leben, zum Beispiel. Mein Meister sah Zaidons Weltenstein und begriff allmählich, wie mächtig sein Fund sein musste. Er begann, mit seinem Stück Weltenstein zu experimentieren. Unter anderem erschuf er mich.«

»Okay«, sagte Mario. »Jetzt wissen wir, warum Fortunatus Zaidon verheimlicht, dass er den fehlenden Weltenstein hat. Aber warum ist der Gürtel so wichtig?«

Spy dämpfte unwillkürlich seine Stimme. »Das weiß ich nicht.«

Sheila dachte angestrengt nach. Sie hatte also mit ihrer Vermutung völlig richtiggelegen. Fortunatus betrog Zaidon, er schien andere Ziele zu verfolgen.

»Wie lange sucht Fortunatus schon nach den Steinen?«, fragte Mario.

Spy stöhnte ein bisschen. »Das mit der Zeit ... das ist ein Problem für mich ... Aber warte. Lass mich überlegen. Es ist ungefähr vierzehn Jahre her, seit er den Gürtel gefunden hat. Kurz danach ging die Suche los. Ich war oft dabei, aber kein einziger Meereswandler hat etwas gefunden. Ihr seid die ersten. Die anderen sind alle gescheitert.«

»Und Zaidon und Fortunatus ließen sie zur Strafe versteinern«, sagte Sheila.

»Ja«, bestätigte Spy. »Jetzt weiß mein Meister auch, warum sie nichts gefunden haben. Vor einiger Zeit entdeckte er auf dem Meeresgrund eine verschlüsselte Prophezeiung, in der von den sieben Steinen die Rede ist. Ihr seid Teil dieser Prophezeiung. Nur ein dreizehnjähriger Junge und ein dreizehnjähriges Mädchen können die Steine finden. Deswegen hat mein Meister euch auch die Amulette gegeben. An der Kette hängt ein kleines Stück seines mächtigen Weltensteins, der euch magische Kräfte verleiht. Mein Meister glaubt nämlich fest daran, dass es diesmal klappt.«

Einige Zeit später waren sie wieder unterwegs. Spy wusste, dass sie nach Osten mussten, um den Pazifik, das größte aller Weltmeere, zu erreichen. Dort musste sich der letzte Stein befinden. Während sie den *äquatorialen Gegenstrom* suchten, der sie nördlich an Australien vorbei zu ihrem Ziel bringen würde, grübelte Sheila noch immer über das nach, was Spy erzählt hatte.
Mario hatte vorgeschlagen, dass sie zu Zaidon zurückkehren und ihm von Fortunatus' Verrat erzählen sollten. Doch dann hatte er eingesehen, dass Zaidon genauso wenig zu trauen war wie Fortunatus.
Sie mussten ihre Suche vorerst fortsetzen.
»Ich hab einfach Angst, dass wir auch auf dem Delfinfriedhof enden werden, Sheila«, sagte Mario schließlich leise. »Sobald Fortunatus die Steine für seinen Gürtel hat, sind wir überflüssig – und zack! – verwandelt er uns in Stein.«
»Wir werden uns wehren!«
Mario seufzte nur. Sheila wusste, dass er ihre Zuversicht nicht teilte. Warum zweifelte er nur so? Sie hatte immerhin die riesige Seeschlange besiegt. Inzwischen konnte sie immer besser mit Magie umgehen! Ihre Zauberei hatte schon dreimal richtig gut funktioniert. Bis sie zu Fortunatus und Zaidon zurückkehrten, würde sie perfekt zaubern können! Und weder Zaidon noch Fortunatus würde sie dann noch in Stein verwandeln können, da war sich Sheila hundertprozentig sicher!
»Ich bin nämlich stärker, als du denkst«, sagte sie, warf Mario einen triumphierenden Blick zu und schwamm voraus.

19. Kapitel
Der Hurrikan

Es war diesmal nicht leicht, die richtige Meeresströmung zu finden. Zweimal stießen sie auf einen kräftigen Strom, im letzten Moment merkten sie allerdings, dass die Richtung nicht stimmte und die Meeresströmung sie nach Westen bringen würde. Doch schließlich hatten Sheila, Mario und Spy Glück und fanden zwischen den beiden Westströmungen den langsameren Gegenstrom nach Osten.

Die magische *Hundertkraft* beschleunigte ihr Tempo wieder extrem. Als die Strömung nachließ und sie sich im weiten Ozean befanden, hatte sich der Himmel so verdunkelt, dass sie zuerst glaubten, es sei Nacht.

»Sind wir jetzt im Pazifik?«, fragte Mario und hielt den Kopf über die Wasseroberfläche. Das Meer sah überall gleich aus, überall Wasser, Wasser, Wasser …

»Ich werde meinen Meister fragen, ob er uns auf der Landkarte orten kann«, schlug Spy vor. »Ich muss ihm noch erzählen, dass wir schon sechs der sieben Steine haben. Bestimmt freut er sich.«

Seine Stimme klang etwas kleinlaut.

»Machst du dir über irgendetwas Sorgen, Spy?«, fragte Sheila.

»Ich bin ein Verräter«, murmelte Spy, den das schlechte Gewissen drückte. »Ich habe mein Versprechen gebrochen. Ich hab euch alles erzählt, dabei durfte ich nicht darüber sprechen. O weh, o weh! Wenn mein Meister dahinterkommt …« Er begann am ganzen Leib zu schlottern.

235

»Er wird schon nichts merken«, versuchte Sheila ihn zu beruhigen. »Und du hast eigentlich nichts ausgeplaudert. Wir wussten ja schon alles. Na ja, fast alles. Du bist kein Verräter.«

»Guckt euch mal den Himmel an«, unterbrach Mario das Gespräch. »Der sieht irgendwie unheimlich aus. Das ist kein Nachthimmel, das sind Wolken! Merkt ihr, wie das Meer unruhig wird? Da braut sich ein Unwetter zusammen!«

Spy streckte kurz seinen Kopf über Wasser, um mit seinen Kameralinsen einen Blick auf den Himmel zu erhaschen. Mit einem Platsch tauchte er sofort wieder ab.

»Eine Katastrophe!«, quietschte er hysterisch. »Rette sich, wer kann! Das ist die Strafe! Mein Meister hext uns einen Sturm auf den Hals, weil ich ihn verraten habe!«

»So ein Quatsch«, sagte Sheila und versuchte Spy zu folgen. »Fortunatus würde dir nie was antun, denn dann kriegt er auch keine Zaubersteine, überleg doch mal!«

»Aber da kommt ein Sturm«, zeterte Spy. »Ein Hurrikan, ein Tornado, ein Zyklon … ach was, ganz egal! HILFE!«

Als das Meer in Bewegung geriet, wurde es auch Sheila ziemlich mulmig. Sie hatten zwar den magischen Eissturm TWISTER überstanden, aber ein echter Hurrikan auf dem offenen Meer war etwas anderes. Gegen solche Naturgewalten würden wohl weder die Amulette noch die Zaubersteine etwas ausrichten können. Sie erinnerte sich an die schrecklichen Bilder im Fernsehen, wenn ein Hurrikan über Küstenstädte hinweggezogen war und dabei eine Schneise der Verwüstung hinterlassen hatte: umgestürzte Bäume, abgedeckte Häuser und geknickte Strommasten …

Hurrikans entstanden immer über dem Meer und konnten

ungeheure Windgeschwindigkeiten erreichen. Über dem Festland schwächten sie sich allmählich ab, aber solange sie über dem Meer tobten, war ihre Kraft ungebremst und konnte sich immer noch steigern.

»Runter!«, kommandierte Spy. »Wir müssen tauchen. Im tiefen Wasser ist es vielleicht ruhiger!«

Sie tauchten ab, doch auch unter Wasser spürten sie bereits die Gewalt des heraufziehenden Hurrikans. Reißende Strömungen entstanden, das Meer drängte die Delfine und Spy vorwärts, sie wurden herumgeworfen und auf und ab gewirbelt. Seetang trieb an ihnen vorbei, große abgebrochene Korallenstücke und sogar ganze Riffteile. Große und kleine Fische wurden mitgerissen, Krebse segelten unter Wasser, ein toter Hai glitt mit dem Bauch nach oben ganz dicht an ihnen vorbei ... Alles, was nicht die tieferen Wasserschichten erreicht hatte oder sich irgendwo unter Wasser festklammern konnte, geriet in die erbarmungslose Strömung und wurde mitgezogen.

Mario und Sheila bemühten sich, einander nicht zu verlieren. Sonst waren die Delfine kunstvolle Springer und perfekte Wellenreiter, aber die Wucht des Hurrikans war so stark und die Wellen waren so hoch, dass Mario und Sheila den Naturgewalten hilflos ausgeliefert waren. Der Sturm schuf turmhohe Wellen, Ungetüme aus Wasser, angetrieben vom Wind, der mit unglaublicher Zerstörungswut über das Meer hinwegfegte. Wellenberge und Wellentäler von gigantischen Ausmaßen entstanden. Es war die gruseligste Achterbahnfahrt, die Sheila je erlebt hatte – und ihr einziger Wunsch war, diese Naturkatastrophe lebend zu überstehen. Sie konnten nur hoffen, nicht gegen ein Riff oder einen Felsen geschleudert zu werden.

Alles schien ein einziger Todesstrudel zu sein, der mit ihnen machte, was er wollte. Waren sie eben noch tief unten am Meeresgrund gewesen, so wurden sie im nächsten Moment nach oben geschleudert und tanzten wie ein Blatt auf der Spitze einer gewaltigen Welle, während sich vor ihnen ein riesiger Abgrund aus Wasser auftat. Über ihnen tobten die Elemente, grelle Blitze zuckten am schwarzgrauen Himmel.

»Halt durch«, rief Mario Sheila zu, sobald die Wellen sie in Sichtweite wirbelten. »Wir schaffen es!«

Es war tröstlich, seine Stimme zu hören, doch die nächste Welle trennte sie schon wieder, und die Höllenfahrt ging weiter.

Vergingen Minuten oder Stunden? Spielte die Zeit überhaupt eine Rolle bei diesem Kampf, den sich Wasser und Wind lieferten?

Irgendwann merkte Sheila, dass das Schlimmste vorbei war – das Wasser wurde etwas ruhiger, das zornige Meerungeheuer hatte sich ausgetobt, die Wogen glätteten sich nach und nach und wurden sanfter, friedlicher. Auch der Himmel verlor seine drohende schwarzdunkle Färbung und wurde allmählich heller. Der Hurrikan war weitergezogen, die Wolken rissen auf, und die Sonne kam hervor. Sheila tauchte auf, völlig erschöpft, aber heilfroh, dass sie den Sturm überlebt hatte.

Treibgut schwamm auf dem Meer, Pflanzen und tote Tiere, die der Sturm aus der Tiefe emporgeholt hatte, aber auch Plastikflaschen, Stücke von Fischernetzen und widerlich stinkende Ölklumpen.

Sheila hielt Ausschau nach Mario und war überglücklich, als sie ihn hundert Meter entfernt entdeckte. Eilig schwamm sie auf ihn zu.

»Bist du okay? O Mario, ich bin so froh, dass du da bist! Es war
schrecklich!«

Mario war unverletzt. Auch er war erleichtert, Sheila zu sehen.

»Wie gut, dass dir nichts passiert ist. – Aber wo steckt Spy?«

Sie schauten sich um und tauchten ein Stück, aber sie konnten
den Fisch nirgendwo entdecken. Sheila glaubte, dass er zu Beginn
des Sturms noch bei ihnen gewesen war.

»Ich habe keine Ahnung, wann wir ihn verloren haben. Es ging
alles so schnell!«

Sie suchten die Gegend ab und riefen dabei immer wieder laut
nach Spy. Doch alle Anstrengungen waren vergebens. Der Fisch
war nirgends zu sehen.

»Hoffentlich ist ihm nichts zugestoßen«, sagte Sheila. Sie stellte sich vor, wie Spy irgendwo reglos auf dem Meeresgrund
lag. Ihre Brust zog sich zusammen. »Wenn er sich verletzt
hat …«

»Er hat den Heilstein«, wandte Mario ein.

»Stimmt«, sagte Sheila. »Aber ob er auch daran denkt, dass er
ihn benutzen kann?« Niedergeschlagen ließ sie den Kopf sinken.
Mario stupste sie an.

»Jetzt sei mal nicht so traurig«, versuchte er sie aufzumuntern.
»So schnell dürfen wir unseren Freund nicht aufgeben. Vielleicht
ist Spy ja auch nur woanders hingetrieben worden. Dann wird er
uns bestimmt finden. Schließlich kann er unsere Amulette orten.
Möglicherweise dauert es eine Weile, aber ich bin sicher, irgendwann taucht unser Sackfisch wieder auf, und zwar quietschver-
gnügt. Und was glaubst du, wie er uns dann wieder die Ohren
vollquatschen wird.«

Es gelang Mario tatsächlich, Sheila etwas Mut zu machen. Sie

239

konnten nichts tun, als ihre Suche fortzusetzen und zu hoffen, dass Spy sie fand.

Ruhig schwammen sie nebeneinanderher. Das Treibgut und die Kadaver hatten sich viele Kilometer weit auf dem Meer ausgebreitet. Seevögel stießen aus der Luft herab und versuchten, etwas Fressbares zu finden.

Da meldeten sich plötzlich wieder die Amulette.

»Scheint so, als hätte uns der Sturm an die richtige Stelle gebracht«, sagte Mario, der genauso überrascht war wie Sheila. »War das Zufall oder Schicksal?«

»Keine Ahnung«, erwiderte Sheila. Sie dachte an die Prophezeiung, und das machte ihr Hoffnung. Wenn es ihnen wirklich bestimmt war, die sieben Steine zu finden, damit sich eine alte Weissagung erfüllte, dann würden sie auch Spy wiedersehen. Er bewahrte schließlich sechs der sieben Steine in seinem Bauch auf.

»Komm«, sagte Mario. »Lass uns dem Signal folgen!«

20. Kapitel
Haifischzähne

Es war eine trostlose Landschaft, die sich ihnen unter Wasser zeigte. Sie sahen kaum Fische, und Spy hätte sich bestimmt über den fehlenden Krill beschwert. In diesem Teil des Meeres gab es wenig Nahrung.

Eine richtige Wüste, dachte Sheila, als sie mit Mario durch die Unterwasserwelt tauchte – vorbei an toten Korallenriffen, in denen alles Leben erloschen war. Nur noch nackte weiße Skelette waren von der bunten Vielfalt übrig geblieben; eine rätselhafte Krankheit hatte die Korallen dahingerafft. Viele dunkle Felsen machten den Ort noch düsterer – eine Welt aus Schwarz- und Grautönen, eine Schattenlandschaft.

Auch die Tiere mieden die Region; es gab kein Gewimmel wie bei anderen Korallenriffen. Nur ab und zu verirrte sich ein Einzelgänger in dieses Gebiet und wirkte darin wie verloren.

Eine Muräne zog sich in ihre Höhle zurück und beobachtete die Delfine aus ihrem sicheren Versteck.

Ein großer schwarzer Seeigel rollte einsam und scheinbar ziellos auf dem Meeresboden entlang.

Sheila merkte, wie die düstere Stimmung der Landschaft allmählich auf sie abfärbte. Doch sie riss sich zusammen.

Sie schwammen weiter und folgten den Leitsignalen ihrer Amulette. Bald kamen sie zu einer Stelle, an der sich der Meeresboden plötzlich spaltete. Mindestens zehn Meter ging es in die Tiefe. Das Signal kam direkt aus der geheimnisvollen Felsspalte, einem dunklen, gefährlich wirkenden Abgrund. Sheila seufzte, als ihr klar wurde, dass sie hinuntermussten, wenn sie den Stein finden wollten.

Aber Mario tauchte ohne Zögern hinab, und Sheila blieb nichts anderes übrig, als ihm zu folgen.

Das Wasser schimmerte grau und schien der Umgebung alle Farben zu entziehen; die Felswände sahen schroff und feindselig aus.

Ein schwaches Licht glomm am Boden dieser Spalte, ein matter, gelblicher Schein – als würde sich die Sonne hinter einer dicken Nebelwand verstecken.

»Der Stein!«, rief Mario und tauchte noch tiefer, bis zum Grund. Sheila schwamm hinter ihm her.

Der siebte Zauberstein war halb im Schlamm verborgen. Nur die Spitze ragte heraus und verbreitete den hellen Lichtschimmer. Als sie näher kamen, stellte Sheila erschrocken fest, dass der Stein in einem Gebiss steckte. Nur Ober- und Unterkiefer waren von dem Tier übrig geblieben. Die großen spitzen Zähne waren wie Hahnenkämme geformt, und der magische Stein saß an der Stelle eines fehlenden Zahns.

»Das Gebiss eines Hais«, sagte Sheila, die die auffallende Form der Zähne sofort seinem ursprünglichen Besitzer zuordnen konnte.

»Was wohl passiert, wenn wir den Stein da rausholen?«, fragte Mario.

»Wahrscheinlich schnappt das Gebiss dann zu wie eine Mausefalle«, sagte Sheila. »Würde mich nicht wundern.«

Keiner von den beiden wagte sich vor. Sie überlegten, wie sie den Zahn mit einem Hilfsmittel herausholen konnten. Schließlich kam Mario auf die Idee, einen Stock als Sperre zwischen die Kiefer zu klemmen, damit sie nicht einfach zuklappen konnten.

Mario und Sheila suchten eine Weile herum, bis sie ein passendes Holzstück gefunden hatten. Schließlich trieben sie eine alte Bootsplanke auf. Sie stammte von einem Sportboot, das schon vor einiger Zeit gesunken sein musste, denn nicht einmal der Name auf dem Bug war noch erkennbar.

Mit einiger Anstrengung transportieren die beiden Delfine die Planke zum Haifischgebiss. Es war nicht einfach, denn das Holzstück wollte immer wieder hinauf zur Wasseroberfläche steigen. Aber schließlich hatten Sheila und Mario es geschafft, und das Brett klemmte schräg zwischen den beiden Zahnreihen.

»Ich hol jetzt den Stein«, kündigte Mario an.

Sheila hielt sich ein Stück abseits und sah zu, wie Mario seinen Kopf vorstreckte und langsam den magischen Stein aus dem Kiefer herauszog. Der Stein war hellgelb und sah aus wie milchiges Glas.

Vorsichtig trat Mario den Rückzug an und behielt dabei das Gebiss im Auge.

Nichts geschah.

Sie warteten noch eine Weile und beobachteten misstrauisch das Gebiss, aber nachdem nichts weiter passierte, kamen sie sich albern vor.

»Okay«, sagte Mario. »Schwimmen wir wieder rauf. So schön ist es hier ja wirklich nicht.«

Sie verließen den düsteren Ort. Doch kaum hatten sie dem Haifischgebiss den Rücken zugewandt, als hinter ihnen ein schauriges Knirschen ertönte.

Sheila schaute zurück und sah mit Entsetzen, dass das Haigebiss lebendig geworden war. Die Kiefer drückten die Bootsplanke zusammen und zerbrachen sie in zwei Hälften. Die Stücke fielen auf den Meeresgrund. Das Haigebiss schüttelte sich und fing an zu schweben. Die Kiefer klappten rhythmisch auf und zu, klickend und klackend setzte sich das Gebiss in Bewegung und schwamm direkt auf Sheila und Mario zu.

Sheila traute ihren Augen nicht. Gebannt beobachtete sie, wie die verhexten Kiefer näher und näher kamen – klappauf, klappzu, klappauf …

»Das Gebiss verfolgt uns!«, rief Mario. »Nichts wie weg!«

Marios Schrei brachte Sheila zur Besinnung, und mit einem kräftigen Flossenschlag war sie wieder an seiner Seite.

Sie flüchteten. Doch das Haigebiss kam hinter ihnen her, und je schneller die Delfine wurden, desto schneller wurde auch das Gebiss. Es schien unmöglich, dem unheimlichen Verfolger zu entkommen. Schon schnappten die messerscharfen Zähne nach Sheilas Schwanzflosse. Mit einer raschen Bewegung wich sie aus.

Ich brauche einen Zauberspruch, unbedingt!

Sie hatte sich schon vorhin in Gedanken einige Zeilen zurechtgelegt, die ihr jetzt zum Glück wieder einfielen.

»Auch in den Sieben Meeren zählt
die Kraftmagie der Anderswelt.
Du Amulett aus Urgestein,
wild, ungestüm und lupenrein,
bewahr den Träger vor dem Biss,
denn Unheil bringt der Hai gewiss!«

Doch die Worte schienen auf das Gebiss nicht die geringste Wirkung zu haben. Die Kiefer wirkten genauso angriffslustig wie zuvor und klickten und klackten noch schneller.

Klappauf, klappzu, klappauf, klappzu!

»Schneller!«, schrie Mario Sheila zu. »Komm!«

Sie rasten durchs Wasser, aber das Gebiss ließ sich nicht abschütteln.

Verdammt, verdammt, verdammt!, dachte Sheila. Ihr war klar, dass sie dieses irrsinnige Tempo nicht auf Dauer durchhalten konnten. Welche Zauberkraft trieb das Haigebiss zu solcher Geschwindigkeit an? Und warum war es gegen die Kraft des Amuletts immun?

»Wir brauchen eine Taktik«, zischte Mario ihr zu. »Lass es dicht herankommen, dann schwimmst du nach rechts und ich nach links!«

Sie verlangsamten ihre Flucht. Als das Gebiss nach Marios Fluke schnappen wollte, schlug er blitzschnell einen Haken. Sheila bog in die andere Richtung ab. Das Haigebiss zischte zwischen ihnen hindurch und überholte sie.

Dann bremste es ab und schien einen Augenblick unschlüssig im Wasser zu verharren. Sheila dachte zunächst, es würde gleich umkehren und sich wieder auf sie stürzen, doch dann sah sie, wie das Gebiss plötzlich zu schwanken anfing, als sei es betrunken. Ein Zahn löste sich heraus und trudelte nach unten. Die nächsten Zähne folgten. Schon klafften die ersten Lücken im Haigebiss. Das Gebiss drehte sich verzweifelt im Kreis, als könnte es dadurch den Zahnausfall stoppen. Aber es half nichts … Zahn um Zahn fiel heraus, die Lücken wurden immer größer, bis nur noch die leeren Kiefer übrig waren.

Klack-klack!

Mit einem letzten Knirschen brach das Gebiss in der Mitte entzwei. Die beiden Stücke rührten sich nicht mehr, sondern trieben leblos im Wasser. Der Spuk war vorbei.

»Puh«, sagte Sheila und stieß einen Seufzer der Erleichterung aus. »Ich dachte schon, der Zauberspruch würde diesmal überhaupt nicht funktionieren.«

»Lass uns schleunigst von hier verschwinden«, sagte Mario. »Dieser Ort gefällt mir überhaupt nicht.«

»Lass es uns doch mal dort drüben versuchen«, schlug Sheila vor. Sie hatte im Riff einen Tunnel entdeckt und steuerte darauf zu. »Vielleicht ist das ja eine Abkürzung, und wir müssen nicht um das ganze Riff herumschwimmen.«

Mario folgte ihr.

21. Kapitel
Der Tanz der Teufelsrochen

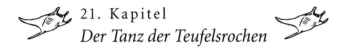

Das Riff war breiter, als Sheila erwartet hatte. Der Tunnel schien endlos zu sein, und das Licht am anderen Ende, das anfangs so nahe gewesen war, bewegte sich immer weiter weg. Wuchs der Tunnel etwa in die Länge, während sie hindurchschwamm? Sie schwamm schneller.

»He, was ist los?«, beschwerte sich Mario hinter ihr. »Warum hast du es so eilig?«

Sie antwortete nicht, weil sie ihm nicht sagen wollte, dass sie sich fürchtete. Über ihr an der Decke hingen unzählige schwarze Muscheln wie Fledermäuse. Ab und zu nahm sie links oder rechts von sich eine schnelle Bewegung wahr, wenn sich ein Fisch vor ihr versteckte.

Endlich wurde das Licht größer und heller, und der Tunnel endete. Sheila war erleichtert, aber gleich darauf erschauderte sie, denn auf dieser Seite des Riffs war es noch unheimlicher.

Eine Welt aus Schwarz und Weiß. Die bleichen Skelette der toten Korallen bildeten skurrile Formen. Wie Dorngestrüpp reckten sie sich ins Wasser und schienen nach jedem greifen zu wollen, der sich ihnen näherte. Auffallend war außerdem die Stille – nirgends war ein Plätschern oder Gurgeln zu vernehmen, auch kein Blubbern von Luftblasen ... Ein völlig lautloses Meer, wie Sheila es nie zuvor erlebt hatte. Sie hatte das Gefühl, in einen Stummfilm geraten zu sein.

Gerade als sie umkehren wollte, kam hinter dem Riff ein riesiger Rochen hervor.

Seine dunklen Flügel waren groß wie ein Zelt und schwarz wie die Nacht. Lautlos glitt er auf sie zu – wie ein Vampir in seinem langen Umhang, der genau weiß, dass ihm sein Opfer nicht entkommen kann. Sheila wich ängstlich zurück, aber hinter ihr war das Riff, und sie fand in der Eile nicht gleich den Tunnel.

Ein zweiter Rochen tauchte von der anderen Seite auf und schwamm mit langsamen Flügelschlägen auf sie zu.

Sheila fühlte sich in die Enge getrieben und presste sich gegen das Riff. Der Rochen schwebte über sie hinweg, ohne sie anzugreifen. Ruhig und ohne Eile kreiste er über ihr. Der andere Rochen schloss sich ihm an. Von irgendwoher erschien noch ein drittes Tier, genauso groß wie die beiden ersten, und begann Sheila ebenfalls zu umrunden.

Sheila wusste nicht, wie ihr geschah.

Mit einem Mal wurde die unnatürliche Stille unterbrochen, und Sheila hörte ein beschwörendes Raunen. Es klang so eindringlich und hypnotisierend, dass sie vollkommen in seinen Bann geriet und sich ihm nicht entziehen konnte.

> *»Vergiss, wer du bist!*
> *Vergiss, was du willst!*
> *Vergiss, was war!*
> *Vergiss, vergiss!«*

Sie merkte, wie ihr Kopf leerer und leerer wurde. Es war, als würden alle Erinnerungen aus ihr herausgesaugt. Sie hatte keinerlei Schmerzen dabei, sie fühlte sich immer wohler und leichter …

Die Rochen verschwanden genauso plötzlich, wie sie aufgetaucht waren. Mario hatte vom Tunnelende aus das seltsame Schauspiel beobachtet. Er verstand nicht, was die Tiere eigentlich von Sheila wollten. Sie waren nicht angriffslustig, sondern schienen ganz friedlich. Ihr ruhiges Kreisen ähnelte einem Tanz, doch nach einigen Runden hatten die Rochen genug, so als würde ihnen das Spiel keinen Spaß mehr machen.

Seltsam!

Aber noch seltsamer war, wie Sheila sich verhielt, als die Rochen verschwunden waren. Sie verharrte unschlüssig auf der Stelle, und als Mario zu ihr kam, sah sie ihn mit eigentümlichem Blick an.

»Was willst du von mir?«

»Aber ich bin's doch«, sagte er. »Mario. Wir beide sind Meereswandler, erinnerst du dich nicht?«

»Meereswandler?« Sie schnaubte abfällig. »Was soll das denn sein? Ich bin ein Delfin, und ich war schon immer ein Delfin.«

»Du bist aber auch ein Mensch – genau wie ich!« Mario wurde allmählich beunruhigt.

»Ein Mensch? Von wegen! – Und jetzt hau ab!« Sie rammte ihn wütend in die Seite.

Er war von dem plötzlichen Angriff so überrascht, dass er den Zauberstein fallen ließ, den er die ganze Zeit im Schnabel getragen hatte.

Er tauchte zum Grund und hob den Stein auf. Als er zurückkam, war Sheila fort. Er sah gerade noch, wie sie durch den Tunnel schwamm.

»He, warte doch!« Er folgte ihr. »Wir müssen reden! Sheila!«

Sie beachtete ihn nicht, sondern tauchte durch den langen Tunnel zurück. Auf der anderen Seite des Riffs bog sie eilig nach links ab.

249

Mario sah flüchtig einen Schatten im Wasser. Dann prallte Sheila mit voller Wucht dagegen.

»Aua, spinnst du?«, ertönte eine vertraute Stimme.

»Blöder Fisch, geh mir aus dem Weg!«, schimpfte Sheila.

»Spy!« Marios Herz machte vor Freude einen Hüpfer. Spy war wieder da! Er lebte und war wohlauf!

Aber Sheila schien sich auch nicht an Spy zu erinnern. »Zisch ab, du Biest! Was willst du von mir? Weißt du überhaupt, wie lächerlich du aussiehst mit deiner dummen Antenne auf dem Kopf? Mann, Kerl, verzieh dich, hier jage ich nach Fischen!«

»Aber Sheila, ich will deine Fische doch gar nicht«, sagte Spy verwirrt. »Ich esse hauptsächlich Krill, hast du das vergessen?«

»Sheila, hör zu«, schaltete Mario sich ein. »Irgendetwas ist mit dir passiert, seit die Rochen da waren.«

»Welche Rochen? Ich kann mich an keine Rochen erinnern.« Jetzt hatte Sheila einen kleinen Fisch entdeckt und jagte hinter ihm her.

Mario stöhnte.

»Was ist mit ihr los?«, fragte Spy verwundert.

»Wenn ich das wüsste«, antwortete Mario. »Aber ich freue mich wahnsinnig, dass du wieder da bist! Wir dachten schon, du wärst tot.«

»Das dachte ich auch«, murmelte Spy. »Dieser furchtbare Sturm. Es war das erste Mal, dass ich seekrank geworden bin. Kannst du dir das vorstellen? Ein Fisch, der seekrank wird! Das ist so was von peinlich! Aber ich glaube, es muss an den Steinen liegen, die ich in meinem Bauch habe. Die drücken manchmal ganz schön. – Ich sehe, du hast schon den siebten Stein. Toll! Mein Meister wird sich freuen. Wo habt ihr ihn gefunden?«

Mario erzählte kurz, was passiert war. Dann berichtete er von den großen Rochen, die über Sheila gekreist waren.

»Ich hielt sie nicht für gefährlich, obwohl sie so unheimlich aussahen. Aber es scheint, als hätte Sheila ihretwegen ihr Gedächtnis verloren.«

»Oje«, sagte Spy bestürzt.

»Spy, kannst du mir den Heilstein geben?« Mario hatte plötzlich eine Idee. »Du weißt doch – der dunkelblaue Stein! Vielleicht findet Sheila damit ihr Gedächtnis wieder!«

Spy zögerte. »Okay«, sagte er dann. »Du bekommst den Stein. Es ist für mich zwar nicht sehr angenehm, aber für Sheila tue ich es!«

Er drehte sich zur Seite. Mario sah, wie es ihn heftig schüttelte. Dann plumpste Stein um Stein auf den Meeresboden. Sie funkelten dort wie ein Schatz.

»So, fertig«, sagte Spy schließlich. Er sah etwas angegriffen aus. »Guck nicht so. Übergibst du dich vielleicht gerne?«

»Es tut mir leid«, sagte Mario.

Er schwamm zu den Zaubersteinen und legte auch seinen hellgelben Stein daneben. Jetzt waren die sieben Steine vollzählig. Mario spürte ein Prickeln. In diesem Augenblick konnte er Sheila verstehen, die so versessen darauf war, die Magie zu beherrschen. Es reizte ihn selbst, die Zauberkraft der Steine auszuprobieren. Doch dann riss er sich zusammen. Er durfte sich nicht ablenken lassen. Jetzt ging es darum, Sheila zu heilen – und nichts anderes zählte. Mario klemmte den Heilstein in den Schnabel und schwamm zu Sheila. Sie wartete an einem Riff auf den kleinen Fisch, der sich zwischen den Korallenskeletten vor ihr versteckt hatte.

251

»Du schon wieder«, empfing sie Mario unfreundlich. »Hab ich nicht deutlich genug gesagt, dass ich meine Ruhe will? Wenn du es nicht anders kapierst, dann red ich jetzt halt nicht mehr mit dir. Du bist Luft für mich.«

»In Ordnung, dann redest du eben nicht mehr mit mir«, wiederholte Mario, ohne sich beirren zu lassen. Er begann, mit dem Zauberstein über Sheila zu fahren, genauso wie er es im Kelpwald getan hatte. Anfangs sträubte sie sich, dann erduldete sie es ohne Widerstand. Mario massierte sie lange mit dem Stein und murmelte dabei:

>*»Bitte, bitte, blauer Stein,*
>*setze deine Heilkraft ein.«*

Erwartungsvoll blickte er Sheila an, doch ihre Augen blieben leer und ausdruckslos. Mario konnte es kaum fassen. Alles war vergeblich! Sie erinnerte sich wirklich an gar nichts! Sie hatte vergessen, wie sie sich kennengelernt hatten. Sie wusste nicht mehr, dass sie gemeinsam durch die Weltmeere gezogen waren. Und sie hatte keine Ahnung, wer Zaidon und Fortunatus waren! Der Heilstein half überhaupt nicht!

Mario war so enttäuscht, dass er einfach abtauchte.

Sheila folgte ihm stumm wie ein Schatten. Wahrscheinlich wusste sie nicht, was sie sonst tun sollte.

22. Kapitel
Die Legende von Talana

Spy hatte die Zaubersteine inzwischen wieder sicher in seinem
Bauch verstaut.

»Ich weiß nicht mehr weiter«, sagte Mario niedergeschlagen,
als er ihm auch den Heilstein zurückgab. »Der Stein hat diesmal
überhaupt nichts genützt.«

»Vielleicht weiß mein Meister ja einen Rat«, schlug Spy vor. »Ich
muss mich sowieso bei ihm melden und ihm sagen, dass wir jetzt
alle sieben Steine haben.«

»Dann lass mich auch mit ihm reden«, bat Mario.

»Klar. – Aber verrate bloß nicht, dass ich euch etwas von dem
Gürtel erzählt habe.«

»Ich bin doch nicht dumm!«

Spy war beruhigt. Er suchte ein ruhiges Plätzchen, prüfte den
Empfang und nahm Kontakt mit Fortunatus auf. Nach einer
Weile winkte Spy Mario mit einer Flosse zu sich.

Mario beeilte sich.

»Hallo, Mario!« Fortunatus' Stimme klang freudig und ungeduldig. »Erst mal Gratulation, dass ihr alle Splitter des Weltensteins
gefunden habt! Kommt jetzt so schnell wie möglich zurück. Am
besten benutzt ihr den *Südäquatorialstrom* bis in den Indischen
Ozean und dann –«

»Mit Sheila stimmt etwas nicht«, unterbrach Mario ihn. »Sie hat
ihr Gedächtnis verloren.«

»Hatte sie einen Unfall?«

»Nicht direkt.« Mario erzählte, was passiert war.

253

Fortunatus schwieg einen Moment. »Die *Mantas des Vergessens*«, sagte er schließlich. »Ich habe davon gehört. Die Biester haben schon einmal zwei Meereswandler erwischt. Diese Rochen löschen mit ihren magischen Fähigkeiten jegliche Erinnerungen – unwiderruflich. Bisher hat es noch niemand geschafft, die verlorenen Erinnerungen zurückzubringen.« Er machte eine kurze Pause. »Es tut mir wirklich leid, Mario, aber du kannst deiner Freundin nicht helfen.«

»Aber kann man denn nicht wenigstens irgendwas …«

Fortunatus ließ Mario nicht ausreden. »Nein«, sagte er überraschend scharf. »Niemand kennt ein Heilmittel. Am besten lässt du deine Freundin im Pazifik. Es hat keinen Sinn, wenn ihr sie mit zurücknehmt. Sie wird sich nie wieder in einen Menschen verwandeln. Sie ist glücklich, so wie sie ist – als Delfin.«

Mario schluckte.

»Zurücklassen?«, flüsterte er. »Das geht nicht.«

»Sei vernünftig, Mario. Sie wäre unterwegs nur eine Last für euch. Ich brauche dich und Spy hier – und zwar schnell.«

»Wie können Sie nur so gemein sein!«, sagte Mario. »Es ist Ihnen total gleichgültig, was mit Sheila passiert!«

»Jetzt bist du ungerecht«, entgegnete Fortunatus. »Ich kann schließlich nichts dafür, dass Sheila diesen Rochen begegnet ist. Das war einfach Pech. Und ich will ihr nur die anstrengende Rückreise ersparen. Als Delfin fühlt sie sich im Pazifik genauso wohl wie im Mittelmeer, es gibt jede Menge Fische … Wenn du nachdenkst, wirst du merken, dass ich recht habe. Aber vergiss nicht, ihr das Amulett abzunehmen, das brauche ich nämlich noch.«

»Sie denken nur an sich!«, rief Mario wütend. »Glauben Sie, wir haben nicht gemerkt, dass Sie uns dauernd anlügen?« Er war außer sich. »In Wirklichkeit haben Sie längst das fehlende Stück vom Weltenstein gefunden, und wir haben sieben dämliche Zaubersteine für Sie gesucht, weil Sie irgendwas damit vorhaben. Und inzwischen stirbt meine Mutter, und jetzt sagen Sie auch noch, dass ich meine Freundin einfach im Stich lassen soll!«

Fortunatus schwieg lange. Mario war überzeugt, dass die Verbindung unterbrochen war, doch dann hörte er wieder die Stimme des Archäologen.

»Na gut. Es stimmt, ich habe euch nicht ganz die Wahrheit gesagt. Aber das ist jetzt völlig unwichtig. Ihr habt die sieben Steine gefunden. Weißt du, was das bedeutet?«

»Keine Ahnung«, sagte Mario. Am liebsten hätte er hinzugefügt: Und es interessiert mich auch überhaupt nicht.

»Außer mir weiß kein Mensch davon.« Fortunatus' Stimme klang vor Erregung heiser. »Mario, kannst du dir vorstellen, dass es neben unserer Welt noch eine andere Welt gibt?«

»Eine andere Welt?«, wiederholte Mario. »Na ja, klar, irgendwo im Weltraum gibt es bestimmt noch Planeten, auf denen sich Leben entwickelt hat.«

»Das meine ich nicht. Es gibt hier auf der Erde eine andere Welt – sie existiert parallel zu uns. Ein Paradies. Eine Welt voller Magie. Ein Reich, in dem Delfine die intelligentesten Lebewesen sind.«

»Wovon reden Sie?«, fragte Mario verwirrt.

»Von Talana. Und die sieben Steine sind der Schlüssel zu dieser Welt.«

Was Fortunatus dann erzählte, klang völlig fantastisch, und doch spürte Mario, dass der Wissenschaftler diesmal die Wahrheit sagte.

»Ich habe immer an Legenden geglaubt, Mario. Sie haben meistens einen wahren Kern. Atlantis ist so eine Legende – und weil ich überzeugt war, dass an den alten Überlieferungen etwas dran sein musste, habe ich die Ruinen von Atlantis vor fünfzehn Jahren tatsächlich entdeckt.«

»Das weiß ich«, murmelte Mario. »Das muss ja damals ziemlich durch die Presse gegangen sein.«

Nun begann Fortunatus zu erzählen, wie er Zaidon entdeckt hatte und auf den Weltenstein gestoßen war, dessen Magie ihn seither in Bann zog. Er erklärte, dass er sich als Gegenleistung für die Jacht in Zaidons Dienst gestellt hatte.

Mario nickte.

»Zaidon stammt aus Talana«, fuhr Fortunatus nun fort. »Eines Tages entdeckte er zufällig den Zugang zu unserer Welt. Er fand heraus, dass Magie in unserer Welt so gut wie unbekannt war und dass man deshalb damit große Macht haben konnte. So stahl er aus Talana den Weltenstein, siedelte in unsere Welt über und gründete Atlantis, das mithilfe von Magie groß und herrlich wurde.«

»Und was ist mit den Meereswandlern?«, fragte Mario neugierig. Er wollte endlich das Geheimnis seiner Herkunft erfahren. »Waren das am Anfang auch künstliche Geschöpfe – so wie der Groll oder wie Spy?«

»Zaidon war ursprünglich ein Delfin«, sagte Fortunatus. »Dadurch, dass er das Weltentor passierte, konnte er Menschengestalt annehmen. Jeder Delfin, der Talana verließ, konnte Mensch werden. Umgekehrt war es auch möglich: Ein Mensch, der die Grenze zu Talana überschritt, konnte sich in einen Delfin verwandeln. Und mit der Zeit konnten sie auch in einer Welt Delfin und Mensch zugleich sein. Auf diese Weise entstanden die ersten Meereswandler.«

»Was war eigentlich mit den wilden Delfinen aus unserer Welt?«

»Die mieden das Tor und waren auch gegen jegliche Art von Magie immun.«

»Hmm.«

»Zaidon hatte Freunde in Talana, die ihm folgten«, berichtete Fortunatus. »Zusammen regierten sie das Reich Atlantis – einen riesigen Stadtstaat, der halb im Wasser und halb auf dem Land lag. Alle Bewohner von Atlantis waren Meereswandler.« Er räusperte sich. »Es muss ein prächtiges Reich gewesen sein, aber der Reichtum hatte auch seinen Preis. Bald spaltete sich Atlantis auf in eine Ober- und eine Unterstadt – und wie du dir schon denken kannst, lebten in der Oberstadt die reichen Leute und in der Unterstadt lebte das einfache Volk, das für die Reichen arbeiten musste.«

»Ja«, sagte Mario nachdenklich.

»Irgendwann merkten die Talaner, dass es einen Zugang zu unserer Welt gab. Das geöffnete Tor und die Vermischung der beiden Welten störten nämlich immer mehr das ökologische und magische Gleichgewicht in Talana. Es entstanden beispielsweise auf einmal schlimme Stürme, der Salzgehalt des Meeres änderte sich, und die Magie geriet manchmal außer Kontrolle. Deswegen wollten die Talaner das Tor zwischen den Welten für immer schließen.«

»Und? Ist es ihnen gelungen?«

»Sie beauftragten dazu den Magier Irden. Irden war der Hüter der magischen Steine. Er begab sich in unsere Welt und geriet außer sich vor Zorn, als er feststellte, dass sich sein ehemaliger Gehilfe Zaidon mithilfe des Weltensteins zum Herrscher von Atlantis gemacht hatte. Am meisten empörte er sich darüber, wie Zaidon und seine Freunde die Meereswandler versklavt hatten und sich bereicherten. Irden beschloss, die Meereswandler zu befreien. Das ging aber nur, wenn der Weltenstein zerstört wurde, denn auf dem Stein beruhte Zaidons Macht. Weil diese Aktion ziemlich gefährlich war, schloss Irden zuvor das Tor zwischen den beiden Welten. Dazu praktizierte er den *Siebenmeerzauber*. Und damit niemand das Tor wieder öffnen konnte, versteckte Irden die sieben magischen Steine in den sieben Meeren.«

Siebenmeer. Mario erinnerte sich an das geheimnisvolle Lied der Wale und an das Raunen in Skyllas Kelpwald.

»Die Steine lagen jahrtausendelang dort, wo Irden sie hinterlassen hatte«, sagte Fortunatus. »Im Lauf der Zeit wurde auch die Umgebung von ihrer Magie beeinflusst. Deswegen war es so schwierig, die Steine zu bergen. Sie hatten sich praktisch selbst einen Schutz geschaffen.«

»Und wie ging es dann weiter, nachdem das Weltentor geschlossen war?«, fragte Mario ungeduldig. »Was hat Irden mit Zaidon gemacht?«

»Es kam zu einer großen Auseinandersetzung, einem schrecklichen Zauberduell zwischen Irden und Zaidon. Irden versuchte dabei, den Weltenstein zu zerstören. Die Meereswandler konnten zum Glück rechtzeitig fliehen, bevor Atlantis in Folge des Kampfes unterging. Es gelang Irden, Zaidon zu entmachten, doch Irden kam dabei um. Zaidon wurde im Duell ungeheuer geschwächt, aber er überlebte – dank des Bruchstücks des Weltensteins, das er heute noch immer hat. Er brauchte sehr, sehr lange, um sich zu erholen. Aber er hat es geschafft. Du hast ihn ja gesehen. Er träumt davon, sein Reich wieder aufzubauen, sobald er das fehlende Stück des Weltensteins hat.«

»Aber Sie werden es ihm niemals geben«, flüsterte Mario.

»Richtig. Ich habe andere Pläne, Mario.«

23. Kapitel
Fortunatus' Angebot

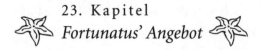

»Ich kann nicht mehr!«, stöhnte Spy, und die Verbindung zu Fortunatus brach ab.

»Tut mir leid«, entschuldigte sich der Fisch. »Aber es war zu anstrengend. Du hast so lange mit meinem Meister gesprochen. Ich konnte die Verbindung einfach nicht länger halten. Gönn mir eine kurze Pause, dann versuch ich es noch einmal.«

»Okay«, sagte Mario. Ihm schwirrte der Kopf von all den Dingen, die er eben erfahren hatte.

Talana musste faszinierend sein, eine magische Parallelwelt, die von Delfinen beherrscht wurde! Und er, Mario, war ein Stück dieser Welt! Schließlich war er ein Nachkomme jener ersten Meereswandler, die in Atlantis gelebt hatten ...

In diesem Moment machte Spy Mario ein Zeichen. Er hatte wieder Verbindung mit seinem Meister aufgenommen, und Mario konnte weiter mit Fortunatus sprechen.

»Ich will nach Talana«, sagte Fortunatus ohne Umschweife. »Ich muss diese magische Welt sehen!«

»Verstehe«, murmelte Mario. Er konnte Fortunatus' Wunsch tatsächlich ein wenig nachempfinden. Auch er selbst war von der Magie fasziniert. Und wie oft hatte er sich gewünscht, in eine andere, bessere Welt fliehen zu können – in eine Welt ohne Verfolgung und Angst. Aber dann musste Mario wieder an die vielen versteinerten Delfine denken.

Nein, Fortunatus war nicht im Recht. Dafür gab es keine Entschuldigung!

Mario schluckte. »Sie haben die Meereswandler gejagt«, flüsterte er. »Und Sie haben sie versteinert.«

»Das war nicht ich, sondern Zaidon.«

»Aber Sie haben da mitgemacht. Und wenn Sie ihm den Weltenstein gegeben hätten, dann –«

»Dann wäre ein Tyrann wieder an die Macht gekommen!«

Mario war jetzt völlig durcheinander. Er wusste nicht mehr, was er denken sollte.

»Aber meine Mutter«, sagte er und fühlte sich innerlich ganz zerrissen, »Ihretwegen muss sie sterben!«

»Deine Mutter muss nicht sterben, wenn ich die Steine habe«, widersprach Fortunatus.

»Nicht?« Mario schöpfte Hoffnung. Konnte Magie den Alterungsprozess doch wieder rückgängig machen?

»Wir werden das Weltentor öffnen, du und ich. Und dann gehen wir nach Talana und nehmen deine Mutter mit.«

»Aber –«

»In unserer Welt kann ihr niemand die verlorene Lebenszeit zurückgeben, Mario. Auch nicht mit Magie. Was weg ist, ist weg – für immer. Aber in Talana wird sie wieder so jung sein, wie du sie kennst. Ein junger, kräftiger Delfin …«

Mario dachte nach. Wenn das stimmte …

»Ich kann es gar nicht erwarten, in Talana zu sein.« Fortunatus fing an zu schwärmen. »Stell dir vor, was wir dort alles entdecken können. Eine völlig unbekannte Welt! Das muss dich doch genauso reizen wie mich. Du bist doch an allem interessiert. Und du riskierst schon mal was … Viele Jungs hätten nicht all diese Abenteuer auf sich genommen, um ihre Mutter zu retten. Dein Mut gefällt mir. Ich habe mir immer einen Sohn gewünscht, aber leider nie einen gehabt. In Talana könnten wir viel zusammen unternehmen. Ich könnte dir eine Menge beibringen.«

»Ich habe schon einen Vater, aber mit dem will ich nichts zu tun haben«, sagte Mario leise.

»Na, siehst du«, sagte Fortunatus. »Überleg's dir. Lass dir meinen Vorschlag durch den Kopf gehen. Natürlich musst du nicht nach Talana, du kannst auch hierbleiben. Es ist deine Entscheidung.«

»Und was ist mit Zaidon?«, fragte Mario.

»Zaidon, Zaidon! Der kann in seinem Wal bleiben und meinetwegen auch noch die nächsten tausend Jahre nach dem Weltenstein suchen und von Atlantis träumen.«

»Und Sheila?«, wollte Mario wissen. »Kann sie nicht auch mit nach Talana kommen? Vielleicht findet sie ja dort ihr Gedächtnis wieder!«

»Das weiß ich nicht«, antwortete Fortunatus. »Kann sein, kann auch nicht sein. Viel Hoffnung habe ich nicht. Wie ich schon sagte: Ich würde Sheila im Pazifik lassen. Dort ist sie ein glücklicher Delfin. Die Rückreise mit ihr würde lange dauern. Und allzu viel Zeit bleibt dir nicht mehr.«

»Warum?«, fragte Mario bang, obwohl er die Antwort bereits ahnte.

»Weil deine Mutter sonst tot ist. Und dann nützt es auch nichts mehr, wenn du sie nach Talana bringst.«

Mario schwieg.

»Ich hoffe, du triffst die richtige Entscheidung«, sagte Fortunatus.

Damit war die Verbindung unterbrochen.

Vierter Teil

Nur wer die rechte Entscheidung trifft,
hat auch die letzte Hürde umschifft.
Der Verräter findet die Lösung nicht,
der falsche Weg führt nicht ins Licht.

1. Kapitel
Die große Korallenbibliothek

Mario war völlig ratlos. Noch nie hatte er vor so einer schweren Entscheidung gestanden. Was sollte er tun? Er wollte Sheila nicht im Stich lassen, aber er wollte auch nicht, dass seine Mutter starb. Gab es denn keine andere Möglichkeit?
Er grübelte und grübelte.
Tief in seinem Herzen glaubte er fest daran, dass es für Sheila doch irgendwo ein Heilmittel geben musste. Vielleicht würde man ihr in Talana helfen können. Er wollte sie nicht einfach aufgeben und als Delfin im Pazifik zurücklassen, wie Fortunatus es vorgeschlagen hatte ... Außerdem gab es da auch noch die Prophezeiung. Wenn es vorbestimmt war, dass Sheila und er sich gemeinsam auf die Suche nach den Steinen machen sollten, bedeutete das nicht auch, dass sie dieses Abenteuer auch nur zu zweit zu Ende bringen konnten?
Mario dachte die ganze Nacht nach, und als der Morgen graute, hatte er einen Entschluss gefasst. Er würde Sheila auf alle Fälle mit zurücknehmen, auch wenn die Reise dadurch länger dauerte.
»Ich wusste, dass du dich so entscheiden wirst«, sagte Spy und seufzte.
»Woher wusstest du das?«, fragte Mario erstaunt.
»Ich hab es mir eben gedacht«, sagte Spy. »Sheila würde im umgekehrten Fall bestimmt genauso handeln, da bin ich sicher.«
Spy hat recht, dachte Mario und warf einen Blick auf Sheila, die gerade wieder einmal dabei war, einem Fisch hinterherzujagen. Sie würde mich auch nicht im Stich lassen.

Sheila hatte sich von hinten an den kleinen Fisch herangepirscht, schnellte nach vorne und schnappte sich den Winzling. Er zappelte einen Moment lang in ihrem Mund.

»Ach, du bist mir eigentlich noch zu klein«, sagte Sheila und ließ den Fisch wieder frei. »Wachse erst mal.« Der Kleine paddelte eilig davon.

Diese Szene erinnerte Mario an etwas. Er überlegte. Ach ja, Skylla und der kleine Fisch, der sein Leben hatte retten wollen …

Stopp! Hatte der Korallenwächter nicht etwas von einer Bibliothek erzählt? Mario strengte sein Gehirn an.

Das Korallenriff ist in Wirklichkeit eine riesige Bibliothek. Hier ist alles Wissen der Meere gespeichert, es ist der Platz aller Antworten.

Der Platz aller Antworten! Vielleicht war das die Lösung! Möglicherweise konnte er dort herausfinden, wie Sheila ihr Gedächtnis wiederfinden konnte.

»Spy«, rief Mario aufgeregt. »Hilf mir! Wir müssen die große Korallenbibliothek finden!«

Spy, der gerade ein paar Algen von den toten Korallen abgeknabbert hatte, kam sofort wieder herbei. »Eine Korallenbibliothek?«

»Ja«, sagte Mario. »Sie muss riesig sein, wenn sie alles Wissen der Meere enthält.« Er beschrieb das Bild, das ihm Skylla gezeigt hatte. »Hast du eine Ahnung, wo sich diese Bibliothek befindet?«

»Das kann eigentlich nur das Große Barriere-Riff vor Australien sein«, sagte Spy, nachdem er nachgedacht hatte. »Das ist nämlich riesig. Viele, viele Kilometer lang! Nach dem Hurrikan bin ich in der Nähe vorbeigekommen und hab mich gewundert, warum dort unter Wasser so viel los ist. Aber jetzt ist mir alles klar. Wenn das Große Barriere-Riff wirklich das ganze Wissen der Meere gespeichert hat ...«

»Weißt du noch die Richtung?«, fragte Mario aufgeregt.

»Natürlich.« Spy war fast beleidigt. »Mein Orientierungssinn ist erstklassig, das müsstest du doch schon gemerkt haben.«

»Dann nichts wie hin, Spy!«

Es war wirklich eine Qual, mit Sheila zu reisen – genau wie Fortunatus vorausgesagt hatte. Sheila hatte nicht die geringste Lust, sich ständig von Mario herumkommandieren zu lassen – und das zeigte sie ihm auch. Wenn er ihr sagte, dass sie sich beeilen sollte, dann schwamm sie extra langsam.

Spy schien zwischendurch ein bisschen gedrückt, weil Fortunatus von ihm hatte wissen wollen, ob sie sich schon auf der Rückreise befanden.

»Ich hab meinen Meister zum ersten Mal belogen«, gestand Spy. »Er hat meine Position auf dem Bildschirm gesehen und mich gefragt, warum wir solche Schlenker schwimmen. Ich hab ihm erzählt, dass wir wieder in ein Unwetter geraten sind und deswegen noch nicht die richtige Strömung erwischt haben.« Er sah Mario an. »Das kann er ja nicht nachprüfen.«

»Hat er auch nach Sheila gefragt?« Marios Herz klopfte schneller.

»Ja.«

»Und?«

»Ich hab gesagt, dass sie im Pazifik geblieben ist. – Ist nicht mal gelogen. Wir sind ja noch im Pazifik.«

»Sehr gut, Spy! Danke.«

»Ach ja, ach ja, ich hätte nie gedacht, dass ich so was mal mache«, sagte Spy nervös. »Ich hab ein furchtbar schlechtes Gewissen meinem Meister gegenüber.«

Mario hatte auch ein schlechtes Gewissen, sobald er an seine Mutter dachte. Hoffentlich lebte sie bei ihrer Rückkehr überhaupt noch.

Die Zweifel, ob er auch wirklich die richtige Entscheidung getroffen hatte, quälten Mario entsetzlich. Sie mussten sich beeilen.

Endlich kamen die ersten Ausläufer des Großen Barriere-Riffs in Sicht. Auf der ganzen Reise durch die Weltmeere hatte Mario noch nie eine derartige Fülle und Vielfalt von Korallen gesehen. Es gab sie in allen Farben und Formen. Manche Korallen sahen aus wie flache Pilze oder wie Baumscheiben, andere wiederum wie bunte Sträucher, Moos oder rote Farnwedel. Es gab Korallen, die weißen Blüten ähnelten oder roten Strohsternen. An verschiedenen Stellen wuchsen Korallen mit gelben Tentakeln, dazwischen leuchteten Seeanemonen.

Wie Spy schon erzählt hatte, wimmelte es hier von Fischen, die emsig herumwuselten, als hätten sie ungeheuer viel zu tun. Sheila machte gierige Augen, aber Mario stupste sie an. »Du hast doch gerade erst gejagt!«, sagte er. »Nicht schon wieder!«

Eine Karettschildkröte kam zwischen den Korallen hervor und schwamm ihnen entgegen.

»Kann ich euch helfen?«, fragte sie.

»Wir suchen die Bibliothek«, sagte Mario.

»Da seid ihr hier vollkommen richtig«, antwortete die Schildkröte. »Willkommen in der großen Korallenbibliothek. Seit Jahrtausenden sammeln und archivieren wir das gesamte Wissen der Meere. Wir haben Milliarden von Informationen. Unsere Altbestände sind ungefähr sechstausend Jahre alt, unser neuestes Wissen höchstens drei Sekunden. Wir aktualisieren ständig. Die neueren Informationen findet ihr in der Westabteilung, die Altbestände in der Ostabteilung. – Sucht ihr etwas Spezielles, oder wollt ihr euch nur umschauen?«

»Meine Freundin hat ihr Gedächtnis verloren«, erklärte Mario. »Sie ist den *Mantas des Vergessens* begegnet, und ich hätte gerne gewusst, ob man ihr helfen kann.«

»Abteilung Medizin, Gehirn, Amnesie«, schnarrte die Karettschildkröte. »Soviel ich weiß, sind da meine Kollegen von den Feuerkorallen zuständig. – Einen Moment, ich hole jemanden, der euch hinbringt.«

Sie paddelte davon und kam kurze Zeit später mit einem Korallenwächter zurück. Er sah ein bisschen schüchtern aus. Sein Leib war rot kariert, und er hatte einen schmalen Kopf mit einer endlos spitzen Nase.

»Iss bringe euch hin«, sagte er und lispelte dabei schrecklich. »Ess iss ssiemlich weit, und wir müssen auch tief runter. Sseid ihr gut ssu Flossse?«

Sie folgten dem karierten Fisch durch das farbenprächtige Korallenriff. Ein Schwarm geschwätziger blauer Doktorfische kam ihnen entgegen, und sie mussten ihnen ausweichen, wenn sie nicht mitten durch den Schwarm schwimmen wollten.

»Immer diessse Ssstudentengruppen«, beschwerte sich der Korallenwächter. »Rückssichtssslos!«

Wenig später sah Mario, wie zwei große Papageienfische mit ihrem riesigen Gebiss an den Korallen herumnagten und Stücke davon abbissen. Es knirschte laut. Der Korallenwächter geriet ganz aus dem Häuschen.

»Alarm, Alarm!«, rief er laut. »Sschon wieder Vandalen in der Bibliothek!« Sofort kamen kopfüber unzählige stachelige Geisterpfeifenfische herbeigestürzt, die die Papageienfische umzingelten und mit ihren schlanken Körpern eine Art Käfig um sie bildeten.

»Wir müssen aufpassen«, lispelte der Korallenwächter. »Die machen ssich nämlich einen Sspaß darauss, unssere Bibliothek ssu sserstören! Wenn dasss jeder machen würde!«

Nachdem er sich vergewissert hatte, dass die Geisterpfeifenfische sich um die beiden Papageienfische kümmern und sie zu dem verantwortlichen Abteilungsleiter – einem Riesenzackenbarsch – bringen würden, schwammen sie weiter.

»Wie lange dauert es denn noch?«, fragte Spy nach einer Weile.

»Geduld«, mahnte der Korallenwächter. »Wer ssu unss kommt, ssollte Sseit mitbringen.«

Zeit, dachte Mario und spürte, wie sich sein Bauch zusammenkrampfte. Gerade die haben wir nicht.

Das Riff war gigantisch und gut besucht. Vor allem an den Putzerstationen herrschte großer Andrang. Dort ließen sich große Fische von kleinen, emsigen Fischlein die Haut säubern.

»*Menss ssana in corpore ssano*«, murmelte der Korallenwächter. »Ein gessunder Geist wohnt in einem gessunden Körper. Gehört zum Sservice dess Hausses.«

Es ging weiter und weiter, und Mario fragte sich langsam, ob sie irgendwann an ihrem Ziel ankommen würden. Kannte sich der Korallenwächter in der riesigen Bibliothek überhaupt gut genug aus? Oder verirrte er sich zwischen den einzelnen Riffen, die einander so ähnlich waren – zumindest auf den ersten Blick?

»Wir ssind bald da«, kündigte der Korallenwächter endlich an. »Wir kommen nun in den ältessten Teil unsserer Bibliothek, dafür isst Nautiluss sszuständig.«

Die Korallen schienen wirklich schon sehr alt zu sein. Ihre Farben waren ausgebleicht, und von einigen Korallenarten standen nur noch die Skelette. Es ging ziemlich tief hinab. Nach einer Weile bat der Korallenwächter die Delfine und Spy, an dieser Stelle zu warten, bis es dunkel wurde.

»Vorher isst Nautiluss nicht ssu ssprechen«, erklärte er. »Er sschläft nämlich tagssüber.«

»Ausgeschlossen«, protestierte Mario sofort. »So viel Zeit haben wir nicht.«

»Wenn ess ssehr eilig isst, kann ich Nautiluss auch holen, aber er wird darüber ssehr ungehalten ssein«, lispelte der Korallenwächter aufgeregt.

»Hol ihn bitte trotzdem«, bat Mario.

»Na gut«, sagte der kleine Fisch. »Aber auf eure Verantwortung.« Damit tauchte er ab.

Es dauerte eine Ewigkeit, bis er wieder erschien – diesmal in Begleitung eines mürrischen Tintenfischs, der gar nicht begeistert darüber war, dass man ihn während seiner Ruhezeit gestört hatte.

»Worum geht's?«, fragte er barsch. »Ich beantworte nur sehr wichtige Fragen außerhalb der normalen Sprechzeiten.«

»Aber es ist wichtig«, beteuerte Mario. »Meine Freundin hier hat ihr Gedächtnis verloren. Sie ist leider den *Mantas des Vergessens* begegnet. Ich hätte gerne gewusst, was man tun kann, damit sie sich wieder an alles erinnert.«

»Medizin, Gehirn, Amnesie, Delfin«, brummte Nautilus. »Ich muss nachsehen, ob ich etwas finde.«

Er wollte schon fort.

»Einen Moment noch!«, sagte Mario. »Sie ist kein echter Delfin. Das heißt, sie sieht zwar so aus, aber in Wirklichkeit sind meine Freundin und ich Meereswandler. Wir können sowohl Menschen- als auch Delfingestalt annehmen.«

»Das weiß ich«, sagte der Tintenfisch. »Schließlich stamme ich aus einer der ältesten Tintenfisch-Familien und habe daher eine umfassende Bildung – was man bei manchen meiner Kollegen leider nicht behaupten kann. Ihr seid hier genau richtig. Unsere Bestände über die Meereswandler werden sehr selten benutzt. Seit ich hier arbeite, kamen nur zwei Anfragen. Bitte kommt mit.«

Er tauchte nach unten. Mario, Sheila und Spy folgten ihm, während der Korallenwächter sich verabschiedete und davonschwamm, weil er noch andere Aufgaben zu erledigen hatte.

Es wurde immer düsterer. Nautilus schwamm zu einer Höhle im Riff.

»Hier drin sind alle Informationen zu den Meereswandlern«, sagte er. »Das ist übrigens der älteste Teil der Bibliothek, sozusagen ihr Ursprung. Die Bestände sind ungefähr sechstausend Jahre alt.« Ehrfurcht schwang in seiner Stimme. »Man kann sagen, dass an dieser Stelle der Geist der Bibliothek zu Hause ist.«

»Vielen Dank«, sagte Mario zu dem Tintenfisch. »Äh …, ja … und wie benutzt man eigentlich die Bibliothek?«

Nautilus sah ihn tadelnd an. »So etwas Grundlegendes wisst ihr nicht?«

»Wir sind zum ersten Mal hier«, sagte Mario.

»Gut, dann zeige ich es euch.« Der Tintenfisch schwamm in die

271

Höhle hinein und berührte mit einem seiner Tentakel den Kopf einer Koralle.

»Meereswandler«, zischte sie. »A – Definition. B – Entstehung.«

»So ruft man das Inhaltsverzeichnis ab«, erklärte Nautilus. »Will man den ganzen Text hören, muss man die Koralle weiter unten berühren.«

Er schwamm zu einer anderen Koralle und berührte sie wieder.

»Meereswandler«, fauchte diese. »A – Anatomie. B – Krankheiten.«

»Hier sind wir schon richtig«, sagte der Tintenfisch zufrieden. »Ich wusste, dass es diese Koralle sein muss. Ich habe alles im Kopf.«

Einen Moment lang hielt er stolz inne. »Ich bitte euch, den Text nur einmal anzuhören«, sagte er dann. »Sonst nutzt sich die Bibliothek zu sehr ab. Gerade mit diesen alten Beständen muss man äußerst sorgsam umgehen.«

»Ich werde bestimmt aufpassen«, versprach Mario.

Er schwamm zu der Koralle, die der Tintenfisch berührt hatte, und tippte sie mit seinem Schnabel an.

»MEERESWANDLER«, fauchte sie wieder, diesmal erheblich ungehaltener. »A – ANATOMIE. B – KRANKHEITEN.«

»Was hab ich dir gerade gesagt?«, tadelte Nautilus. »Nur einmal abfragen. Diese Stelle hatten wir eben schon.«

»Entschuldigung«, sagte Mario. »Ich muss also weiter unten drücken?«

»Auf keinen Fall drücken!«, korrigierte ihn der Tintenfisch. »Nur ganz sacht antippen!«

Mario versuchte es und berührte die Koralle weiter unten.

»Krankheiten der Meereswandler«, wisperte sie. »Körperliche Krankheiten – berühre mich links. Geistige Krankheiten – berühre mich rechts.«

Mario überlegte, wie er Sheilas Gedächtnisverlust zuordnen sollte. Doch da geschah etwas völlig Unerwartetes.

Die Koralle fing an zu leuchten.

»O weh, Bakterienbefall«, rief der Tintenfisch entsetzt. »Ich hab es gewusst. Diese Altbestände sind extrem anfällig ...« Er verstummte.

Die Koralle glühte. Mario wich zurück. Es war, als würde die Koralle von innen heraus verbrennen. Der Lichtschein wurde heller und heller, und plötzlich stiegen unzählige farbige Bläschen in die Höhe. Die Bläschen formten erst ein großes Oval, dann bildeten sich aus dem Oval die Umrisse eines Delfins.

Mario und Sheila waren starr vor Schreck, der Tintenfisch schüttelte nur seinen dicken Kopf, und Spy hauchte: »Der Geist der Bibliothek!«

2. Kapitel
Irdens Geist

Der Geisterdelfin blickte Mario an. Seine Augen waren voller Güte und Weisheit.

»Du hast dich richtig entschieden«, sagte er. »Du hast deine Gefährtin nicht im Stich gelassen und die schwerste aller Prüfungen bestanden. Denn so heißt es in der Prophezeiung:

Der Standhafte wird das Schicksal wenden,
und Irdens Werk kann sich vollenden.«

»Wer … wer bist du?«, stammelte Mario verwundert.

Die leuchtenden Umrisse veränderten sich wieder und verwandelten sich diesmal in die durchscheinende Gestalt eines hochgewachsenen Mannes. Sein Gewand schimmerte violett und war so lang wie eine Mönchskutte. Das silbrige Haar fiel ihm lose über die Schultern, doch sein Gesicht wirkte jung und wach.

»Ich bin Irden«, sagte die Erscheinung.

»Irden?«, wiederholte Mario überrascht. »Ich dachte … ich dachte, Sie seien tot.«

»Fast«, antwortete Irden. »Ich konnte im letzten Moment fliehen. Ich war sehr geschwächt vom Kampf gegen Zaidon, aber es gelang mir noch, eine Prophezeiung zu hinterlassen. Die magischen Worte sollten mir erlauben zurückzukehren, wenn es an der Zeit ist. Nun ist es so weit – dank eurer Hilfe.«

Nautilus hatte sich von seinem ersten Schock erholt. »Sie sind wirklich Irden? Der Hüter der Steine? Ich kenne natürlich die Geschichte, aber ich habe nicht gedacht, dass es Sie tatsächlich gibt!« Er fuchtelte aufgeregt mit seinen Fangarmen. »Dann waren Sie die ganze Zeit hier in der Bibliothek?«

»Ja«, sagte Irden. »Vor vielen tausend Jahren schlüpfte das, was von mir übrig geblieben war, in diese Feuerkoralle. Es war reiner Zufall; es hätte genauso gut auch ein anderer Platz sein können. Ich brauchte vor allem Ruhe. Es kann sein, dass meine Anwesenheit den natürlichen Lebensraum etwas verändert hat. Magie neigt nun mal dazu, auch die Umgebung zu verzaubern.«

»Aber das ist doch wunderbar!«, rief der Tintenfisch begeistert. »Jetzt wissen wir endlich, warum an dieser Stelle eine Bibliothek entstanden ist! Anderswo gibt es auch Korallen, aber sie speichern nichts – sie sind einfach nur da, wachsen und sterben. Doch hier, am Großen Barriere-Riff, können die Korallen das Wissen der Meere bewahren. Und Sie sind die Ursache! Wie wunderbar, wie wunderbar! – Das muss ich sofort meinen Kollegen erzählen, die werden vielleicht Augen machen!«

Er verließ eilig die Höhle und murmelte dabei aufgeregt vor sich hin.

»Deine Freundin hat ein Problem«, sagte Irden, als er Sheila eine Zeit lang beobachtet hatte. »Ihre Augen sind so leer und ohne Ausdruck.«

»Ja«, entgegnete Mario. »Sie ist leider den *Mantas des Vergessens* begegnet, und seitdem weiß sie viele Dinge nicht mehr. Ich kam in die Bibliothek, um herauszufinden, ob es etwas gibt, was ihr hilft.«

»Ich kann ihr helfen«, sagte Irden, und Mario fiel ein Stein vom Herzen.

Irden streckte seinen durchscheinenden Arm aus.

275

»Nichts soll dein Gedächtnis mindern!
Fesseln, die dein Denken hindern
und sich unsichtbar drum winden,
sollen ab sofort verschwinden!«

Er krümmte seinen Zeigefinger, und aus Sheilas Kopf löste sich eine Art Spinnennetz. Die Fäden schimmerten wie glühender Kupferdraht. Irden winkte das Netz herbei, und es schwebte durchs Wasser auf ihn zu. Der Magier fing es mit der Hand auf und steckte es in seine Tasche.

»Gedächtnisfesseln«, sagte er. »Ich dachte es mir. Jetzt ist alles wieder gut.«

»Danke«, sagte Mario erleichtert.

Sheila sah sich verwirrt um. »Was war mit mir los?«, fragte sie. »Warum sind wir hier?«

Mario erklärte ihr alles.

»Hoffentlich haben wir nicht zu viel Zeit verloren«, sagte Sheila, als er geendet hatte. »Ach, es tut mir leid, dass ich euch solche Schwierigkeiten gemacht habe.«

»Schwierigkeiten macht eher Fortunatus«, sagte Mario.

»Warum?«, fragte Sheila. »Wir haben doch jetzt alle Steine.«

Mario hatte Sheila noch nichts von seinem langen Gespräch mit Fortunatus erzählt. Jetzt spürte er wieder einen unangenehmen Druck im Bauch, sobald er daran dachte. Wie Fortunatus ihn hatte einwickeln wollen!

»Wer ist Fortunatus?«, fragte Irden.

Mario erzählte dem Magier eine Kurzfassung der ganzen Geschichte. Irden war entsetzt, als er erfuhr, wie Zaidon die Meereswandler verfolgte und sie für seine Zwecke benutzte.

»Ich wusste zwar, dass ich Zaidon nicht ganz besiegt habe, aber ich hätte nie gedacht, dass er noch einmal so stark werden würde«, sagte Irden. »Er war damals mit seinen Kräften am Ende – genau wie ich. Doch deswegen Lebenszeit von den Meereswandlern zu stehlen! Was für eine Katastrophe! Aber leider passt es zu Zaidon, dass er sich Opfer und auch Helfer sucht, um seine Macht wiederzuerlangen. Dieser Fortunatus scheint mir jedoch seine eigenen Pläne zu verfolgen, wenn er das Bruchstück des Weltensteins für sich behält.«

»Fortunatus will nach Talana«, berichtete Mario. »Seit Zaidon ihm von dem magischen Reich erzählt hat, ist er ganz besessen von der Idee. Deswegen mussten wir für ihn die sieben Steine finden.«

»Er wird das Tor nicht öffnen können«, sagte Irden.

»Nicht?«, fragte Mario erstaunt.

»Um das Tor zu finden, braucht man den goldenen Gürtel«, antwortete Irden.

»Aber den hat mein Meister«, platzte Spy heraus, der die ganze Zeit nur gebannt zugehört hatte.

Irden war überrascht. »Er hat den Gürtel gefunden?«

»Ja«, sagte Spy.

Irden überlegte. »Das wird ihm trotzdem nichts nützen. Die Steine müssen nämlich in einer ganz bestimmten Reihenfolge im Gürtel angeordnet werden, nur dann funktioniert der Siebenmeerzauber. Es ist eine Art Code. Wenn die Reihenfolge nicht stimmt, verlieren die Steine ihre magische Kraft.«

Er sah Mario und Sheila ernst an. »Es ist nicht gut, wenn das Weltentor offen steht und sich die beiden Welten verbinden. Sie sind zu unterschiedlich. Und die Magie von Talana, die normalerweise für Gleichgewicht und Harmonie sorgt, gerät in dieser Welt leicht außer Kontrolle. Vor allem verdirbt sie denjenigen, der sie anwendet. Er wird süchtig danach, machthungrig und hartherzig. So ist es bei Zaidon geschehen, und so geschieht es gerade bei Fortunatus.«

Irdens Worte machten Sheila betroffen. Sie war so stolz auf sich gewesen, als sie das Amulett benutzt hatte, und ihre Zaubereien hatten ihnen unterwegs mehr als einmal das Leben gerettet. Aber sie hatte sich auch dabei ertappt, dass ihre Gedanken immer häufiger um die Magie kreisten. Selbst jetzt spürte sie ein Kribbeln im Bauch, wenn sie sich vorstellte, was mit ihr alles möglich war. War das der Einfluss des Weltensteins? Vielleicht ergriff er ja auch schon Besitz von ihr – genau wie er es bei Zaidon und Fortunatus getan hatte.

Das erschreckte sie. Sie wollte auf keinen Fall so werden wie Zaidon. Und auch nicht wie Fortunatus.

»Ich muss die Magie nach Talana zurückbringen«, sagte Irden jetzt. »Das Weltentor wird sich noch einmal öffnen. Zuvor aber werde ich hier alles regeln, was noch zu regeln ist. Das betrifft Zaidon, Fortunatus und vor allem auch die versteinerten Delfine auf dem Meeresgrund, die dort zu Unrecht gefangen sind.«

»Und was passiert mit meiner Mutter?«, fragte Mario. »Bekommt sie ihre verlorene Lebenszeit zurück?«

»Das wird etwas schwierig sein«, sagte Irden. »Weder der Weltenstein noch die sieben magischen Steine haben in dieser Welt genügend Macht, wenn Zaidon deiner Mutter schon fast die ganze Lebenskraft abgezapft hat. Richtig gesund kann ein so großes Wesen wie ein Meereswandler nur in Talana werden. Die Heilkraft Talanas ist nämlich ungleich stärker und wird deiner Mutter neue Lebensenergie geben.«

»Dann hat Fortunatus doch recht gehabt«, sagte Mario gedrückt. »Er wollte meine Mutter nach Talana bringen, weil sie dort wieder jung sein kann. Ich wäre mitgegangen.«

»Wenn das Tor offen ist, kannst du dich für eine Welt entscheiden«, sagte Irden. »Du bist ein Meereswandler. Du kannst entweder als Mensch in dieser Welt leben oder als Delfin in Talana. Der *Siebenmeerzauber* wird die beiden Naturen deines Wesens nämlich wieder trennen. Und nicht nur bei dir. Alle Meereswandler werden eine Wahl treffen müssen, wie sie in Zukunft leben wollen.«

»Das heißt, ich kann mich nicht mehr verwandeln?«, fragte Sheila.

»Nein«, antwortete Irden. »Überlege also gut, welchen Weg du gehen willst.«

In diesem Moment entstand draußen vor der Unterwasserhöhle Unruhe. Unzählige Korallenwächter und Geisterpfeifenfische drängten sich vor dem Eingang, um einen neugierigen Blick auf Irden zu werfen.

»Der Gründer der Bibliothek ...« – »Ein Geist!« – »Ein echter Zauberer!«

Nautilus versuchte vergebens, Ordnung in das Durcheinander zu bringen.

»Nicht alle auf einmal!«, rief er. »Ihr seid euch doch gegenseitig im Weg! So seht ihr gar nichts! Ruhe! Ruhe!«

Irden lächelte. »Ich glaube, es wird Zeit, von hier zu verschwinden. Auf uns wartet noch eine wichtige Aufgabe. – Habt ihr etwas dagegen, wenn ich euch mit meinen magischen Mitteln zurückbringe? Es steht uns die letzte Auseinandersetzung bevor. Dazu brauchen wir den goldenen Gürtel und das Bruchstück des Weltensteins, das Fortunatus besitzt.«

»Dauert die Reise lange?«, fragte Mario.

»Es wird schneller gehen als mit der *Hundertkraft*«, sagte Irden und breitete die Arme aus. »Vertraut mir!«

Er wurde durchsichtiger und durchsichtiger. Seine Umrisse lösten sich auf und zerflossen zu Wasser.

Auch Sheila merkte, wie sie eins mit ihrer Umgebung wurde. Sie fühlte sich leicht und schwebend. Ihr Körper wurde weich und breiter, dehnte sich nach allen Richtungen aus und zerrann …

Und genau wie die Ozeane der Welt untereinander verbunden waren, hatte sie den Eindruck, Teil eines einzigen großes Organismus zu sein – des Meeres.

3. Kapitel
Überraschender Besuch

»Dieser verdammte Fisch!«
Fortunatus starrte auf seinen Computerbildschirm. Er empfing Spys Signal nicht mehr. Eine Zeit lang war der kleine rote Punkt im Bereich des Großen Barriere-Riffs vor Australien zu sehen gewesen, und Fortunatus hatte sich schon gefragt, was zum Teufel Spy und Mario dort so lange machten. Warum setzten sie nicht die *Hundertkraft* ein und kamen schleunigst zurück, wie er es ihnen aufgetragen hatte?
Nach dem Gespräch mit Mario war Fortunatus überzeugt gewesen, dass es ihm gelungen war, den Jungen zu überreden und ihm die Sache mit Talana schmackhaft zu machen.
Aber jetzt war sich Fortunatus nicht mehr sicher. Diese ewigen Schlenker und Umwege im Großen Barriere-Riff – und nun auf einmal totale Funkstille! Da stimmte etwas nicht!
Ruhelos ging Fortunatus auf und ab. Seit dem Gespräch mit Mario hatte er nicht mehr geschlafen. Er konnte an nichts anderes denken als an die magischen Steine, die er bald in den Händen halten würde. Immer wieder griff er nach dem goldenen Gürtel. Seine Hände zitterten dabei wie im Fieber. Talana, eine Welt der Magie und Zauberei. Sein Traum war ganz nah! Er konnte es noch immer nicht glauben.
Zaidon gegenüber war er sogar etwas leichtsinnig geworden. Die Fragen des Lords hatten ihn genervt, und er hatte ihm zuletzt erzählt, dass die Kinder etwas gefunden hätten und sich nun auf der Rückreise befänden.

»Atlantis«, hatte Zaidon gekrächzt. »Jetzt wird mein Reich bald wiedererstehen. Endlich!«

Darauf kannst du warten, bis du schwarz wirst, hatte Fortunatus grimmig gedacht.

Wie sehr er diesen egoistischen Alten verabscheute, der einzig von dem Gedanken an Atlantis am Leben gehalten wurde. Ein Besessener!

Da!

Ein Geräusch von draußen.

Fortunatus zuckte zusammen.

Schritte.

Jemand war auf dem Schiff.

Fortunatus griff hastig nach dem goldenen Gürtel, um ihn zurück in den Tresor zu legen. Sein Herz hämmerte, während er ihn in der Wandöffnung verschwinden ließ. Wer kam da an Bord?

Als er sich der Tür näherte, um nachzusehen, bemerkte er, dass das Gemälde mit dem Nordkap schief hing. Deutlicher konnte man nicht auf den Tresor aufmerksam machen!

Fortunatus kehrte um und rückte das Bild zurecht. Im selben Moment ging die Tür auf. Er drehte sich um und starrte den blonden Jungen, der im Türrahmen stand, an wie einen Geist.

»Mario ... du ...« Im nächsten Moment hatte er sich gefasst. »Hast du die Steine dabei?«

Mario trat wortlos zur Seite, um Platz für ein Mädchen zu machen.

»Spy hat sie noch in seinem Bauch«, sagte Sheila und trat an die andere Seite der Tür.

»Du!«, rief Fortunatus, jetzt noch mehr überrascht. »Ich dachte, du hast ... du bist ...«

Sie sah ihn mit kalten Augen an. »Mario hat mich nicht im Stich gelassen!«

Jetzt kam noch ein dritter Besucher, ein hagerer Mann mit silbrigem Haar und einem violetten Gewand. Fortunatus hatte ihn noch nie zuvor gesehen.

»Wer sind Sie?«

»Der Hüter der Steine.«

»Machen Sie sich nicht lächerlich«, sagte Fortunatus mit heiserer Stimme. »*Hüter der Steine!*« Es klang ironisch. »Die Steine gehören Ihnen nicht.«

»Vielleicht doch«, entgegnete der Fremde. »Ich bin Irden.«

»Irden?« Fortunatus war fassungslos. Das konnte nicht sein. Zaidon hatte Irden getötet. Der Fremde wollte ihn reinlegen. »Das müssen Sie erst mal beweisen!«

»Du hast meinen goldenen Gürtel!«

Fortunatus verkrampfte sich. Wie konnte der Fremde davon wissen? Spy – natürlich! Der hatte geplaudert.

»Und wenn? Ich habe den Gürtel gefunden, er gehört mir! Mir allein!«

»Es ist *mein* Gürtel, und ich kann mich nicht erinnern, ihn dir geschenkt zu haben«, sagte der Fremde. »Aber da du offenbar ohnehin Probleme mit deinem Gedächtnis hast, macht es dir sicher nichts aus, wenn ich dir ein Andenken an die *Mantas des Vergessens* schenke.«

Er griff in die Tasche seines Gewands und zog etwas heraus, das aussah wie ein rot glühendes Spinnennetz.

Fortunatus traute seinen Augen nicht, als das Spinnennetz durch den Raum schwebte, direkt auf ihn zu. Zwei Meter vor ihm wurde es plötzlich unsichtbar. Trotzdem spürte er noch seine Anwesenheit, es musste dicht vor ihm sein … nein, über ihm … Es knisterte in der Luft wie bei elektrostatischer Entladung. Dann hatte Fortunatus das Gefühl, dass sich eine Fessel um seinen Kopf legte.

Magie!, war sein letzter Gedanke, bevor er vergaß, wer seine Gäste waren und dass er sich Fortunatus nannte.

Während Fortunatus mit leerem Blick an seinem Schreibtisch lehnte, schob Irden das Gemälde beiseite. Der Tresor kam zum Vorschein.

Irden lächelte nur, als er das Tastenfeld sah, in das der Code eingegeben werden sollte. Ein kleiner Blitz aus dem Zeigefinger genügte, und der Tresor sprang auf.

Irden griff hinein und holte den goldenen Gürtel heraus, der sich sofort um seine Hüften schlang – gerade so, als hätte der Gürtel seinen Herrn wiedererkannt.

Ein zweiter Griff in den Tresor – und Irden hielt Fortunatus' Bruchstück des Weltensteins in der Hand. Es war fast so groß wie das Stück, das Zaidon besaß. Deutlich erkannte man zwei abgeschlagene Stellen. Dort hatte Fortunatus die beiden Steine für die Amulette herausgetrennt.

Irden nickte zufrieden. »Sehr gut. – Eure Amulette brauche ich übrigens auch, damit der Weltenstein vollständig ist.«

Mario und Sheila griffen nach den Ketten, die sie noch immer umgehängt hatten, und reichten sie Irden.

»Danke«, sagte Irden. »Jetzt haben wir alles. – Das heißt …« Er sah sich suchend im Raum um und trat dann an einen der beiden Computer. »Fortunatus wird sich zwar an nichts mehr erinnern können, was in den letzten fünfzehn Jahren passiert ist, aber si-

284

cher gibt es noch etliche Aufzeichnungen in seinen Computern. Das kommt besser auch weg.«

Mario und Sheila sahen zu, wie durch Irdens magische Kraft die Computer zu knistern und qualmen begannen. Alle Dateien verschwanden; technische und persönliche Aufzeichnungen wurden gelöscht, Fortunatus' E-Mails, sämtliche Korrespondenz mit der Außenwelt, das Adressbuch, seine Bankverbindungen, der Internetzugang ... Zuletzt waren alle Speicher und Festplatten so leer, als hätte man sie gerade erst hergestellt.

»So«, sagte Irden zufrieden. »Jetzt können wir gehen.«

Fortunatus zuckte mit keiner Wimper, als sie den Raum verließen.

Im Gang blickte Irden noch einmal zurück, konzentrierte sich voll auf Fortunatus und begann, sich zu verwandeln.

Vor Marios und Sheilas Augen entstand ein zweiter Fortunatus – eine perfekte Kopie des Originals. Der verwandelte Irden nahm Fortunatus' Taucheranzug vom Haken und schlüpfte hinein. Er zog die Maske über und griff nach einer der Sauerstoffflaschen.

»Ich werde Zaidon nämlich ein wenig täuschen müssen«, sagte er auf dem Weg zum Deck.

»Perfekt«, meinte Mario bewundernd. »Sie sehen Fortunatus total ähnlich.«

»Der goldene Gürtel passt aber nicht dazu«, merkte Sheila kritisch an.

»Du hast recht«, antwortete der Magier. »Ich wollte ihn sowieso Spy geben. Bei ihm ist er vorläufig gut aufgehoben.«

Er ging zu der schmalen Leiter und sprang von Bord.

Mario und Sheila sprangen hinterher, verwandelten sich unter Wasser in Delfine und folgten Irden und Spy zu Zaidons Wal.

4. Kapitel
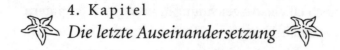
Die letzte Auseinandersetzung

»Oh, ich wünschte mir, ich könnte Luft atmen und dabei sein«, sagte Spy aufgeregt, als er am Eingang des Wals zurückbleiben musste. Er hatte sich den goldenen Gürtel um seinen Leib gewickelt und versprochen, gut darauf aufzupassen.

»Wir werden dir später alles erzählen, Spy«, versicherte Sheila ihm jetzt. »Drück uns die Daumen, dass alles klappt und Zaidon das Täuschungsmanöver nicht durchschaut.«

»Die Daumen drücken?«, fragte Spy verwundert. »Ich kann höchstens ein paar Flossen zusammenkneifen, wenn das etwas nützt!«

»Komm jetzt«, sagte Mario zu Sheila. »Ich glaube, der Eingang geht gleich auf.«

»Okay.« Sheila streichelte Spy mit ihrer Flosse. »Bis bald, Spy.«

»Mach's gut, Sackfisch«, sagte Mario.

»Viel Glück«, sagte der Fisch mit zitternder Stimme.

»Das können wir brauchen«, antwortete Mario.

Sheila merkte, wie angespannt Mario war. In wenigen Augenblicken würde er seine Mutter wiedersehen.

In diesem Augenblick spürte sie einen starken Sog. Das riesige Maul des Wals öffnete sich und nahm gewaltige Wassermassen auf. Spy brachte sich rechtzeitig in Sicherheit. Sheila, Mario und Irden wurden von der Strömung erfasst und ins Innere des Wals geschwemmt, wo sich die beiden Delfine in Menschen zurückverwandelten.

Der dumpfe, modrige Geruch erinnerte Sheila an ihren ersten Besuch in Zaidons Palast, und genau wie damals stieg Angst in ihr auf. Der Ort war so unheimlich und düster, eine Mischung aus Technik, Verfall und Magie. Sie hatte Herzklopfen bei dem Gedanken daran, dass sie gleich Zaidon gegenüberstehen würden, diesem mumienhaften Greis, der in seinem Muschelthron kauerte. Sheila dachte an seine boshaften smaragdgrünen Augen. Sie griff nach Marios Hand und drückte sie fest.

Er drückte zurück – ein stilles Übereinkommen, dass sie einander beistehen würden, wie sie es auf ihrer ganzen Reise getan hatten. Sheila bedauerte es insgeheim, dass sie ihr Amulett nicht mehr trug. Sie hatte sich damit viel sicherer gefühlt.

Nachdem sie die Schleuse passiert hatten, torkelte ihnen schon der Groll entgegen.

»Hallo, Forty«, begrüßte er Irden, während dieser die Maske auf die Stirn schob.

»Hallo, Groll!«

Der Groll blähte sich wichtigtuerisch auf, und seine Augen traten noch mehr hervor als sonst.

»Mitkommen!«, schnarrte er im Befehlston. »Meister wartet.«

Auf Sheila wirkte der Groll wie fleischgewordene Kaltblütigkeit. Aber konnte jemand anders sein, der schon viele Jahre lang mit Zaidon zusammenlebte?

Sie näherten sich dem Thron. Alles sah genauso aus wie beim letzten Mal. Das rötliche Dunkel, die dicken Kabel an der Decke, Zaidons Schläuche … Auch der gläserne Sarg war noch da. Sheila hörte, wie Mario die Luft einzog. Sie drückte wieder seine Hand.

»Sie lebt noch«, flüsterte sie. »Bestimmt.«

»Hoffentlich«, wisperte Mario und schluckte.

Jetzt drehte sich der Thronsessel, und sie sahen Zaidon.

»Ich grüße Sie, Lord der Tiefe«, sagte Irden mit Fortunatus'
Stimme und neigte höflich seinen Kopf. »Ich freue mich, dass ich
Ihnen den Weltenstein bringen kann. Diese beiden Meereswandler haben ihn endlich gefunden.« Zum Beweis hob er den Weltenstein hoch, zog ihn aber sogleich zurück, als Zaidon seine gekrümmte Hand danach ausstrecken wollte.

Der Lord verzog seine schmalen Lippen zu einem Lächeln. »Seid
willkommen. – Nun gib mir schon den Stein!« Er bewegte ungeduldig seine Finger.

Es kam Sheila vor, als sei sein Blick noch stechender als früher. Sie
bekam eine Gänsehaut. Hoffentlich durchschaute Zaidon das
falsche Spiel nicht! Irden war zwar stark, aber war er stark genug
für den Lord der Tiefe?

»Selbstverständlich werde ich Ihnen den Stein geben«, sagte Irden.
»Aber ich will auch eine Belohnung. Fünfzehn Jahre lang habe ich
zusammen mit Ihnen nach dem Stein gesucht und alles andere
dafür aufgegeben. Sie haben mir versprochen, dass ich im neuen
Atlantis ein wichtiger Mann sein werde. Gilt Ihr Wort noch?«

Mario und Sheila wechselten einen Blick. Irden spielte Fortunatus' Rolle sehr überzeugend!

»Natürlich gilt mein Wort noch.« Zaidons Augen begannen zu
flackern, und er blinzelte nervös. »Zweifelst du etwa daran?«

»Wenn ich ehrlich bin, ja«, sagte Irden. »Können Sie Ihr Versprechen bitte vor diesen beiden Zeugen wiederholen?«

Zaidon lachte kurz auf. »Nichts leichter als das. Ich verspreche
dir also vor diesen beiden Kindern, dass ich …«

»Nein, halt«, fiel ihm Irden ins Wort, »das genügt mir nicht.
Ich möchte, dass Sie einen Eid auf den Weltenstein leisten! Wir
fügen die beiden Teile zusammen, Sie legen Ihre Hand darauf

und schwören, dass Sie mich zum Prinz von Atlantis machen werden!«

Zaidon zögerte einen Moment. »Einverstanden«, sagte er dann.

Sheila hatte unwillkürlich den Atem angehalten. Sie warf wieder einen Blick zu Mario, aber dieser schaute gerade zu dem gläsernen Sarg. Sheila ahnte, dass er am liebsten zu seiner Mutter gestürzt wäre und sie aus dem Sarg befreit hätte. Doch er musste sich gedulden, um Irdens Plan nicht zu gefährden.

Zaidons Weltenstein stand noch immer auf dem Brenner mit dem blauen Feuer. Als Irden an den Tisch trat und den silbrigen Stein aus der Halterung nahm, fauchte ihn die Flamme wütend an und züngelte nach ihm. Irden lächelte nur. Er hielt die beiden Bruchstücke aneinander. Sofort verschmolzen die Steine, als hätten sie nur aufeinander gewartet. Irden ergänzte den Stein mit den beiden Amuletten. Jetzt waren auch die letzten Lücken geschlossen. Irden ging zu Zaidons Thron und hielt ihm den Stein hin.

»Sie sehen – der Stein ist vollkommen heil, ohne Kanten oder Risse. Er hat wieder seine ganze Kraft. Bitte schwören Sie nun, Lord der Tiefe, schwören Sie bei der Macht des Steins!«

Zaidon hob den Arm und legte seine Hand auf den Stein.

»Ich schwöre ...«

Irden legte seine rechte Hand auf Zaidons Hand. Der Lord der Tiefe sah ihn einen Augenblick lang misstrauisch an.

»... bei der Macht des Weltensteins ...«

»..., dass sämtliche Lebenskraft, die den Meereswandlern gestohlen wurde, in den Stein zurückfließt!«, rief Irden.

Der Weltenstein begann zu glühen. Zaidon zuckte zusammen und wollte seine Hand zurückziehen, doch Irden presste sie auf den Stein. Zaidon stöhnte laut auf.

»Du bist ein Betrüger!«

Er wand sich in seinem Sessel. Seine Gesichtszüge verzerrten sich. Die Schläuche sprangen von ihm ab, als hätte jemand sie mit einem Messer durchgeschnitten.

»Das … machst … du … nicht … mit … mir!«

Die Worte schienen Zaidon große Mühe zu kosten. Sheila sah, wie sich der Lord der Tiefe konzentrierte. Dann schossen Blitze aus seinen Augen, und ein magisches grünes Feuer setzte Irden in Brand. Der Taucheranzug schmolz, seine Verwandlung fiel von ihm ab, und Irden wurde wieder zu jener durchscheinenden Gestalt, die Mario und Sheila in der Korallenbibliothek gesehen hatten.

»DU!«, fauchte Zaidon. »Hab ich dich nicht vor mehr als sechstausend Jahren mit meinen eigenen Händen getötet?«

»Das wäre dir fast gelungen«, presste Irden mühsam hervor. Es strengte ihn ungeheuer an, Zaidons Hand festzuhalten. »Aber mit letzter Kraft konnte ich einen Teil von mir retten. Jetzt bin ich zurückgekehrt, aber im Gegensatz zu dir musste ich mir dafür keine fremde Lebensenergie aneignen!«

»Du hast Atlantis zerstört! Du bist schuld, dass mein Reich unterging! Wie ich dich dafür hasse, Irden!«

»Du hast deine Untertanen wie Sklaven gehalten. Deine Freunde und du, ihr habt auf Kosten der Meereswandler gelebt!«

»Du hast dich in Dinge eingemischt, die dich nichts angingen!«, schrie Zaidon.

»Und du hast den Weltenstein aus Talana gestohlen, damit du hier mächtig wirst!«, zischte Irden. »Deinetwegen haben sich die beiden Welten vermischt, deinetwegen wurde das Gleichgewicht gestört!«

»Du hast kein Recht, mein Leben zu zerstören!« Fast wäre es Zaidon gelungen, seine Hand zurückzuziehen, doch Irden griff danach und presste sie wieder gegen den Stein.

»Du bist ein Dieb! Gib die Lebensenergie zurück, die dir nicht gehört!

Die so dreist gestohlene Lebenszeit
summiert sich schon lange zur Ewigkeit!
Der Weltenstein sei jetzt für jene da,
die litten und denen Unrecht geschah.
So wird sich alles zum Guten wenden!
Doch deine Zeit wird in Kürze enden!«

Zaidon schrie laut auf.

Sheila sah deutlich, wie weiße Energie aus seiner Hand in den Weltenstein strömte. Gleichzeitig schien Zaidon Kraft zu verlieren.

Da schlich sich der Groll heimlich von hinten an Irden heran, um ihn anzugreifen. Doch Mario und Sheila stürzten dazwischen und hielten den Groll fest. Der Kugelfisch versuchte freizukommen, indem er sich fallen ließ und sich auf dem Boden wegrollte. Dabei schnappte er nach Marios Knöchel, aber Mario zog schnell sein Bein weg, bevor der Groll zubeißen konnte. Sheila packte seine dünnen Arme und schleuderte ihn quer durch den Raum. Es dauerte eine ganze Weile, bis sich der Groll mit seinen Teleskopbeinen wieder aufrappelte; immer wieder fiel er um. Anscheinend war eines seiner Scharniere beschädigt.

Unterdessen war Zaidon in seinem Thron deutlich zusammengeschrumpft – wie eine Mumie, die nach vielen Jahrtausenden Abgeschlossenheit plötzlich der Luft ausgesetzt und von ihr zerstört wird.

»Aaaahhhh!«

Zaidons frei baumelnder Arm fing an, zu Staub zu zerfallen. Dann zerfiel auch die linke Körperhälfte und rieselte auf den Boden. Neben dem Thron bildete sich ein graues Häuflein Schmutz. Der Kopf und die Hand, die Irden auf den Weltenstein drückte, hielten es am längsten aus. Bevor der Kopf zur Seite kippte und sich auflöste, stieß Zaidon noch einen grässlichen Fluch aus. Ein rot glühender Blitz schoss haarscharf an Irden vorbei, der sich rechtzeitig duckte. Der Fluch sauste quer durch den Raum und bohrte sich in die Wand des Wals. Sofort entstand dort ein Leck, und es begann, Wasser hereinzusickern.

Der Groll, der nun endlich wieder auf den Füßen stand, war unschlüssig, was er tun sollte. Er starrte auf das Häuflein Staub, das von seinem Herrn übrig geblieben war, machte einen Schritt darauf zu, zögerte, überlegte es sich anders und torkelte durch den Raum, um sich um das Leck zu kümmern.

Irden sah erschöpft aus. Noch immer loderten seine Umrisse in grünlichem Feuer, das zum Glück aber nach und nach schwächer wurde und schließlich erlosch. Irden drehte sich zu Mario und Sheila um, hob den Weltenstein hoch und lächelte mit schmerzverzerrtem Gesicht.

»Diesmal wird Zaidon nicht wiederkehren können.«

Sheila schluckte. Sie zitterte am ganzen Leib. Auch Marios Lippen bebten. Als Irden ihm zunickte, stürzte er auf den gläsernen Sarg zu.

Sheila folgte ihm.

Da lag Alissa.

Mario sah auf sie herunter, und Tränen stiegen ihm in die Augen. Seine Mutter sah fast so aus wie in dem Albtraum, den er in Skyllas Labyrinth gehabt hatte. Hilflos und alt. So blass wie der Tod, die Haut runzelig und das Haar schlohweiß. Der Körper zusammengeschrumpft. Und dünn, so dünn! Dabei war Alissa so kräftig gewesen!

Aber anders als in seinem Traum atmete sie noch. Fast unmerklich hob und senkte sich ihre Brust. Ihr Atem bewegte gleichmäßig eine Haarsträhne, die ihr ins Gesicht fiel.

Mario war unendlich erleichtert, Alissa noch lebend anzutreffen, zugleich war er zutiefst darüber schockiert, wie sehr sie sich verändert hatte. Zum Glück steckte der schreckliche Schlauch nicht mehr in ihr.

»Mama!« Er versuchte, den gläsernen Sargdeckel anzuheben. »Alles wird gut. Ich bin wieder da. Kannst du mich hören?«

Irden legte seine Hand auf seinen Arm.

»Hab Geduld, Mario. Lass sie noch schlafen. Ihr Zustand ist stabil. Weck sie erst, wenn sich das Weltentor öffnet. Dann kannst du sicher sein, dass sie es auch wirklich schafft.«

Marios Magen krampfte sich zusammen. Noch länger warten! Wusste Irden überhaupt, wie schwer das war?

»Es ist besser für deine Mutter, glaub mir«, wiederholte der Magier. »Aber dich und Sheila brauche ich jetzt. Wir müssen uns nämlich um die Meereswandler kümmern, die Zaidon versteinert hat.«

5. Kapitel
Friedhof der Delfine

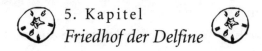

Irden schaffte es, den Wal in Gang zu setzen und durch das Meer zu steuern. Sobald der Magier einen Hebel bewegte oder ein Instrument bediente, äugte der Groll misstrauisch zu ihm hinüber und gab ein ärgerliches Grollen von sich. Aber er wagte es nicht, Irden oder die beiden Kinder anzugreifen.

Sheila schaute durch ein Bullauge und sah, dass Spy den Wal begleitete. Sie klopfte gegen die Scheibe, um den Fisch auf sich aufmerksam zu machen. Spy schwamm auch gleich herbei. Sheila zeigte mit dem Daumen nach oben, um ihm zu signalisieren, dass alles in Ordnung war.

Mario hatte das Leck nochmals notdürftig abgedichtet, aber noch immer tropfte etwas Wasser herein. Lange würden sie so nicht mehr fahren können.

Sheila hatte trotzdem das Gefühl, dass der Wal mit geradezu schlafwandlerischer Sicherheit sein Ziel fand. Es gab keine Umwege, kein Zögern ... Mit gleichmäßigem Tempo schwamm der Wal durchs Meer.

Sheila fand es eigenartig, die Unterwasserlandschaften jetzt durch ein Bullauge zu betrachten, anstatt sie mit den Sinnen eines Delfins zu erleben. Wie würde es in Zukunft sein? Irden hatte ja angekündigt, dass sie sich bald entscheiden mussten, ob sie als Mensch oder als Delfin leben wollten. Ob Mario nach Talana gehen würde? Seine Mutter konnte nur dort wieder jung sein – und Sheila konnte sich nicht vorstellen, dass Mario sich von seiner Mutter trennen würde – jetzt, wo er sie endlich wiederhatte.

Der Wal verlangsamte sein Tempo. Nun sah Sheila auch die Schatten vor dem Fenster. Hunderte von steinernen Gestalten, neben- und übereinander, mit Algen und Muscheln überwachsen. Lauter Delfine! Manche lagen schon seit vielen Jahren da, andere waren erst in diesem Sommer dazugekommen. Einige schienen sich im letzten Moment gegen ihr Schicksal gewehrt zu haben, und es sah so aus, als würden sie sich zornig aufbäumen. Andere wiederum wirkten matt und erschöpft wie nach einem langen Kampf.

Sheila empfand ein entsetzliches Grauen – genau wie damals auf Fortunatus' Jacht, als sie zum ersten Mal den Delfin-Friedhof gesehen hatten. Wie hatte Zaidon nur so etwas tun können! All diese Menschen, die plötzlich verschwunden und nie wieder aufgetaucht waren!

Während Sheila noch hinausstarrte, merkte sie, wie der Magier neben sie trat.

»Komm«, sagte Irden zu ihr. »Du und Mario, ihr müsst mir jetzt helfen.«

Durch die Schleuse gelangten sie nach draußen. Sheila und Mario verwandelten sich in Delfine, und auch Irden nahm Delfingestalt an. Sein Leib war wieder leicht durchscheinend – ein Geisterdelfin. So hatte sich Irden ihnen in der Korallenbibliothek gezeigt.

Auch Spy schwamm neben ihnen her, als sie sich den versteinerten Meereswandlern näherten. Sheila vermisste sein munteres Plappern, er war ungewöhnlich schweigsam; wahrscheinlich spürte er, dass es jetzt um etwas sehr Wichtiges ging.

Irden trug den Weltenstein im Schnabel, und der Stein verbreitete im Wasser einen sanften hellen Schein.

Schließlich waren sie mitten im Friedhof der Delfine. Unter ihnen und neben ihnen ruhten die versteinerten Gestalten. Sheila blickte in die reglosen Gesichter. Manche schienen zu schlafen, andere sahen aus, als seien sie mitten in der Bewegung erstarrt und warteten nur darauf, dass sich der Zauber löste. Wut, Hass, Trauer und Resignation – die Augen der versteinerten Delfine drückten die unterschiedlichsten Gefühle aus.

Es war ein unheimlicher Ort. Das Wasser schimmerte grünlich; das Sonnenlicht hob einzelne Gestalten hervor, während andere Delfine schwarz und düster im Schatten lagen.

Und es war still.

Totenstill.

»All die Lebensenergie, die sich Zaidon angeeignet hat, steckt jetzt in diesem Stein«, sagte Irden zu Mario und Sheila. »Um die Delfine zurückzuverwandeln, muss ich die Energie freilassen. Bitte steht mir bei und haltet mich bis zum Schluss. Es ist ein sehr anstrengender Zauber, und es kann sein, dass mir dabei die Kräfte schwinden.«

»Wir werden alles tun, was wir können«, sagte Mario.

Irden konzentrierte sich und begann:

> *»Des Lebens beraubt,*
> *von Algen gehegt,*
> *mit Silber bestaubt,*
> *mit Zauber belegt.*
> *Ob jung oder alt,*
> *nehmt an die Gestalt,*
> *die ihr einst gewesen!*
> *Die Welt kommt ins Lot,*
> *sobald ihr genesen*
> *vom steinernen Tod.«*

Silberner Staub stieg aus dem Weltenstein auf und formte sich zu Wolken aus glitzernden und flimmernden Teilchen. Die Wolken schwebten über die Delfine, und der glänzende Staub senkte sich über die versteinerten Gestalten wie der Schnee in einer Schneekugel.

Bald waren die Delfine mit einer silbrigen Schicht bedeckt. Hie und da regte sich schon ein Leib, eine Flosse wurde lebendig, ein Kopf drehte sich zu ihnen um.

Noch immer sprühte die Staubfontäne aus dem Weltenstein, das Meer wurde erfüllt von magischem Silber und funkelndem Zauberglanz, während der Stein in Irdens Delfinschnabel kleiner und kleiner wurde.

Sheila schaute und staunte, und als sich der erste Delfin vom Meeresboden erhob und durchs Wasser glitt, empfand sie ein wunderbares Glücksgefühl. Fast hätte sie darüber vergessen, was Irden ihnen aufgetragen hatte. Mario musste sie anschubsen und daran erinnern.

»Wir müssen Irden helfen, er wird schwächer!«

Es stimmte. Irdens Schnabel zitterte, und Sheila konnte gerade noch verhindern, dass der Weltenstein herausfiel. Irden hatte die Augen halb geschlossen, seine Flossen bebten, als litte er unter Krämpfen. Mario strich ihm über die Flanken und stützte ihn von unten, damit er nicht absank.

Im Meer war inzwischen Bewegung entstanden. Fast alle Delfine zeigten jetzt Anzeichen von Leben. Einige schwammen bereits herum, noch taumelnd und unsicher nach ihrer langen Starre.

»Hört mir zu«, sagte Irden mit schwacher Stimme. »Zaidon hat euch in Stein verwandelt, und einige von euch waren viele Jahre lang auf dem Meeresgrund gefangen. Bald wird sich das Tor zwischen dieser Welt und Talana öffnen, aber nur für kurze Zeit. Jeder Meereswandler kann wählen, ob er ein Delfin sein will in Talana oder ein Mensch in dieser Welt. Wer sich alt und schwach fühlt, ist in Talana gut aufgehoben. Dort können ihm die verlorenen Jahre zurückgegeben werden. Aber wer sich hier heimisch fühlt, soll bleiben.«

Er stöhnte. Der Weltenstein war inzwischen so klein wie eine Walnuss, aber er sprühte noch immer, wenn auch schwächer.

»Was geschieht eigentlich mit den anderen Meereswandlern, die jetzt nicht hier sind?«, fragte Mario.

»Sie bleiben Menschen und verlieren ihre Fähigkeit, sich in Delfine zu verwandeln, sobald das Weltentor wieder geschlossen ist«, antwortete Irden leise.

»Sie können also nicht wählen?«, wollte Sheila wissen. »Sie dürfen nicht nach Talana?«

Irden schüttelte den Kopf. »Das Tor darf nicht … zu lange offen sein … Vielleicht irgendwann … später …«

Das Sprechen fiel ihm immer schwerer. Er wandte sich an Mario.

»Sag den Delfinen vor uns«, flüsterte er matt, »dass sie sich bald entscheiden müssen. Wer für immer ein Mensch sein will, soll uns in den Wal begleiten. – Ich kann nicht mehr!«

Sein Kopf sank herab. Sheila war sofort zur Stelle und stützte ihn, während Mario den Delfinen mitteilte, was Irden gesagt hatte.

Die Meereswandler fingen an zu murmeln. Etliche von ihnen hatten noch nie etwas von Talana gehört, und Mario erklärte ihnen, was er von Talana wusste: dass es eine Wasserwelt mit Delfinen war und dass Magie dort eine wichtige Rolle spielte.

»Und es soll eine Art Paradies sein«, fügte er hinzu, denn er erinnerte sich daran, was die Belugas in ihrem Lied über Talana erzählt hatten.

Sheila kümmerte sich unterdessen um Irden, der ganz schwach und kraftlos war. Spy unterstützte sie dabei.

»Es geht nicht länger, ich muss zurück«, presste Irden hervor, wobei nicht ganz klar war, ob er den Wal meinte oder Talana.

Spy und Sheila schoben ihn in Richtung Wal. Mario kam nach und half ebenfalls. Kurz bevor sie das riesige Maul erreichten, hatte sich Irden etwas erholt. Er sah Spy an, der noch immer den goldenen Gürtel um seinen Leib gewickelt hatte.

»Bitte gib mir jetzt die Steine«, sagte er. »Ich brauche sie für den Siebenmeerzauber.«

Spy beeilte sich, die Steine hervorzuwürgen, die Sheila und Mario auffingen.

»Du treuer Fisch«, sagte Irden liebevoll zu Spy und löste mit seinem Schnabel den goldenen Gürtel. »Wenn du willst, kann ich dich von deiner Technik befreien, denn jetzt hast du ja keinen Herrn mehr, dem du dienen musst.«

»Und was bin ich dann?«, fragte Spy, nachdem er kurz überlegt hatte.

»Ein ganz normaler Fisch – genau wie früher«, antwortete Irden.

»Das heißt, ich kann Krill fressen, so viel ich will? Und es werden mich keine Steine mehr im Bauch drücken? Und ich muss auf kein Signal antworten und auf Befehl den *Nordäquatorialstrom* oder so benutzen? Und durch meine Augen kann auch kein anderer mehr schauen?«

»Du bist in Zukunft völlig frei.«

Spy freute sich. »Ja, dann bitte … los!«

»Am besten verabschiedet ihr euch jetzt von Spy«, sagte Irden zu
Mario und Sheila. »Hinterher werdet ihr nicht mehr miteinander
reden können.«

Es fiel Sheila schwer, von Spy Abschied nehmen zu müssen. Sie
rieb ihre Flosse an ihm.

»Du warst ein richtiger Freund für uns, Spy«, sagte sie. »Ich wün-
sche dir alles, alles Gute. Pass auf dich auf!«

»Und lass dich bloß nicht von einem Hai fressen, Sackfisch«,
sagte Mario und stupste Spy kumpelhaft in die Seite.

»Ach, mir passiert schon nichts«, meinte Spy. »Euch auch viel
Glück! Was werdet ihr machen? Geht ihr beide nach Talana?«

Mario und Sheila sahen einander an.

»Also … ich schon«, sagte Mario. »Hauptsächlich wegen meiner
Mutter.«

»Das habe ich mir gedacht«, murmelte Sheila leise.

»Und wohin gehst du, Sheila?«, fragte Spy neugierig.

Sheila kämpfte mit sich. Sie hätte die Entscheidung gerne noch
länger aufgeschoben und mehr Bedenkzeit gehabt. Es war so
schwierig! Sie liebte es sehr, als Delfin durchs Wasser zu schwimmen. Aber für immer einer bleiben? Nie wieder in ihr altes Leben
zurückkehren? Nie wieder mit ihrer Mutter reden?

Das gab den Ausschlag. Lange hatte Sheila ihre Gefühle ver-
drängt, aber inzwischen plagte sie immer öfter großes Heimweh.
Sie wollte ihre Mutter wiedersehen, von ihr in den Arm genommen werden.

»Ich glaube, ich bleibe hier«, sagte sie.

Mario sah sie traurig an. »Dann wirst du Talana nie kennenler-
nen.«

»Ich gehöre in diese Welt«, sagte Sheila bestimmt.

»Okay«, sagte Mario traurig.

»Schade, dass ihr euch trennt«, meinte Spy. »Ihr habt euch so gut verstanden.«

»Jeder muss wissen, was für ihn selbst am besten ist«, sagte Irden.

»Bist du jetzt bereit, Spy?«

»Ja.«

Irden ließ den Staub des Weltensteins aufsteigen.

> *»Warst der Freiheit beraubt,*
> *wirst mit Silber bestaubt.*
> *Und was in dir steckt,*
> *wird nun aufgedeckt.«*

Die Antenne fiel von Spy ab. Seine Linsenaugen verwandelten sich in normale Fischaugen. Die Schuppen begannen zu glänzen, die Flossen verloren ihr künstliches Orange und wurden genauso grau wie der Leib. Der ganze Fisch wirkte plötzlich viel lebendiger. Munter schlug Spy mit den Flossen und freute sich sichtlich darüber, wieder derjenige zu sein, der er einst gewesen war.

Dann verschwand er, und Sheila war ein bisschen traurig, dass Spy nicht einmal mehr »Tschüss!« hatte sagen können.

6. Kapitel
Der Siebenmeerzauber

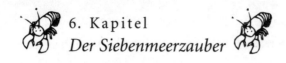

»Meine Kraft geht zu Ende«, sagte Irden mühsam. »Hoffentlich schaffe ich es noch.«

Sheila war besorgt und half ihm, in das Maul des Wals hineinzukommen.

Als sie sich umwandte, sah sie, dass hinter ihnen etliche Delfine darauf warteten, in den Wal eingelassen zu werden.

Die Meereswandler hatten sich in zwei Gruppen gespalten. Die, die nach Talana wollten, drängten sich auf dem Terrain des ehemaligen Friedhofs zusammen. Die anderen versammelten sich vor dem Wal. Einige Delfine schwammen noch unentschlossen hin und her.

»Ein bisschen Zeit bleibt ja noch«, sagte Irden. »Aber nicht mehr viel.«

Das Maul des Wals nahm sie auf. Innen angekommen, verwandelten sich Mario und Sheila wieder in Menschen, und auch Irden nahm seine Zauberergestalt an. Die beiden mussten ihn auf dem Weg ins Innere des Wals stützen. Sie kamen nur langsam voran, weil sie ja auch noch gleichzeitig die sieben faustgroßen Zaubersteine tragen mussten. Nur mit großer Mühe passierten sie die Schleuse.

Der Groll lehnte an der Wand bei den Schleusenhebeln. In seinen Händen hielt er Kehrschaufel und einen kleinen Handfeger, mit dem er gerade die Reste seines Meisters zusammengekehrt hatte. Er grollte ungnädig, als sich Irden mit Sheila und Mario näherte.

»Armes Geschöpf«, sagte Irden. »Ich werde dir auch deine ursprüngliche Gestalt wiedergeben.« Er wandte sich an Mario und Sheila. »Ihr müsst ihn dann allerdings umgehend ins Wasser werfen, sonst erstickt er.«

Die beiden nickten.

Der Groll starrte Irden nur grimmig an, als dieser seinen Zauberspruch aufsagte und den Staub des Weltensteins über ihn blies. Dann fielen seine Teleskoparme und -beine klirrend zu Boden. Sein Kopf schrumpfte, die Augen erstarrten – und als sich Sheila eilig nach dem Fisch bückte wollte, lag nur noch eine leblose, leere Hülle vor ihr.

»Oh!« Sie sah Irden bestürzt an.

Mario hatte alle Mühe, den Zauberer zu halten. Irden schwankte.

»Der Groll«, sagte er stockend, »war nichts als ein lebender Toter. Er muss schon tot gewesen sein, als Zaidon ihn veränderte. Er hat ihm künstliches Leben eingehaucht.«

Sheila betrachtete die Hülle mit einer Mischung aus Abscheu und Mitleid und ließ sie liegen. Dann half sie Mario, den Zauberer nach vorne zum Thron zu führen.

Irden legte den goldenen Gürtel auf Zaidons Thron ab. Sheila erwartete, dass er jetzt die Steine in die Fassungen einfügen würde, aber der Zauberer machte ihnen nur ein Zeichen, dass sie die Steine ebenfalls ablegen sollten.

»Zuerst noch Alissa«, flüsterte er. »Der letzte Staub des Weltensteins ist für sie. Es soll eine Kraftreserve sein für die Reise nach Talana, sie ist sonst vielleicht schon zu schwach.«

Sheila sah, wie Mario gespannt seine Lippen zusammenpresste.

Sie führten Irden zu dem gläsernen Sarg. Seine Hände zitterten, als er den letzten Hauch Staub des Weltensteins über den Schrein blies, in dem Alissa ruhte.

> *»Man raubte dir leider Zeit.*
> *Sei für Talana bereit!*
> *Wo einst dein Ursprung gewesen,*
> *kannst du in Zukunft genesen!«*

Sheila sah, wie Alissas Augenlider zuckten.

Im gleichen Moment knickte Irden ein und fiel auf die Knie. Sheila und Mario zerrten ihn hoch.

»Es … es geht nicht mehr … ich … ich muss nach Talana … Lasst die Wartenden ein … Der Wal … er ist zu alt … ich kann ihn nicht mehr zurückverwandeln … Aber jetzt muss ich … heim … nach … Talana …«

Der Weltenstein war verbraucht und ebenso Irdens Kraft. Der Magier fing an, sich aufzulösen, und sein Körper wurde mit jeder Sekunde durchscheinender. Seine Stimme wurde immer leiser, als sei er schon ganz weit weg. Sheila und Mario konnten kaum noch verstehen, was er sagte.

»… die Steine in den goldenen Gürtel … öffnet sich das Weltentor … Bringt den Gürtel nach Talana …«

Irdens Gestalt zerfloss, wurde zu flirrender Luft, zu einem funkelnden Band, das aufstieg und sich durch den Wal bewegte – zu Zaidons Thron, auf dem die Steine lagen. Sheila sah fassungslos zu, wie das flimmernde Band in den dunkelblauen Stein eindrang – dann war Irden verschwunden.

»Er ist weg«, sagte Mario schockiert. »Und jetzt?«

»Wir müssen tun, was er gesagt hat«, antwortete Sheila. »Die Steine in den goldenen Gürtel einfügen und das Weltentor öffnen.«

»Meinst du, wir schaffen das?«

»Ich hoffe es.«

Es klopfte leise. Als Mario und Sheila die Köpfe wandten, sahen sie, dass Alissa von innen gegen den Sargdeckel pochte. Mario stemmte ihn sofort hoch.

»Mario – du?«, flüsterte Alissa. Sie sah ihren Sohn verwundert an, dann lächelte sie.

Sheila merkte, wie Mario mit den Tränen kämpfte.

»Mama!« Er reichte ihr die Hand und half ihr beim Herausklettern. Alissa war sehr gebrechlich.

Zitternd stand sie neben dem Sarg, in ihrem viel zu großen Kleid. Mario umschlang seine Mutter, und eine Zeit lang hielten die beiden sich so fest umklammert, als wollten sie einander nie mehr loslassen.

»Ich hätte nicht gedacht, dass ich dich noch einmal wiedersehe, Mario«, flüsterte Alissa. »Warum hast du dich in Gefahr begeben und bist mir gefolgt?«

»Hast du gedacht, ich würde dich einfach im Stich lassen?« Mario streichelte den Rücken seiner Mutter. »Hast du wirklich geglaubt, dass ich einfach zu meinem Vater gehe, während du bei Zaidon bist? Ich hatte solche Angst um dich!«

»Ach, Mario, lieber Mario!«

»Aber jetzt ist Zaidon tot«, sagte Mario. »Er wird nicht mehr zurückkehren, keine Sorge! Und wir beide, wir gehen nach Talana, dort wirst du wieder jung sein …«

Sheila wollte die beiden nicht stören. Sie erinnerte sich daran, dass Irden ihnen aufgetragen hatte, die Meereswandler einzulassen. Zum Glück wusste sie noch, mit welchem Hebel der Groll die Schleuse in Gang gesetzt hatte.

305

Der Hebel ließ sich nur schwer bewegen, Sheila benötigte dazu all ihre Kraft. Aber schließlich ertönte ein Zischen.

Es hatte geklappt!

Kurze Zeit später war der Wal voller Menschen, Männer und Frauen unterschiedlichen Alters. Ihre zum Teil altmodische Kleidung triefte, und sie redeten aufgeregt miteinander über das, was gerade mit ihnen passiert war.

Eine ungefähr vierzigjährige Frau trat zu Sheila, zupfte sie am Arm und fragte sie, wie es jetzt weitergehen sollte.

»Wir werden das Weltentor öffnen«, sagte Sheila und hoffte insgeheim, dass es ihnen auch gelingen würde. »Das Tor wird nur für kurze Zeit offen sein. Dann schließt es sich wieder.« Sie überlegte, was Irden gesagt hatte. »Sobald es geschlossen ist, kann sich keiner mehr in einen Delfin verwandeln.«

»Und wie kommen wir dann an Land?«

»Am besten mit dem Wal«, antwortete Sheila und fragte sich im gleichen Moment, wer dann den Wal steuern würde. Ihr wurde flau im Magen. Wahrscheinlich sie ... Besorgt schaute sie auf das Leck, durch das noch immer Wasser hereintropfte. Es kam ihr sogar vor, als sei es in der Zwischenzeit größer geworden. Hoffentlich hielt der Wal noch so lange durch, bis alle in Sicherheit waren!

Inzwischen hatte sich Mario von seiner Mutter gelöst und trat neben Sheila.

»Ich glaube, es wird langsam Zeit für den Siebenmeerzauber.«

Sheila nickte. Ihr Mund war trocken.

Zusammen mit Mario und Alissa ging sie zu Zaidons Thron. Ihr Herz schlug vor Aufregung schneller.

Noch einmal zaubern ... ein letztes Mal!

Als ihr Blick auf den goldenen Gürtel und die sieben Steine fiel, kam ihr ein schrecklicher Gedanke. Irden hatte vergessen, ihnen den Code zu verraten, mit dem das Tor geöffnet wurde!

»Wir haben nur einen einzigen Versuch«, sagte Mario verzweifelt. »Irden hat gesagt, dass die Steine ihre Kraft verlieren, wenn die Reihenfolge falsch ist.«

Und dann würde das Tor zu Talana für immer geschlossen bleiben.

Sie sahen einander an.

Sheila suchte fieberhaft nach einer Lösung. Hatte Irden nicht wenigstens eine kleine Andeutung gemacht, was den Code anging? Aber sie konnte sich an nichts erinnern.

Mario wusste auch nicht weiter.

»Verdammt«, sagte er. »Wenn wir es falsch machen, war alles umsonst.«

Sheila zermarterte sich das Hirn. Hatten die Steine vielleicht einen Namen, beispielsweise *Aquamarin*? Und wenn ja, ergaben die Anfangsbuchstaben dann ein Lösungswort – wie bei einem Kreuzworträtsel?

»Kennst du dich mit Edelsteinen aus?«, fragte sie. »Wie heißen sie?«

»Der grüne ist ein Smaragd. Oder eher Jade?« Mario hob die Schultern. »Keine Ahnung.«

Die Menschen im Wal warteten. Einige hatten sich auf den Boden gesetzt, andere lehnten an der Wand und unterhielten sich leise miteinander. Sheila trat an das Bullauge und sah nach draußen.

Vor dem Fenster waren die Delfine versammelt, die darauf hofften, dass sich das Weltentor öffnete.

Wir dürfen sie nicht enttäuschen, dachte Sheila und schluckte heftig.

Sie spürte die Blicke der Männer und Frauen. Sicher würde gleich jemand fragen, warum es nicht weiterging.

Sheila trat wieder vor den Thron.

Mario hatte die Steine umgeschichtet und hielt den dunkelblauen Heilstein gerade ans Ohr.

»Vielleicht flüstert mir Irden ja noch die Lösung zu«, sagte er zu Sheila.

Sie wartete. »Und?«

»Nichts«, sagte Mario und legte enttäuscht den Stein zurück.

Sheila starrte angestrengt auf die Zaubersteine, bis die Farben anfingen, vor ihren Augen zu tanzen. Jeder Stein war so schön! Und die Farben waren so herrlich ...

Plötzlich erinnerte sich Sheila an das Bild der Schamanin, an den geheimnisvollen Regenbogen. Sie hatte damals nicht gewusst, was die Heilerin ihr damit mitteilen wollte.

Mit einem Mal kannte Sheila den Code des goldenen Gürtels.

»Mario«, sagte sie aufgeregt. »Sieben Steine. Sieben Farben. Der Regenbogen!«

Er sah sie an. »Genau! Du bist genial, Sheila!«

Sheila griff nach dem ersten Stein und drückte ihn vorsichtig in die Fassung. *Rot.* Der nächste. *Orange.* Dann *Gelb.* Sie zögerte.

»*Grün*«, sagte Mario.

Sheila nickte und fügte den Stein ein. *Hellblau. Dunkelblau.* Und der letzte Stein, *Violett.*

Hoffentlich war es richtig!

Mario legte den Gürtel um. Seine Hüften waren zu schmal dafür,

308

also hängte er ihn quer über den Körper wie eine Schärpe und schloss den Verschluss.

»Und jetzt?«, fragte er heiser. »Brauchen wir nicht noch einen Zauberspruch? Du bist doch so gut im Ausdenken, Sheila!«

Sheila überlegte, aber ihr Kopf war wie leer gefegt.

»Skylla«, sagte Mario plötzlich. »Ich erinnere mich. Da war ein Lied ... Ich glaube, ich weiß es noch ...

Sieben Steine im Meer, von Irden verteilt,
sieben Steine im Meer verschlafen die Zeit.
Sieben Steine im Meer haben große Macht,
wenn endlich der Siebenmeerzauber erwacht.«

Ein Beben ging durch den Wal. Alissa taumelte, und Mario hielt sie gerade noch am Arm fest.

»Da draußen!«, schrie jemand und deutete auf das Bullauge. »Ein Tor im Meer!«

Sheila stürzte ans Fenster.

Im Meer war ein Regenbogen entstanden, der sich zu einem Kreis verdichtete. Dahinter wirbelten Wellen, ein blendender Strudel aus Licht und Wasser, wunderschön. In der Mitte war das Licht am hellsten. Es sah aus wie ein Tunnel zu einer anderen Welt.

»Das Weltentor«, flüsterte Sheila.

Die Delfine zögerten kurz, dann schwammen die ersten darauf zu und verschwanden in den Wellen, einer nach dem anderen.

Mario war hinter Sheila getreten und sah ebenfalls hinaus. Es war ein beeindruckendes Schauspiel.

Er wartete, bis der letzte Delfin im Tor verschwunden war.

»Ich glaube, ich muss jetzt gehen«, sagte er dann und seufzte.

Sheila nickte.

»Und du willst wirklich nicht nach Talana mitkommen?«, fragte er.

»Ich kann nicht«, sagte Sheila. Sie hatte einen Kloß im Hals.

»Verstehe.«

»Außerdem muss doch jemand den Wal zur Küste steuern.«

Sie umarmten sich kurz.

»Mach's gut«, sagte Mario mit leiser Stimme. Dann nahm er seine Mutter an der Hand und ging hastig mit ihr zum Ausgang, ohne nochmals zurückzusehen. Sheila blickte ihnen nach und drehte sich dann wieder zum Fenster.

Kurz darauf schwammen ein junger und ein alter Delfin draußen vor dem Fenster vorbei. Der junge trug einen goldenen Gürtel um den Hals, der alte hatte Mühe, dem jungen zu folgen.

Sheila stiegen die Tränen in die Augen, als die beiden durch das Tor schwammen.

»Ciao, Mario«, flüsterte sie und schluckte heftig. »Vielleicht sehen wir uns ja wieder – irgendwann.«

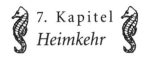

7. Kapitel
Heimkehr

Sheila starrte noch eine Weile aus dem Fenster, bis der Regenbogen im Wasser verblasste und schließlich verschwand. Das Weltentor hatte sich wieder geschlossen.
Mario war fort – endgültig.
Sie drehte sich um und kam sich auf einmal verloren und allein vor – trotz der vielen Menschen um sie herum. Irgendwie musste sie es jetzt schaffen, den Wal zu steuern und die Passagiere an Land zu bringen. Ratlos griff sie nach dem Hebel.
»Kann ich dir helfen?«, fragte auf einmal jemand hinter ihr.
Sheila blickte sich um. Neben ihr stand ein junger Mann. Sie lächelte schwach.
»Ich muss den Wal in Gang setzen. Ich hab zwar vorhin zugeguckt, wie Irden ihn gesteuert hat, aber ich bin nicht sicher, ob ich es auch hinkriege.«
»Vielleicht schaffen wir es gemeinsam«, sagte er. »Ich steuere zwar hauptsächlich Fischerboote, und dieses – tja – Ding ist eine Nummer größer, als ich es gewohnt bin, aber ich kann es ja trotzdem mal versuchen.« Er lachte sie an.
»Wir müssen uns beeilen«, sagte Sheila und deutete auf das Leck. »Es fließt immer mehr Wasser herein.«
»Ja, dieser Kahn hier ist wirklich ziemlich marode.« Der Mann ließ sich von Sheila die Hebel und die Steuerung zeigen. »Zaidon hat den Wal ja schon ewig lang benutzt.«
Er beugte sich über die Geräte und versuchte herauszufinden, wie sie funktionierten.

Er ist wirklich ein erfahrener Seemann, dachte Sheila, als es ihm kurze Zeit später gelang, den Wal in Bewegung zu setzen und zu manövrieren.

Schwerfällig bewegte sich das Gefährt mit den Passagieren auf die Küste zu. Das Leck wuchs weiter, und inzwischen stand das Wasser am Boden knöchelhoch. Einige Leute versuchten erneut, die Öffnung abzudichten, aber die Wand wurde zunehmend poröser.

»Hoffentlich hält der Wal noch durch«, sagte Sheila besorgt. Doch der Fischer war zuversichtlich, dass er alle heil an Land bringen würde.

Es schien auch so, als sei das Glück auf ihrer Seite. Das Ufer war nicht mehr weit entfernt, doch dann lief der Wal plötzlich auf Grund. Es gab einen Ruck und ein lautes Knirschen. Einige Leute fielen um oder rutschten ein Stück den Boden entlang. Dann rührte sich der Wal nicht mehr – egal, was Sheilas Helfer auch versuchte.

Es blieb den Passagieren nichts anderes übrig, als den Wal durch die Schleuse zu verlassen und das letzte Stück bis zum Strand zu schwimmen.

Als Sheila an die Wasseroberfläche tauchte, versuchte sie noch einmal, sich in einen Delfin zu verwandeln.

> *»Delfin, Delfin, Bruder mein.*
> *So wie du möcht ich gern sein!*
> *Dein Zuhaus' sind Meer und Wind.*
> *Ach, wär ich doch ein Wasserkind!«*

Es klappte nicht mehr. Sheila war ein bisschen traurig darüber. Es war nun also wirklich vorbei.

Der junge Fischer schwamm neben ihr, und sie erreichten gleichzeitig den Strand. Es war schon dämmrig, als sie aus dem Wasser stiegen und über den Sand liefen.

Als Sheila stehen blieb und sich umsah, erkannte sie den Strand wieder. Es flackerte diesmal nur ein Windlicht – die meisten Sommergäste waren schon abgereist.

»Das gibt's nicht«, stieß Sheila überrascht aus. »Das ist ja unser Ferienstrand!«

»Ja, den Weg kenne ich immer noch in- und auswendig.« Der junge Mann lachte. »Ich stamme nämlich von hier.«

»Warst du … waren Sie eigentlich lange versteinert?«, fragte Sheila.

»Du kannst ruhig ›Du‹ sagen«, bot er an. »Ich heiße übrigens Gavino. Ich weiß nicht, wie lange ich in Stein verwandelt war. Welches Jahr haben wir denn?«

»Gavino«, wiederholte Sheila, ohne auf seine Frage einzugehen. Sie starrte ihn an. War er es? Das altmodische Hemd war nass vom Wasser, aber es sah aus wie das Hemd auf dem Foto, das sie in der Nachttischschublade ihrer Mutter gefunden hatte.

Das Bild mit Sabrina und Gavino.

»Gavino«, sagte Sheila noch einmal, und ihre Kehle wurde ganz eng.

»Stimmt was nicht?«, fragte Gavino, hob den Kopf und begegnete ihrem Blick. »Was ist denn los? Du guckst so …«

»Ich glaube«, krächzte Sheila, »äh … es kann sein … äh … du … du … bist vielleicht mein Vater.«

»Hey«, sagte er und lachte. »Weißt du, wie alt ich bin? Dreiundzwanzig. Wie kann ich da eine circa zwölfjährige Tochter haben?«

»Ich bin dreizehn«, sagte Sheila. »Und du hast vergessen, dass du viele Jahre auf dem Meeresgrund versteinert warst. Meine Mutter heißt Sabrina.«

Gavino hielt inne. »Was sagst du da?«

Sheila war sich jetzt sicher, dass er der Mann auf dem Foto war. Sie erinnerte sich genau: das schwarze Haar, die schmale Nase und das fröhliche Lachen vorhin. Alles passte.

»Sie heißt Sabrina«, wiederholte sie. »Sie hat vor knapp vierzehn Jahren Urlaub auf Sardinien gemacht und sich verliebt. In einen Mann, der Gavino hieß. Es gibt sogar ein Foto. Und eines Tages waren sie verabredet, aber er ist nicht gekommen …«

»Nein«, flüsterte Gavino, »ich konnte nicht mehr kommen. Einen Tag zuvor erhielt ich Zaidons Ruf und musste ihm folgen.« Er schluckte. »Dann bist du wohl wirklich meine Tochter.« Und er nahm Sheila in den Arm.

Sheila hielt einen Moment still, dann löste sie sich von ihm. Er roch fremd und nass, und sie würde sich erst daran gewöhnen müssen, dass er ihr Vater war. So schnell ging das nicht.

»Das ist vielleicht eine Geschichte«, sagte Gavino und schüttelte den Kopf. »Ich glaube, wir haben uns noch viel zu erzählen. Wie heißt du eigentlich?«

»Sheila«, sagte sie.

»Sheila. Schöner Name für meine Tochter!« Es klang stolz.

Sheila rannte den ganzen Weg bis zum Bungalow. Sie konnte es kaum erwarten, ihre Mutter wiederzusehen. Gavino hatte kurz gezögert.

»Soll ich dich wirklich begleiten? Meinst du, es ist deiner Mutter recht, wenn ich mitkomme? Soll ich nicht lieber erst morgen –«

»Natürlich ist es ihr recht!«, behauptete Sheila. »Was glaubst du, wie sie sich freuen wird, wenn sie dich wiedersieht?«

»Hier ist es«, sagte sie, als sie beim Bungalow ankamen. Die Tür stand offen. »Komm mit«, forderte Sheila Gavino auf, der draußen stehen bleiben wollte.

»Soll ich tatsächlich –«

»Ja, klar!«

Sheila stürmte schon durch den Flur.

»Hallo«, rief sie laut. »Ich bin's! Mama!«

Die Tür ging auf, und Sheila stand einem fremden Ehepaar gegenüber.

Im ersten Moment wusste Sheila nicht, was sie sagen sollte.

»Entschuldigung«, murmelte sie dann. »Da hab ich mich wohl in der Nummer geirrt. Die Bungalows sehen alle so ähnlich aus.«

Und sie stürzte wieder hinaus.

Aber es war der richtige Bungalow gewesen, Sheila hatte sich nicht geirrt.

»Vielleicht ist Sabrina schon abgereist«, meinte Gavino. »Wie lange warst du fort?«

»Ich weiß es nicht«, antwortete Sheila verzweifelt.

Waren es zwei, drei oder vier Wochen? Oder sogar noch länger?

Wenn Mama mit Michael und Zoe tatsächlich schon heimgefahren war, was dann? An diese Möglichkeit hatte Sheila noch gar nicht gedacht.

»Aber sie kann doch nicht ohne mich heimfahren«, sagte sie. »Das geht doch nicht!«

»Vielleicht hatte sie keine Hoffnung mehr, dass du zurückkommst«, gab Gavino zu bedenken.

Jetzt erst wurde Sheila bewusst, was ihre Mutter möglicherweise durchgemacht hatte. Ihre Hände krampften sich zusammen.

»Komm«, sagte sie zu Gavino. »Wir fragen im Hotel an der Rezeption nach, ob sie noch da ist.«

Das Erste, was Sheila an der Rezeption auffiel, war ihr Bild. Es hing überall – an der Eingangstür, an der Tür zum Frühstückszimmer, an der Rezeption.

VERMISST WIRD DIE DREIZEHNJÄHRIGE SHEILA HERMES konnte man unter ihrem Foto lesen. Darunter stand das Datum ihres Verschwindens, eine genaue Beschreibung und dass man sich an die Polizei wenden sollte, wenn man Hinweise hatte.

Sheila stöhnte und hätte am liebsten kehrtgemacht. »Das ist ja schlimmer, als ich gedacht habe.«

Gavino legte ihr die Hand auf die Schulter. »Los«, sagte er. »Wir fragen nach deiner Mutter.«

Der Portier sah von seiner Zeitung auf, als sie an die Theke traten.

»Ist Sabrina Hermes noch da?«, fragte Sheila, und ihr Herz klopfte wie wild.

Der Blick des Portiers wanderte von Sabrina zu dem Vermisstenfoto und dann wieder zurück. Er lächelte.

»Ich glaub es nicht!«, sagte er mehrmals. »Ja, deine Mutter wohnt noch hier – unterm Dach. Sie wollte um keinen Preis zurückfah-

316

ren, bevor sie dich nicht gefunden hat.« Der Portier schüttelte den Kopf. »Wo hast du nur so lange gesteckt? Alle dachten, du wärst ertrunken!«

»Das ist eine lange Geschichte«, antwortete Sheila.

»Das ist sie wirklich«, bestätigte Gavino.

Sabrina war außer sich vor Freude, als sie Sheila wieder in die Arme schließen konnte. Sheila war ziemlich erschrocken darüber, wie ihre Mutter aussah: Sie war blass und ihre Augen waren rot vom Weinen.

»Ich habe gewusst, dass ich dich wiederfinde«, sagte Sabrina, drückte Sheila ganz fest an sich und küsste sie auf das nasse, salzige Haar. »Ich hab die Hoffnung einfach nicht aufgegeben.« Sie erzählte, dass Michael und Zoe schon seit einiger Zeit zurückgereist waren. Michael hatte als selbstständiger Unternehmensberater dringende Geschäfte zu erledigen, und Zoe musste wieder in die Schule, weil die Ferien inzwischen vorbei waren.

»Sie wollten mich überreden mitzukommen«, erzählte sie. »Die Polizei würde sich schon um alles kümmern und mich benachrichtigen, sobald es Neuigkeiten gäbe.« Sie schüttelte den Kopf. »Sie dachten wirklich, ich könnte mein Leben zu Hause einfach so weiterführen, als wäre nichts geschehen ...« Sie schluckte und strich sich übers Haar. »Michael und ich, wir haben uns deswegen schrecklich gestritten. Aber ich bin geblieben und hab alles nach dir abgesucht, und weil du Delfine so gern mochtest, bin ich auch einmal zu der Delfinstation gefahren. Dort erzählte mir Pedro, dass er dich gesehen hat. Er hat da ein paar sehr merkwürdige Andeutungen gemacht, die ich nicht ganz verstanden habe ...« Sie blickte Sheila erwartungsvoll an.

»Du, Mama«, sagte Sheila und deutete hinter sich. »Bevor ich dir alles erkläre … ich habe noch jemanden mitgebracht.«

Sabrina sah auf, und ein fassungsloses Lächeln ging über ihr Gesicht.

Gavino räusperte sich. »Meine Tochter und ich, wir haben dir eine Menge zu erzählen …«

News International, 17. September

Wurde berühmter Forscher Opfer eines Geheimdienstes?

Vermisster Wissenschaftler kann sich an nichts erinnern

Gestern Nachmittag hat ein Polizeischiff in der Nähe von Sizilien eine nicht registrierte Jacht entdeckt. Als die Beamten das Schiff untersuchten, stießen sie an Bord auf den Unterwasserarchäologen Jean de la Fortune. Der Wissenschaftler, der sich durch spektakuläre Funde einen Namen gemacht hat, verschwand vor fünfzehn Jahren unter mysteriösen Umständen und wurde mittlerweile für tot erklärt. Jean de la Fortune kann sich an nichts erinnern, was in den vergangenen fünfzehn Jahren passiert ist. Experten meinen, Jean de la Fortune sei möglicherweise Opfer eines Geheimdienstes geworden. Die Jacht sei technisch ungewöhnlich gut ausgestattet, aber Computerspeicher und Fahrtenschreiber seien absichtlich unbrauchbar gemacht worden, was auf eine professionelle Vorgehensweise hindeute. Die Untersuchungen dauern noch an.

Danksagung

Niemand schreibt ein Buch ganz allein – dieser Satz ist schon oft zitiert worden. Während der langen und oft einsamen Zeit des Schreibens ist es jedoch sehr hilfreich, wenn einem liebe Menschen zur Seite stehen.

Daher danke ich ganz besonders

- meinem Mann Ernst, der mit Geduld meine Einfälle und wechselnden Stimmungen ertragen hat und mir als mein erster Leser so manchen guten Tipp gegeben hat.
- meiner ehemaligen Lektorin und heutigen Freundin Corinna, die mich auf den richtigen Pfad geführt und ermutigt hat, die ersten 200 Seiten getrost wegzuwerfen.
- meiner jetzigen Lektorin Sarah für ihre unermüdliche Begeisterung, das gemeinsame Brainstorming, ihre guten Ratschläge und ihre Zuverlässigkeit. Ohne sie hätte es Spy nicht gegeben!
- meiner Freundin und Schriftstellerkollegin Monika für all die aufbauenden und ermutigenden Gespräche.
- meiner Freundin und Schriftstellerkollegin Inge für die wunderschöne Delfin-Kette und das »Toi, toi, toi« im Endspurt.
- und last but not least meinem Wegbegleiter Markus, der immer an das Buch geglaubt hat.